うつろ屋軍師

簑輪 諒

祥伝社文庫

目次

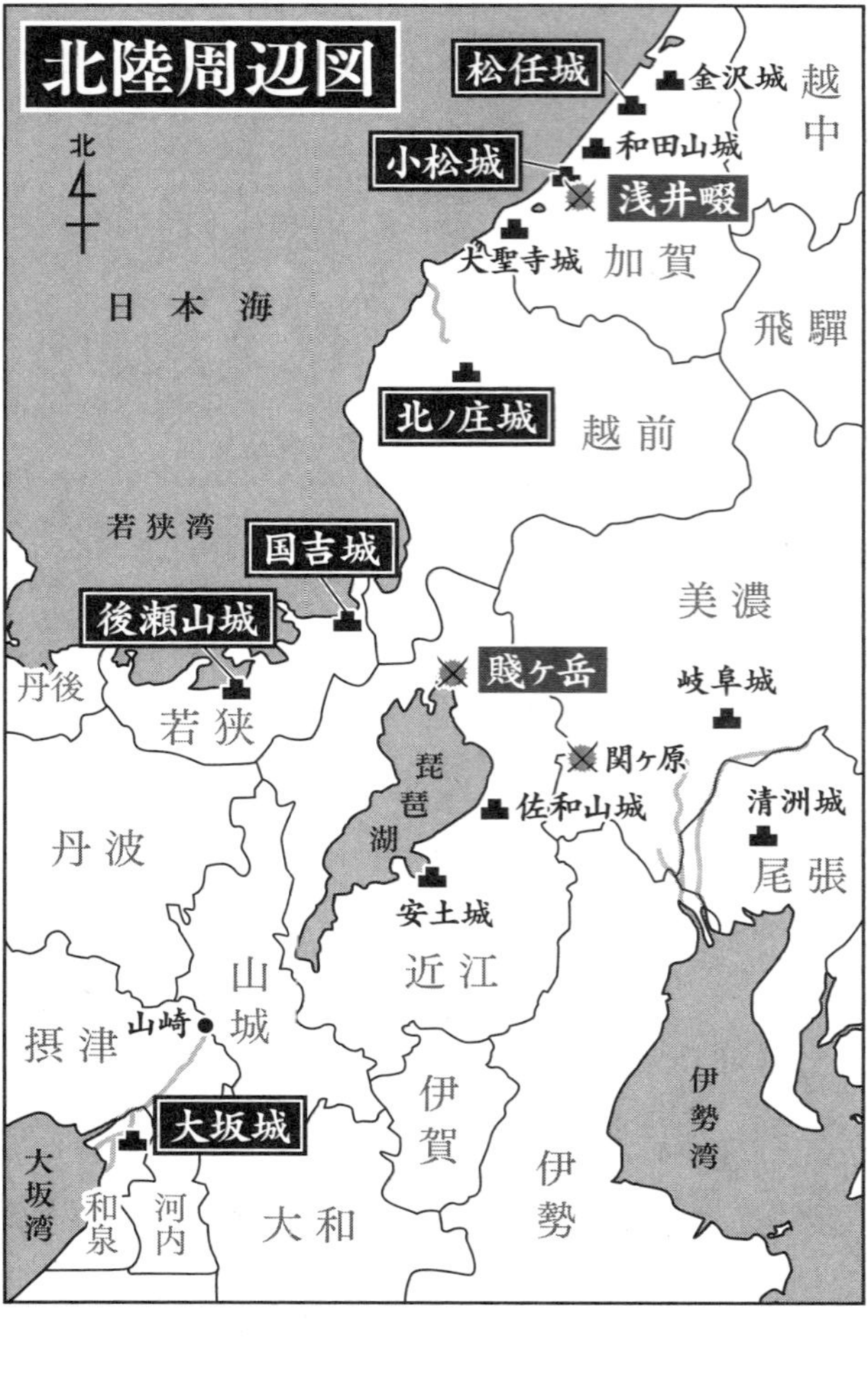
北陸周辺図
北
日本海
松任城
金沢城
越中
和田山城
小松城
浅井畷
大聖寺城
加賀
飛騨
北ノ庄城
越前
若狭湾
国吉城
後瀬山城
美濃
賤ヶ岳
岐阜城
丹後
若狭
関ヶ原
琵琶湖
佐和山城
清洲城
丹波
尾張
安土城
近江
山城
山崎
摂津
伊勢湾
伊賀
大坂城
伊勢
大坂湾
和泉
河内
大和

主な登場人物

◆丹羽《にわ》家

江口正吉《えぐちまさよし》　丹羽家臣。「うつろ屋（空論家）」と呆《あき》れられる、突飛な奇想の持ち主。

丹羽長秀《ながひで》　織田信長《おだのぶなが》の二番家老。「米のように欠かせぬ男」と評される。

丹羽長重《ながしげ》　長秀の息子。城郭に並々ならぬ興味を持つ、温和な性格の若殿。

坂井《さかい》与《よ》右衛《え》門《もん》　丹羽家臣。「六条表《ろくじょうおもて》の花槍《はなやり》」の異名で武勇を知られる。

◆羽柴《はしば》家（豊臣《とよとみ》家）

羽柴秀吉《ひでよし》　丹羽長秀と同じく、織田家の家老を務める名物男。のちの豊臣秀吉。

大谷吉継《おおたによしつぐ》　幼名「紀之介《きのすけ》」。誠実さと底知れなさを併せ持つ、若き羽柴家家臣。

石田三成《いしだみつなり》　幼名「佐吉《さきち》」。吉継の朋輩《ほうばい》であり親友。吏才に長《た》ける。

◆その他

柴《しば》田《た》勝家《かついえ》　織田家筆頭家老。信長亡き後の織田家を巡って秀吉と対立。

徳山《とくのやま》五兵衛《ごへえ》　柴田家の京奉行。政略に精通する策謀家。

渡辺勘兵衛《わたなべかんべえ》　高名な武辺者。通称「槍《やり》の勘兵衛」
前田利長《まえだとしなが》　加賀《かが》百万石の大大名、前田家の聡明な二代目当主。
長九郎左衛門《ちょうくろうざえもん》　利長から厚く信頼される、前田家随一の侍大将。
結城秀康《ゆうきひでやす》　越前《えちぜん》六十七万石、結城家の当主。徳川家康《とくがわいえやす》の次男で、将軍・秀忠《ひでただ》の兄。
御宿勘兵衛《みしゅくかんべえ》　秀康の家臣。仕えた主家が必ず滅ぶため「厄神《やくがみ》の勘兵衛」と呼ばれている。

空論屋《うつろや》

一

初春の柔らかな日差しが、紀伊《きい》の浜辺を照らしている。海原《うなばら》は穏《おだ》やかで、草原のように広がる青々とした水面《みなも》で無数の陽光が揺れている。

浜辺から北東に半里《り》（約二キロ）ほどの地点に、小城がある。山が多いこの地域にしては珍しいほどに開けた平野であり、西方には紀伊水道を臨《のぞ》み、南方には紀《き》ノ川《のかわ》という大河が横たわっている。

その城が、包囲されていた。それも、三万にも及ぶ兵によって。

「攻めあぐねておるなあ」

包囲軍のやや後方にある本陣の陣幕の傍《かたわ》らで、一人の若者が他人事《ひとごと》のように言った。年齢は二十歳《はたち》過ぎといったところだろうか。明らかに戦場で焼けた浅黒い肌、上背があり引き締《し》まった身体《からだ》は威風を感じさせるが、どこか気の抜けたような表情をしており、摑《つか》みどころがない。

「三右《さんえ》、呑気《のんき》なことを申すな」

そう言って叱《しか》りつけた朋輩《ほうばい》は、若者よりさらに大きい。顔も身体も、岩を重ねて削《けず》り出したように厳《いか》つく、いかにも豪傑の相である。年齢は若者より十は上だろうが、意気潑剌《はつらつ》としており、遠目であればむしろこの朋輩の方が若々しく見えるだろう。

「三右よ、そのような覇気のないことでどうする。武士が攻めあぐねているなどと申すな」

「しかし、与右《よえ》殿」

三右と呼ばれた若者は苦笑し、槍《やり》で城の方を指した。攻城軍は竹束《たけたば》や木盾《きだて》に隠れながら恐るおそる近づいていく。しかし、一定の距離を超えると、そこに埋《うず》め火《び》（地雷）でも敷《し》いてあるかのようにばたばたと撃ち倒されていった。

「見よ。あれは攻めあぐねている。それは認めねばなるまい」

「そのようなことを申しておるのではない。武士ならば……」

与右と呼ばれた朋輩は若者から槍を奪い、えいっ！　と気声を上げ、敵を突く真似《まね》をした。

「このような城、丹羽《にわ》家臣江口三郎右衛門正吉《えぐちさぶろうえもんまさよし》が、この槍ですぐに攻め落としてやろう！　とでも申すべきだ。攻めあぐねている、などとは武士の言葉ではない。攻め落とすと申せ」

「どうも、気はずかしい」

三右、いや江口正吉は、再び苦笑した。

正吉はこの大柄な朋輩、坂井与右衛門《さかいよえもん》を慕《した》っていたし、槍一つで丹羽家の家老にまで上りつめた武勇を尊敬もしていた。ただ、この源平《げんぺい》の絵巻物から飛び出してきたような芝居がかった武者《むしゃ》振りには、いささか照れ臭さを感じてしまうことがある。

「しかし、与右殿。攻め落としたとしても、兵をむやみに失《うしの》うては意味があるまい？」

正吉がそう言うと、与右衛門は巨大な体軀《たいく》を揺らし、豪快に大笑《たいしょう》した。嘲笑《ちょうしょう》しているつもりなのだろう。

「臆病《おくびょう》な武者もおったものよ。三右、それほど鉄砲が怖いか？」

与右衛門は悪童のように唇《くちびる》を歪《ゆが》め、正吉を挑発した。その様子も、言葉ぶりも、いかにも子どもじみている。豪傑とは、ついに大人になりきれなかった子どもの別称なのだろう。

正吉はそんな与右衛門の「豪傑振り」に愛《いと》おしさを感じつつも、挑発など意にも介さない様子で、

「当たれば死ぬからな」

とうそぶき、微笑するばかりだった。

攻城軍の総大将は、織田信長《おだのぶなが》という。

十数年前、尾張《おわり》より身を起こし、瞬《また》く間に幾内《きない》を中心とする日本の中枢を併呑《へいどん》し、現在も拡張を続けている戦国の覇王《はおう》である。その勢力、権力の巨大さは天下に並ぶものがなく、もはや織田家は一大名家ではなく実質的な新政権といってよかった。

城に籠《こも》る敵軍、雑賀《さいか》衆はそんな新政権に従わない勢力の一つである。

いわゆる大名ではない。紀伊に割拠《かつきよ》する国衆《くにしゆう》（在地小領主）たちの連合勢力で、彼らは大名という支配者を持たず、いかなる権力の統制も受けずに暮らして

きた。

一方で、彼らは傭兵《ようへい》集団でもあった。それも鉄砲を大量に保有し、その扱いに日本一長《た》けた集団であった。同じ鉄砲も雑賀衆が使えば、まるで別次元の兵器のようでさえあった。


天正《てんしょう》五年（一五七七）、信長は十万もの大兵力を動員し、自《みずか》らが軍団を率《ひき》いて雑賀攻めに乗り出した。さらに先発する軍を二つに分け、一方を浜手《はまて》軍と称して海沿いに西側から、もう一方を山手《やまて》軍として風吹峠《かざふきとうげ》を越えて東側から、それぞれ三万の兵力を与えて進軍させた。山手軍はそのまま雑賀衆の本城である雑賀城に向かい、正吉たちが属する浜手軍は海沿いの拠点である中野《なかの》城を包囲した。しかし、彼らはこの城を落とせずにいる。

「我らに任《まか》せればよいのだ」

与右衛門は中野城を睨《にら》みながら、恨《うら》めしげにぼやいた。

「我が丹羽軍に先陣をさせてみろ。かような小城、すぐにでも攻め落としてみせるわ」

「ふむ……」

正吉も城を見つめたまま、肯定とも否定ともつかない曖昧《あいまい》な相槌《あいづち》を打った。

彼らは織田家幕下の丹羽家の家臣である。丹羽軍はこの中野城攻めでは後方の後詰《ごづめ》として配置されているが、先陣を務める武将たちが不利を認めようとせず、予備兵力の投入を頑《かたく》なに拒んでおり、与右衛門や、彼の部隊の与力《よりき》武将である正吉は後方で暇を持て余している。

与右衛門はそのことが気に入らぬのであろう。正吉も不満を感じてはいたが、その理由はずいぶんと違う。

（別に、後詰でも構わない）

と、正吉は緊張感のない顔つきの裏で密《ひそ》かに考えていた。

（先陣があの様子では、いずれ我らに救援を泣きついてこよう。そうなれば戦功は丹羽家の一手で独占できる。このまま後詰に甘んじて様子を見るのも、悪い選択ではない）

ただ、その場合は丹羽家の独力で、中野城の激しい抵抗に立ち向かうことになる。戦功を得ることはできるだろうが、馬鹿正直に突撃し兵力を消耗《しょうもう》するというのは、やはり面白くない。要するに正吉は先陣や後詰といった部隊配置のことよりも、雑賀衆相手にただ力攻めを繰り返す戦略の稚拙《ちせつ》さに不満を感じていた。

「──それよりも」

正吉は与右衛門の方に向き直り、懐《ふところ》から紙を取り出した。

地図である。正吉の自作らしく、端《はし》にわざわざ名前と花押《かおう》が書かれている。中野城だけでなく、雑賀衆の拠点のほとんどが記されており、色までついていた。

「いつの間に、このような手のかかるようなものを作った？　わざわざ陣中に絵の具まで持ち込んで……」

「いや、出陣前に描いた。伝聞だけで作ったから多少は違っているかもしれない」

「ほう」

与右衛門は感嘆の声を上げた。地図はほぼ正確に雑賀領の地形を表しており、城や砦《とりで》の位置も網羅《もうら》している。伝聞だけで描けるものではない。もし事実だとすれば、途方もない想像力である。

正吉はそんな異能を特に誇る様子もなく、地図の一点を指差した。中野城である。指はそのまま、つつ……と南に移動した。

「ここに、付城《つけじろ》を建てる」

「付城？」

「ああ。南方に紀ノ川がある。城を築き、川の支配権を押さえることで、雑賀衆の本拠である雑賀城との連携を断つ。そうすれば中野城には、鉄砲に不可欠な硝《しょう》石《せき》を手に入れる術《すべ》がなくなる。さらに、包囲軍には人夫《にんぷ》を大勢雇い入れ、弾防《たまふせ》ぎの築山《つきやま》を作らせ、徐々に包囲の輪を狭《せば》めていく。そのまま硝石か兵糧《ひょうろう》が尽きるまで待てば、自然と降伏してくるだろう」

「三右、空論《うつろ》を申すな」

与右衛門は苦りきった顔で言った。この場には、付城を建てる技術者も木材もなければ、築山を作る人夫もいない。第一、正吉の方法では被害は防げても時間がかかり過ぎる。

与右衛門はこの若者を評価している。武将としても、家臣としても、行く末、丹羽家になくてはならない男になるだろうと、その能力と器量に期待していた。

（しかし惜《お》しいかな、三右には悪癖《あくへき》がある）

それが、たった今見せた空論癖である。正吉はしばしばこのような空論を吐き、与右衛門や周囲を呆《あき》れさせた。中野城の攻城案といい、地図の件といい、想像力と空想力があり過ぎるのであろう。あるいは、戦《いくさ》が大きな視点で見え過ぎるというべきか。

思考と視点の俯瞰《ふかん》というのは武人にとって宝のような才能に違いない。しかし、俯瞰ができ過ぎるとき、その発想は否応《いやおう》なしに飛躍し、ついには空論に成り下がる。彼の頭の中で描かれるどんなに壮大な戦略も、口から出たときは妄想家の戯言《ざれごと》に過ぎなかった。

「空論屋三右《うつろやさんえ》」

ふと、正吉たちの背後から穏やかな声がかかった。

「とは、よく言ったものだな。相変わらず面白いことを考える」

振り返ると、そこには妙に童《わらべ》じみた微笑を浮かべた、色白で丸顔の男が立っていた。

「な、長秀《ながひで》様」

正吉は思わず頓狂《とんきょう》な声を上げた。

丹羽長秀。通称は五郎左衛門《ごろうざえもん》。織田家の二番家老であり、信長の最も有力な配下の一人であり、なにより正吉と与右衛門の主《あるじ》であった。

「殿、これは、その……」

正吉は狼狽《ろうばい》し、先ほどまで得意げに広げていた地図を慌《あわ》てて丸め、その場に捨てた。だが、長秀は相変わらず微笑を浮かべたまま、

「恥じるな、正吉」

と言ってすぐにそれを拾い上げた。

「くだらぬ世の常に合わせて己を狭めるようでは、その世を打ち倒そうとする信《う》長《え》様の幕下は務まらぬぞ」

その言葉は、坊主がわけ知り顔で話すような説教や訓戒とは違う。丹羽長秀というこの男自身が、常識外れと評するほかない異様な経歴の持ち主であった。

織田家は急速な勢力拡大に伴い、単純な戦闘要員以外にも様々な技能を必要とするようになった。ところが、信長は新たな技能を必要としたとき、そのために人材を雇うということをしなかった。問題に直面したとき、この覇王はただ一言、決まった言葉を吐《は》くだけである。

――五郎左《ごろうざ》（長秀）、お主に任せる。

この言葉により、長秀はときには経験もない城郭《じょうかく》建築を任され、安土《あづち》城という天下一の巨城を築かなければならなかったし、ときには琵琶湖《びわこ》で当代一の大船を製造しなければならなかった。かと思えば、戦場指揮官としての任務もあり、遊撃部隊の隊長として、四方八方の戦場に援軍として駆けつけなければならなかった。

驚くべきことに、長秀はそれらの理不尽ともいえる任務を常に成功させた。いつしか長秀は「米のように欠かせぬ男」として「米五郎左《こめごろうざ》」と呼ばれるようになった。

「わしも昔は鬼五郎左などと呼ばれ、槍先の功にばかり逸《はや》っていたものだ。己の使い道がどこにあるかなど、そう容易《ようい》にはわからぬよ。ましてお前のような若者が、自身の在り方を狭めるような真似をするべきではないぞ」

「は……」

正吉は羞恥《しゅうち》と照れが入り混じった表情でうつむき、地図を懐にしまい込んだ。その傍らで、与右衛門が不満げな視線を長秀に向けている。甘やかしては困るというのであろう。長秀は「わかっているから、そう睨むな」とでもいうように苦笑し、

「とはいえ、画餅《がべい》では腹が満ちぬことも事実だ。ありあわせの材料でこの場を打開することも、ときに必要であろう」

「しかし、どうすれば……」

「だから材料を使うのだ。それとも、我ら丹羽軍は画餅の添え物か？」

その言葉に、正吉たちは思わず耳を疑った。長秀の言う「ありあわせの材料」

が丹羽軍だとすれば、それを用いてこの場を打開するということは――

(抜け駆けではないか!)

言うまでもなく、重大な軍令違反である。しかし、丹羽軍が前線に投入されれば戦況は大きく変わってくるだろう。正吉は顔を伏せたまま、視線だけを恐るおそる長秀に向けた。この善人を絵に描いたような主君のどこにこれほどの大胆さが潜《ひそ》んでいるのか、不思議でならなかった。

「わかったようだな。されば……」

「お待ちください」

それまでうつむいていた正吉が、ぱっと顔を上げて言った。

「一軍が丸ごと抜け駆けとなれば、丹羽家は諸将の信を失い、のちの戦に支障が出ましょう」

「では、どうする。その配慮のために傍観を続けるのか」

正吉はかぶりを振った。

「一人の猪《いのしし》武者が突出し、その勢いについ引《ひ》き摺《ず》られたとなれば、言い訳も立ちます」

長秀の顔から、笑みが消えた。この若者は、今もなお織田軍の屍《しかばね》を築き続けているあの弾雨の中を、ただ一人で突破すると言っているのだ。

（できるのか）

長秀はそう言いかけて、やめた。覚悟を決めた臣に主がかけるべき言葉は別にあり、しかもそれはただ一つしかない。

「よくぞ申した。されば往《ゆ》け、正吉」

「承知」

小さくうなずくと、正吉はすぐに馬上の人となった。そして、中野城に向かって飛ぶように馬を駆けさせた。

多数の兵が竹束と木盾に隠れながら、恐るおそる進んでいく。その隙間を縫《ぬ》うようにして、正吉は駆けた。あれほど鉄砲の脅威を重く見ていた男が、そんなことは忘れたかのように躊躇《ちゆうちよ》なく敵城に迫っていく。

「なんじゃ、ありゃあ」

中野城に籠る雑賀衆も怪訝《けげん》な目で、たった一騎で猛進してくる武者を見ていた。

「まさか、軍使か？」

軍使なら、一人で城に近づいてくるのもわかる。実際、織田軍では何度か降伏を勧《すす》める使者を中野城に出してきていた。

「いや、敵じゃろうて」

そう言ったのは、この城の守将・宮本兵部《みやもとひょうぶ》である。

「降伏を勧める軍使なら、それとわかる指物《さしもの》を背負っておるはずじゃ。奴《やつ》はなにも背負っておらん。信じがたいが、敵兵じゃ」

兵部の判断が正しいとすれば、敵はよほどの勇者か、途方もない愚者であろう。いずれにせよ、敵が迫っているならば彼らが取る行動は一つであった。

「鉄砲衆、構えい！」

「応！」

兵部の命に従い、配下の兵士たちは即座に射撃体勢を作った。

「あの者の四肢《しし》と頭を砕いて、織田軍の肝を冷やしてやれ！」

銃弾は、動く的に当てることが一番難しいという。しかし、雑賀衆にとってはなんでもない技能である。的の遠近、大小、挙動など、この鉄砲集団には砂粒《すなつぶ》ほどの違いでしかない。

銃兵たちは構えたまま無言でいる。まるで身体が木か石になったかのように固まり、息は聞こえぬほどに細い。

五十間《けん》（約九〇メートル）、三十間……と、敵はどんどん近づいてくる。やがて、敵が今にも城壁に触れそうな距離になってようやく、
すっ
と、葉から雨露が落ちるように、静かに引き金が引かれた。

五つの銃口から同時に、雷鳴のような銃声が轟《とどろ》いた。白い硝煙《しょうえん》が銃口から吹き出し、その先で馬の嘶《いなな》きが聞こえる。

「敵の屍はどうなっとる？」

兵部は、敵兵のことをすでに屍と呼んでいた。彼にとってみれば当たり前のことで、雑賀衆の銃声が鳴り響いたのちには、生きている敵兵は一人も残らないのである。それより、四肢と頭という兵部が指定した的を誰が最も見事に貫いたか、大将として確かめなければならない。

しかし、依然として煙は晴れない。火縄銃というより黒色火薬の欠点であり、撃った後はもうもうと硝煙が立ち込め、視界を塞《ふさ》いでしまう。

やがて、煙が晴れた。

「どうじゃ、見えるか？」

「おお、今たしかめ……」

城壁の鉄砲狭間《ざま》を覗《のぞ》き込んだ兵士の言葉は、そこで途切れた。

突然、狭間《さま》から飛び出した槍の穂先が、兵士の目を突いたのである。兵士は声もなくその場に崩れ落ち、そのまま息絶えた。城内は騒然となった。

「何事じゃ！　なにが起こっておる！」

戸惑う兵部の言葉に、配下の者は誰も答えない。答えようもなかった。兵部は舌打ちし、自ら城壁の上に登った。そのとき、
びゅっ
と、兵部の首めがけて槍が襲った。すんでのところで躱《かわ》し、慌てて刀を抜く。

「何者じゃ！」

槍の主は、にやりと不敵に笑い、

「江口三郎右衛門正吉、一番槍！」

と、大声で叫んだ。そこには、先ほどの単騎の武者が城壁に取り付いていた。

「なんという奴だ」

後方で一部始終を見ていた与右衛門は、正吉の働きに舌を巻いた。

本来なら馬上の正吉の身体には銃弾が食い込み、今ごろは中野城の前に骸《むくろ》を並

べていたことだろう。ところが、銃撃の直前、正吉は身体の力を抜いた。そのまま馬から振り落とされ、銃弾は先ほどまで彼の身体があった場所を掠《かす》めていった。

雑賀衆の狙撃術は恐ろしく正確である。流れ弾、外れ弾というのはありえず、それゆえに正吉は躱すことができた。しかし、馬から落ちるのが遅過ぎても早過ぎてもならず、そもそも落馬自体が死因となりうる危険な行為である。

「そんな無茶を、ああも見事にやってのけるか」

若くして合戦の呼吸を知り尽くした働きぶり、十中八九は死ぬような無謀を平気でやってのける胆力、いずれも生半《なまなか》な能ではない。正吉には、戦場職人として天性のものが備わっているのだろう。

すでに城壁の上に登った正吉は、狭い足場をものともせず、巧《たく》みに槍を繰り出した。

「早う、こいつを撃ち殺せ！」

次々と繰り出される槍を刀で防ぎながら、宮本兵部が叫んだ。だが、彼の配下にその声は届いていなかった。その理由《わけ》を、兵部はすぐに知った。

配下の一人の言葉に城外を見ると、なんと、先ほどまで弾除《よ》けに隠れていた織田軍が、残らず突撃してきていた。それも一方からではない。中野城を包囲していた全ての織田軍が、竹束も木盾も放り捨て、ただ槍を手に一直線に向かってくる。

正吉の死を恐れぬ一騎駆けは、もはや勇気というより狂気に近い。その狂気は感染し、伝播《でんぱ》し、やがて軍の形になった。織田軍、三万。まさしく雲霞《うんか》のような軍勢が、呑《の》み込むようにして中野城に迫っている。

「ここまでか」

兵部はぎりぎりと口惜《くちお》しげに歯を鳴らした。

わずか千人の雑賀衆では、三万人を同時に射殺す術はない。千人殺そうが、二千人殺そうが、やがては人の波に抗しきれず、無惨に呑み込まれるだろう。すでに勝敗は決した。それでも、彼らは抵抗をやめるわけにいかなかった。

兵部は正吉に背を向け、城壁の内側に飛び降りた。

「あっ、逃げるか！」

「木端《こっぱ》武者め」

相手にできるかとでも言いたげに、兵部は吐き捨てた。彼がこの期に及んですべきことは、江口某《なにがし》という蛮勇の将と槍合わせをすることではなかった。兵には兵の仕事があるように、大将には大将の仕事がある。兵部はさっさと駆け去り、物見矢倉《やぐら》によじ登り、

「聞けや！　織田の弱卒ども！」

と、屋根板が震えるほどの大音声《だいおんじょう》で叫んだ。

「我らは雑賀衆！　何者にも従わず、何者にもまつろわず、己の技量一つで戦乱の世を渡ってきた！　その雑賀衆が、今さら信長に傅《かしず》けるものか！」

叫び終わると、兵部はそこから配下に次々と下知《げじ》を飛ばした。

敵味方が入り混じる激戦の中で、雑賀衆の鉄砲はいよいよ天を割らんばかりに鳴り響いた。断末魔と銃声の奇妙な重奏は、彼ら自身のための鎮魂歌だった。

雑賀衆は最後まで奮戦し、織田軍に多大な犠牲を出した。そして、中野城は落城した。

二

たとえば雨が上がった後の路上。足元は残らず濡《ぬ》れそぼちながらも、水たまりと地面には確かな境界がある。落城後の中野城周辺も、似たようなものだった。血を流す者、傷を負った者、中には指や目、手足を失った者さえいたが、彼らは血に濡れながらも生きている。片や同じような外見でありながらすでに屍となった者たちも大勢地に伏している。

合戦もまた、一つの通り雨と変わらない。それが過ぎ去った後には、わずかな残り香と、確かな境界だけが置き去りにされていく。

新鮮な血の臭い、生温かい死体の臭い、焦げくさい硝煙の臭い、それらが潮風に乗って、辺りを包んでいる。合戦という通り雨の残り香は決して芳《かぐわ》しいとはいえないが、境界の一方に立った織田軍の兵士たちにとっては、どれほどの馥郁《ふくいく》たる香りにも代えがたいものだった。

正吉は、丹羽家の陣所に向かって歩いていた。

途中、死体に群がる雑兵《ぞうひょう》を何人も見た。彼らは、自分たちの直属の上司から死体処理の命を受けているのだろう。戦場で死体を放置すれば当然ながら腐敗し、のちにその地を治めるときに難がある、というのが建前である。実際は、死体から鎧《よろい》や刀を剝《は》ぎ取らせることが主眼で、処理というのはついでに過ぎない。略奪の許可は大将の懐が痛まないうえに、兵たちの士気も上がるという一挙両得の法であり、どの軍でも当たり前に行われていた。しかし、

（やりきれぬ）

と、正吉は思うのである。

武士は誰かの命を奪って生きている。殺人がこの世で最も重い罪なら、これほど卑《いや》しく罪深い稼業《かぎょう》はないであろう。だからこそ、武士はせめて生き様だけでも爽《さわ》やかたらんとする。

（生き様まで卑しくなれば、いよいよ俺たちは餓鬼畜生《がきちくしょう》の群れと変わらない）

死体漁《あさ》りからなるべく目を逸《そ》らしながら、正吉は逃げるように歩いた。

「正吉！」

正吉が陣幕をくぐるやいなや、長秀は床几《しょうぎ》を立って駆け寄ってきた。

「よく生きて帰った」

長秀は正吉の手をとり、心から嬉しそうな様子で言った。笑うと笑窪《えくぼ》が浮かび、もう四十を超えているというのに、いよいよ子どものように見えた。

「一番槍の功、見事であった。お主の武勇が画餅を実物に変えてしまったな」

正吉の突出は丹羽軍抜け駆けのための建前のはずだったが、あまりの勢いに織田全軍が引き摺られてしまった。ところが正吉は、

「いいえ、それほどのことでもございません」

と言って、照れ臭そうに頭をかくばかりだった。戦場でどれほどの大功を立てても、はにかむばかりで強く主張しようとしない。この態度と性分は同時代の武将としてはよほど珍しい。

「だが、働きを見極め、報《むく》いるのがわしの仕事だ」

そう言うと、長秀は自らの脇差《わきざし》を正吉に与えた。正吉は膝をつき、かしこまってそれを受けた。

「目利《めき》きができるか？」

長秀は悪戯《いたずら》っぽい笑みを浮かべた。なにか含みがあるらしい。正吉は「失礼」と断り、脇差を抜いたが、不思議な刀風で、地肌や刃文《はもん》を眺《なが》めてみると様々な刀と似ているようなのだが、そのどれとも完全には一致しない。

「……わかりませぬ。備前《びぜん》か相州《そうしゅう》の刀工《とうこう》に似ておりますが」

「そうか、そう見たか」

長秀はくく、と堪《こら》えきれず苦笑を漏《も》らした。

「いや、我ながら意地悪をしたな。それはな、冬廣《ふゆひろ》よ」

「ああ、冬廣」

若狭《わか》住《さじゅう》冬廣、または若州《じゃくしゅう》冬廣という。

もとは相模《さがみ》の刀工だが、丹羽家の領国でもある若狭に移り住んだ。相州伝といわれる相模刀工の作風を下地としながらも、備前伝といわれる備前の刀工の技術を積極的に取り入れ、両流が入り混じったような独特の刀となっている。

「さて、正吉」

長秀は急に真面目な顔になり、正吉に向き直った。

「冬廣をわしが与えた意図がわかるか？」

「私の働きの恩賞にと……」

「馬鹿な」

長秀は口元を少しだけ歪めて笑った。しかし、真面目な表情を崩さない。

「わしを、物の見えぬ大将にするつもりか。お主の働きの報いが、脇差一振《ふり》で足りるものか」

「では、なにを」

「察せ」

冬廣の刀から、何事か推察しろということらしい。先ほどの目利きは戯《たわむ》れかもしれないが、冬廣そのものには別に真意があるという。それも、戦場で軽々しく伝えられないような大事らしい。

改めて脇差全体を眺めまわしてみる。鞘《さや》は蠟色《ろいろ》、柄《つか》は鮫皮《さめがわ》に黒糸巻き、飾り気もなにもない拵《こしら》えだが、鍔《つば》だけはやけに豪奢《ごうしや》で、風に吹かれる若椿《わかつばき》が金象嵌《きんぞうがん》で鮮やかに描かれている。

（椿といえば）

若狭国には、椿峠という交通の要所がある。ところが、その要所を押さえるべき拠点である国吉《くによし》城には、現在ゆえあって城代《じようだい》がいない。

そこまで考え、正吉は息を呑んだ。

「まさか、国吉城を私に？」

恐るおそる尋《たず》ねたが、長秀は答えない。うなずく様子すら見せず、じっと押し黙っている。やがて、おもむろに口を開き、

「働きに報いることが、わしの仕事さ」

と言い、微笑した。

城代となれば家老に次ぐ、家中の政《まつりごと》にも参画すべき立場であり、戦場では一隊を率いる将である。これほどの大抜擢《だいばってき》を戦役の途中で軽々しく告げるわけにはいかない。そのため、長秀はこのような形で内示してみせた。

（この殿のためならば）

命さえいらぬ、と正吉は思った。

己の働きを正しく評価する主というのはそれほどに得がたく、武士であれば誰もが正吉と同じ思いを抱くだろう。

そんな正吉の感動をよそに、長秀は相変わらず呑気に微笑《ほほえ》みながら、

「正吉よ、もう一仕事せねばならぬ。お主も手伝え」

と言って本陣の隅を指差した。そこには、丹羽家の家紋が入った樫《かし》の箱がいくつも積み上げられている。無論、正吉はその箱の中身を知っていた。丹羽軍の軍資金である。

「あれをこれから兵たちに配るが、手が足りぬ。手伝え」

正吉は驚嘆《きようたん》の声を上げた。陣中で金を配るということがそもそもありえない

し、その元手が軍資金というのもありうべからざることである。第一、兵卒の武功というのはよほど高名な武者の首でも取らない限りは、大将自ら報奨《ほうしょう》することなどない。長秀の宣言はどういう角度から見ても、常識から大きく逸脱している。

「言っただろう、正吉。わしの仕事は、働きに報いることだと」

長秀は相変わらず穏やかな微笑を絶やさなかったが、口ぶりに冗談めかしたところはない。冗談でも狂言でもないのなら、正吉は当然の疑問を吐かなければならない。

「なぜ、そのようなことを？」

「武士はなにゆえ、武士たりえると思う？」

長秀は正吉の質問に答えず、逆に問いかけた。

「武士とは見方によれば殺人者であり、掠奪《りゃくだつ》者であり、侵略者である。その強欲は生きながらにして餓鬼道に堕《お》つるが如《ごと》くであり、その行いは畜生のそれとまるで変わらぬ。餓鬼畜生の徒輩《とはい》と武士を分かつものがあるとすれば、それはなんだ？」

正吉は考えない。考えるまでもなかった。長秀の質問は、彼が常に思いを巡らし、自身に銘《めい》じ続けていることである。

「生き様の爽やかさ、かと存じます。それがなくては、いよいよ我らは餓鬼畜生の群れと変わりませぬ」

長秀はじっと正吉を見ている。その目は睨んでいるようにも、驚いているようにも見える。やがて、この丸顔の主人は頰《ほお》をほころばせて人の好《よ》い笑みを浮かべた。

「その通りだ。ゆえに、丹羽の兵には死体漁りのような卑しい真似はさせられぬ」

その言葉で、ようやく正吉も長秀の考えがわかった。死体の始末に伴う雑兵の行いは、軍規で禁止されながらも、実際は見逃されていた。長秀はその軍規を徹底させようというのであろう。ただ禁止するだけでは兵の不満が募り、士気が下がる。だから、きちんと軍規を守った兵には、具足《ぐそく》や刀と同じ値の金を与えるのである。

（この殿は、単に良き主人というだけではない）

配下の働きを正しく見定める主君は、得がたいとはいえ長秀以外にもいるであろう。しかし、雑兵の働きに、わざわざ懐を痛めて報いようとする大将がほかにいるだろうか。それも、ただ武士の生き様を守るという、それだけのために。

(長秀様の志《こころざし》は、俺と同じだ)

五体が打ち震える。堪えようとするが、どうにもならない。心臓が波打つ。目頭が熱を帯びる。興奮と感動が全身を支配し、脈動を続けている。気がつくと、正吉は涙を零《こぼ》していた。

(いかん、殿の御前だ)

自分を叱りつけ、溢《あふ》れるものを必死に拭《ぬぐ》おうとするが、いつまでも涙は止まらず、ぼろぼろと零れた。

長秀ははじめ驚いた様子だったが、やがていつもの穏やかな微笑を浮かべ、金《かね》櫃《びつ》を担いで陣を出ていった。

江口三郎右衛門正吉が、丹羽家に己の全てを懸けようと誓ったのはこのときからだった。

大袈裟《おおげさ》にいえば彼のこの誓いが、のちの歴史を少し変えることになる。

羽と柴

一

水を見ていた。見渡す限りの広大な水を見ていた。

海と見紛《みまご》うほどの巨大な湖。その湖畔《こはん》には小さな山があり、さらにその上に城《じょう》郭《かく》がある。城の名は近江佐和山城《おうみさわやま》、湖は琵琶湖《びわこ》である。江口正吉は、その城の物《もの》見矢倉《みやぐら》から湖面を見ていた。

「まるで、山が湖に浮かんでいるようだなあ」

そんなことを呑気《のんき》に独りごちる。城郭も、正吉にとっては見晴らし台と変わらない。気の抜けた顔を隠そうともせず、日向《ひなた》で寝る猫のように呆《ほう》けた様子で矢倉下を観望していた。

そのとき、水面に一艘《そう》の船が浮かんでいるのが見えた。船は、どうやらこちらに近づいてきているらしい。

「賊《ぞく》か？」

一瞬そう考えたが、すぐに自ら打ち消した。賊がたった一艘で、白昼から城に攻めかかるなどありえない。なにより、船の外観が明らかに賊のそれではなかった。船体全面が派手な朱塗《しゅぬ》りで、あちこちに金で装飾が施《ほどこ》してある。船の主はよほどの貴人か、大商人であろう。

「されば、客だな」

正吉は軽く身体《からだ》を伸ばし、急ぐでもなくゆるゆると矢倉を降り始めた。戦場では誰よりも機敏な男だが、平時はほとんど昼行灯《ひるあんどん》に近い。まだ三十にもならないというのに年寄りのような足の重さで、正吉は本丸に向かった。

草色の肩衣《かたぎぬ》に同色の袴《はかま》、小袖《こそで》は白。正吉は書院《しょいん》にゆったりと座り、客人を待っていた。堅苦しさを嫌い、少し緩《ゆる》んでいる態度がかえって鷹揚《おうよう》に見え、妙な威厳を醸《かも》し出している。その姿はまさしく高禄《こうろく》の重臣に相応《ふさわ》しい。もっとも、黙ってさえいればの話だが。

「それで、客人は誰かね？」

「それが……」

近習《きんじゅう》が口ごもっていると、妙に大きい無遠慮な足音が聞こえてきた。ただ、その足音は大きさの割に重量を感じない。

（小男かな）

居住まいを正し、客を待ち構えた。

果たして、足音の主は小男だった。書院に入ってきた客人は正吉の姿を見るや、城中に響くような大声で笑い出した。

「馬子《まご》にも衣装とはよく言うたものよ。どこの大名かと思ったぞ」

「あなた様は……」

正吉はこの小男を知っている。天下で並ぶ者がいないといわれる大声、そして「猿」と異称される奇妙な風貌《ふうぼう》は一度会ったなら忘れようがない。

「羽柴《はしば》様……」

「うむ。久しいの、三右《さんえ》」

小男は小さな顔をはちきれさせるようにして笑った。

羽柴筑前守秀吉《ちくぜんのかみひでよし》。草履《ぞうり》取りから家老にまで成り上がった、織田家きっての名物男である。

秀吉は尻餅《しりもち》をつくようにその場に腰を下ろし、せわしなく扇子《せんす》で顔を煽《あお》ぎ始めた。その振る舞いはまるで自分の家のように遠慮がない。

「しかし、三右。あまり大きな声でわしの名を呼ぶなよ。内密で来ておるからの」

「ご内密というのであれば、羽柴様に笑いを堪《こら》えていただかねばなりますまい。先ほどの笑い声で、羽柴様がいらっしゃったことは城中はおろか領内中に伝わりましたから」

「ああ、それもそうか」

秀吉はそう言うと、再びあの大声で笑った。この小男のどこにこれだけの声が詰《つ》まっているのか。正吉もつい釣り込まれて苦笑した。

「こうして直《じか》に言葉を交わすのはずいぶんと久し振りじゃのう」

「雑賀攻め以来になります」

「されば五年振りか」

秀吉はふと笑いを消し、遠くを見るような顔つきになった。その表情は昔を懐かしむというより、どこか悲痛に見えた。

「様々なことがあったな。思えばこの五年の間、我らは天と地が絶えず覆《くつがえ》る中を歩いてきたようなものだ」

秀吉の言う通り、この五年間は様々なことがあった。あり過ぎたと言っていい。歴史はこの五年の間に変転し、時代はまったく姿を変えてしまった。

その最大の変化は、あれほど強大だった織田政権というものが、跡形もなく瓦《が》解《かい》してしまったことである。


天正十年（一五八二）六月二日、信長は京に宿泊していた。

宿所は城ではなく寺である。京をはじめ畿内は織田政権の中心地であり、信長に逆らう者があろうはずがない。ゆえに信長は京に城や砦《とりで》の類《たぐい》をろくに造らなかった。

しかし、叛逆者《はんぎやくしや》はいた。その夜、中国方面に援軍に向かうはずだったある軍が途中で進路を変えた。この軍の目的地の名前は、彼らの大将の言葉と共に、歴史の大事件として記録された。

「敵は、本能寺《ほんのうじ》にあり！」

軍勢の大将は、配下に向かってその劇的過ぎる言葉を吐《は》いた。本能寺にいるのは誰か、軍勢の一兵卒に至るまで皆知っていた。

前右大臣《さきのうだいじん》、織田信長。新政権の主であり、天下統一を目前に控えた戦国の覇者であり、なによりこの軍勢の大将の主君だった。

大将の名前は惟任日向守《これとうひゅうがのかみ》、またの名を明智光秀《あけちみつひで》という。

世に「本能寺の変」と呼ばれるこの歴史的叛逆によって信長は弑《しい》され、その政権と共に炎の中で果てた。

なにが光秀を叛逆に踏みきらせたのか。その真相は今日に至るまで明らかになっていない。なぜなら、光秀は謀叛《むほん》の存念を誰かに語る間も与えられず、事件からわずか十一日後には、胴から離れた首を刑場に晒《さら》していたからである。

(そうだ。この人がそれを成した)

正吉は唾《つば》を呑《の》んだ。叛逆者明智光秀を討ち取った張本人は、目の前で胡坐《あぐら》をかいている。

本能寺の変が起きたとき、羽柴秀吉は備中高松《びっちゅうたかまつ》城を攻囲していた。

この男は陣中で変報を聞くやいなや、交戦中の敵と和睦を結び、全軍を率いて畿内に急行した。秀吉とその軍は「中国大返し《ちゅうごくおおがえし》」と呼ばれる驚異的な大強行軍により、わずか五日間で五十一里（約二〇四キロ）を走破した。そして摂津《せっつ》に駐屯《ちゅうとん》していた丹羽長秀ら諸将と合流し、摂津と山城《やましろ》の国境にある山崎《やまざき》の地で明智軍を破った。

（さて、問題は）

正吉はちら、と秀吉の顔を窺《うかが》った。先ほどの悲痛な顔はどこにもなく、すでに秀吉は笑みをたたえている。もともと真剣な表情を保ちにくい性質《たち》なのか、この笑顔も政治的な駆け引きの一つなのか、正吉には判断がつかない。

（ともあれ問題は、今や織田家の英雄たるこのお方が、なぜわざわざ内密にこの城にやって来たのか、だな）

「そういえば、五郎左（丹羽長秀）殿は息災《そくさい》か？」

「いえ、主は病が長引いておりまして……。本日もそのために羽柴様をお待たせしてしまい、申しわけなく存じます」

事実だった。長秀は数年前から腹部に腫瘍《しゆよう》ができていた。このため、正吉は頻《ひん》繁《ぱん》に長秀を見舞《みま》い、そのついでに城内の政務を手伝っていた。本来は長秀の居城である佐和山城に、国吉城代《くによしじようだい》の正吉がいるのはそのためである。

そんなやり取りの最中、からりと襖《ふすま》が開いた。

「おお、五郎左殿！」

「遅くなり申しわけござらぬ、筑前殿」

そう言って少しよろめきながら秀吉の前に座った長秀は、五年前とはまるで違っていた。顔つきこそ相変わらず童《わらべ》のようだが、愛嬌《あいきょう》のあった丸顔はずいぶんと頬《ほお》がこけ、顔色もどこか青白い。

「して、用向きはなんでござろう」

「それは……」

秀吉はちらりと正吉を一瞥《いちべつ》した。家来を挟《はさ》んでいては話しづらいことらしい。正吉もそれを察し、席を立とうとした。

「待て、正吉」

長秀は病む前と変わらない威風のある声でぴしゃりと言った。正吉は反射的にひれ伏した。

「筑前殿、正吉は口が堅い。できれば同席させたいのだが……」

「いや、しかし……」

「もし話が漏《も》れるようなことがあれば……」

戸惑う秀吉に、長秀は穏やかに笑いかけた。

「正吉を斬り、この五郎左の首も差し上げましょう。不足ですかな？」

態度が穏やかなだけに長秀の言葉には篤実《とくじつ》な響きがあり、かえって迫力がある。この言葉に、秀吉ほどの男がたじろいだ。少しあたふたとしながら「よろしいでしょう」と答え、本来は同席の許されない正吉を密議に加えてしまった。

「正吉」

平然とした様子で、長秀は語りかけた。

「よい機会だ。お前も、政《まつりごと》というものの裏を見ておくとよい」

そう言ってくすりと悪戯《いたずら》っぽく笑う姿は、五年前の雑賀の陣となにも変わっていなかった。

人払いが済むと、秀吉は懐《ふところ》からなにか取り出した。

「清洲《きよす》からの手紙でござる」

声をひそめて、秀吉は言った。長秀は腕を組んだまま無言でいたが、やがて聞き取れぬほどの小声で何事か呟《つぶや》いた。

「やはり、このことか」

正吉には、長秀がそう言ったように聞こえた。

清洲城は、織田信長の草創期の居城である。尾張の中心部に位置し、複数の街道と隣接する交通の要所であった。

二

「存外、草深いところだ」

城下町を歩きながら、正吉はぼやいた。いや、城下町といえるだろうか。辻を見下ろすように聳《そび》える黒塗りの城郭の周りには、確かに民家や商店が多い。しかし、それらは城の周囲に計画的に作られたというよりは、すぐそばを通る街道が目当てで人が住み着いたようにしか思えない。町割の粗さに加えて、あちこちで伸び茂っている葦《あし》が余計に草深い印象を与える。この辺りの地勢は低湿地で、自然と葦も多い。

正吉は、この清洲城を実はよく知らない。己が物心ついたころには、信長の本拠は美濃《みの》の岐阜《ぎふ》城であったし、二十歳を過ぎるころには近江の安土城に移っていた。尾張は信長発祥の地であったにせよ、隆盛期の政務の中心地ではなかった。

それでも、織田家にとって清洲城は神聖な城である。あの手紙の主が、京でも、岐阜でも、安土でもなく、信長発祥の清洲城を指定したのは、これから始まるであろう会議の内容を考えれば当然であったかもしれない。

「江口三郎右衛門、丹羽家の使いとして参上仕《つかまつ》りました」

清洲城の書院で、正吉はひれ伏しながら言った。

城下と違い、邸内は意外なほどに手が行き届いていた。目立つ調度や意匠《いしょう》は見られないものの、まるで新造のように美しく保たれている。

「面《おもて》を上げよ」

よく響く低い声に従い、正吉は上半身を起こした。

声の主は、上段で正吉を睥睨《へいげい》していた。

まず一見して身体つきが大きい。胸襟《きょうきん》を開き、ゆったりと座っているものの、背筋は杉のように真っ直《す》ぐ伸びており、ますますその影を大きく見せた。歳《とし》はそれなりに食っているらしく、目尻や口元には鑿《のみ》で彫ったような深い皺《しわ》が刻まれ、顔の下半分を覆う髭《ひげ》には白いものが混じっていた。しかしそれは男の威風を損《そこ》なうものではなく、むしろ山奥で白毛の老猿《ろうえん》を見たような、迫力というよりは神仙《しんせん》に近いものさえ感じさせた。

「ご苦労。すでに筑前（秀吉）ら諸将も集まっておるゆえ、五郎左も急ぎ登城するよう伝えよ」

上段の男、柴田勝家《しばたかついえ》は眉間《みけん》に皺を寄せたまま、厳《いか》めしい態度で言った。

織田家には、五大将と通称される家老がいた。

正吉の主人である丹羽長秀をはじめ、羽柴秀吉、明智光秀、滝川一益《たきがわかずます》、そして柴田勝家の五人がそれであり、中でも勝家は筆頭の地位にあった。

（その柴田様が、なんのつもりで重臣を清洲城に呼び寄せたのか）

すでに、信長の仇《かたき》である明智光秀は討ち取られた。信長の死によって起きた反乱の鎮圧や、四方の派遣軍の撤退もひとまずは完了し、織田軍の戦線は本能寺の混乱から立ち直りつつある。つまり、重臣との議題は合戦のことではありえない。とすれば、答えは一つである。

（どうやら、殿や羽柴様の仰《おつしや》る通りか）

正吉はかしこまって拝礼をし、書院から退室した。

その後、改めて長秀と共に登城し、広間に通された。室内には織田家の家臣が三十名ほど詰めていた。上座には勝家がおり、そこからずいぶん席次を下げたところに秀吉の姿も見える。

「さて、どうやらお揃《そろ》いのようだ」

上座の勝家は相変わらず威厳のある声でそう言い、諸将の顔を見回した。

「此度《こたび》の議題だが、各々《おのおの》察しはついておられよう」

しん、と周囲が静まり返る。無論、この場にいる誰もが議題の見当はついていた。

──次の天下人を決める。

つまり織田家という、この巨大な政権の後継者を決めねばならない。

それは本来、信長の嫡《ちゃくなん》男である信忠《のぶただ》が継ぐべきであったが、彼は本能寺の変の直後、宿所を明智軍に包囲され、切腹している。であれば、新たに信長の子から継承者を立てなければならないだろう。

勝家は大きく咳《せき》払いをして注目を集めると、おもむろに口を開いた。

「わしは、信孝《のぶたか》様こそ次なる天下人に相応《ふさわ》しいかと存ずる」

長秀の傍《かたわ》らで話を聞いていた正吉はあっと息を呑んだ。

織田家三男・信孝。傑出したというほどではないにせよ信長の子の中ではそれなりに器量があり、年齢も二十五歳と後継としてはちょうどよく、世間の評判もとりあえずまずくない。確かに後継者として妥当な人選かもしれない。しかしそれは、ある一点を除けばの話である。

(信孝様の具足《ぐそく》親は、柴田様ではないか)

具足親というのは、武士が元服《げんぷく》する際、はじめて甲冑《かっちゅう》を着せる役目である。つまるところ、勝家は信孝の後見人に近い立場であった。仮に信孝が後継者となれば、その下で権力を握るのはほかならぬ勝家になる。

結局のところ、勝家も無私ではない。織田家への忠誠は本物だろうが、同時に自身の栄達も望んでいる。しかしそれは別に不道徳ではなく、武士としては当たり前といっていい野心だった。

「各々、如何《いかが》であろう。ご異存があろうか」

言葉こそ穏やかだが、語気の端々に凄《すご》みがある。これだけ露骨な人選にもかかわらず、誰一人として反論しようとしない。座は勝家の威風に気圧《けお》され、しんと静まり返ってしまった。

「……異存はないようじゃな。然《しか》らば」

会議を締めようとした勝家を、とびきり大きな笑い声が遮《さえぎ》った。笑い声の主はそれまで下座で沈黙していた羽柴秀吉である。

「筑前、如何した」

勝家は、ともすれば怒号しそうになるのを抑え、努めて落ち着いた声で言った。しかし、秀吉は両手を口に当て、足をばたばたさせながら「くふ、くふふ……」と、懸命に笑いを堪える体《てい》でいる。その身振りがいかにも滑稽《こっけい》で道化《どうけ》じみており、つい、座の一人が吹き出した。するとそれにつられて笑い声が増えていき、ついには満座が笑いで溢《あふ》れてしまった。

勝家は懸命に「黙れ！　黙らぬか！」と喚《わめ》くのだが、笑いというのはすぐに収まるものではない。

ようやく広間がもとの静けさを取り戻したころになって、秀吉は、

「いや、失礼致しました。あまりにおかしいものですから」

と、抜けぬけと言った。

全体が勝家になびいたままでは、秀吉がなにを言ったところで受け入れられはしない。秀吉がまずしなければならなかったのは、勝家に同調しかけた座の空気をぶち壊すことであった。

「サル！　なにがおかしい！」

勝家は苛立《いらだ》ちを隠そうともせず傲然《ごうぜん》と吼《ほ》えた。

対する秀吉は、ぱっとその場に立ち上がり、涼しげな顔で扇子を開いた。その

仕草はやはりどこか芝居じみている。

「なるほど、修理亮《しゅりのすけ》（勝家）殿の申されること、いちいちもっともでござる。しかし一つだけ、武家のお世継ぎに最も大事なことを、恐れながら失念しておられる」

「なんだと言うのだ！」

「筋目《すじめ》でござる」

勝家はますます苛立った。そんなことは百も承知である。だからこそ、信長の子である信孝を後継者に選んでいるのではないか。

「然らば、筑前は誰をお世継ぎに推《お》すというのか！」

ほとんど怒号に近い勝家の質問に、秀吉はすぐには答えず、ただ微笑している。勝家は焦《じ》れ、さらに苛立った。すでに会議の主導権も空気も奪われてしまっていることに、この武人肌の筆頭家老は気づかない。

やがて、秀吉はずいと胸を張り、よく通る声でその名を座に告げた。

「三法師君《さんぼうしぎみ》こそ、新たなる天下人たるべし」

その意外な人物の名に、広間にいる誰もが思考を止め、ただ呆然とした。

「信長様《うえ》の御嫡男は信忠様、そして三法師君は信忠様の御嫡男でござる。筋目から考えて、織田家を継ぐのは信長様の御嫡孫《ごちゃくそん》であらせられる三法師君をおいてほかにおられますまい」

「世迷言《よまいごと》を抜かすな！」

勝家は再び吼えた。確かに、織田三法師なる信長の嫡孫が生存しており、秀吉の陣営にいることは勝家も知っていた。しかし、まさか秀吉がその三法師を後継者として推戴《すいたい》するなどとは考えもしなかった。

「三法師君は、まだ幼子ではないか！」

勝家の言う通り、この筋目正しき嫡孫は数えてわずか三歳の幼児に過ぎない。

「筋目も大事だが、やはりお年頃というものがある」

「では修理亮殿は筋目を軽んじておられるわけではないと？」

「無論じゃ。三法師君がもう十もお歳を経ておられるならともかく、かような幼君とあっては、わしは推しかねる」

「それならばお尋ねするが」

秀吉はにっと笑みを浮かべ、

「なぜ、次男の信雄《のぶかつ》様ではなく、わざわざ三男の信孝様を推されるのか」

これには、勝家も言葉に詰まった。

次男の信雄は、いっそ愚者と言ってしまうのが適切であるほど器量に乏《とぼ》しい。軍を指揮する能力もなく、大局を見る器もなく、配下を慈《いつく》しむ心もなく、政務を取り仕切る才もない。それゆえ信長在世時からたびたび失態を晒《さら》し、一時は勘当されかかったこともある。

しかし、仮にも主筋《しゅうすじ》の若君である。まさか「信雄様は愚者ゆえ、天下人に値せず」などと口にするわけにもいかない。勝家は言葉に窮《きゅう》した。

もはや会議は秀吉の独壇場だった。しかし、この小男は政治の練達者《れんたつしゃ》だからこそ、この状況を決して甘く見てはいなかった。いくら理《り》で勝《まさ》っており、流れを握っていても、このまま正面から言い合っていれば、勝家は意地でも折れぬであろう。会議を制し、三法師を後継の座に据《す》えるには新たな一手が必要だった。

突如、秀吉は笑みを消し、その場に跪《ひざまず》いてうめき出した。勝家は驚いて目を剝《む》き、それまで静まり返っていた諸将もざわめき出した。

「申しわけござらぬ、ちと虫気《むしけ》（腹痛）が……」

秀吉は脂汗《あぶらあせ》をかきながら、荒い息を苦しげに吐いた。

「恐れながら、しばらく別室で休ませていただきたく存じます」

座の誰もが耳を疑った。秀吉は、この重大な会議の場を途中退出するというのである。勝家はにわかに信じられず「まことか」と何度も念を押した。問われるたびに、秀吉は青ざめた顔を縦に振り続けた。

「この筑前、もはや申すべきことは全て申しました。後は各々でご相談され、どうか良き御世継ぎを決めてくだされ」

そうして、茶坊主たちに支えられ、秀吉はよろよろと広間を出ていった。

勝家は呆然とした。目の前の出来事が、己の政敵の浅はか過ぎる行動が、およそ現実のこととは思えなかった。秀吉がこの場で論じ続けなければ、その主張など幻のように消えてしまうだろう。

だが、秀吉はただ席を外したわけではない。この小男は去り際に封じ手を残していった。それは、開かれれば盤上の戦況をひっくり返してしまう、鬼手《きしゅ》ともいうべき練達の妙手《みようしゆ》だった。

「少し、よいかな」

封じ手の封は、呑気にさえ思えるほど穏やかな声によって開けられた。

「……なんじゃ、五郎左」

勝家は少し意外そうな顔をした。今までどちらの意見にも与《くみ》せず、ただにこにこと微笑していた丹羽長秀が、急に議論に参加する姿勢をみせたのである。

長秀は相変わらず微笑を絶やさず、篤実そのものといった声音《こわね》で、次のように言った。

「これはどうも、筑前の申すことの方に理があるように思う」

思いもしなかった言葉に、勝家はあからさまに狼狽《ろうばい》した。長秀は信長在世時から控えめで自分の意見を主張しない男として知られている。その男が、中立を破ってわざわざ政敵に回るなどということは、勝家にとっては想定の外だった。

「なぜじゃ、五郎左」

「わけは筑前と同じよ」

そう言って、長秀はただ微笑している。論敵というより仲裁者のような態度で、勝家と議論をしようとしない。それでも勝家は何度も持論を主張したが、長秀はただ微笑しながら「そのことについては筑前が申した」「ああ、それは筑前と同じよ」などと言うばかりで、最後には「やはりわしは、筑前の申す方に理があると思う」と締めてしまう。こういう手合いには、議論を仕掛けた方が負けであろう。しかも、長秀の態度からは少しも老獪《ろうかい》、狡猾《こうかつ》といった印象を受けない。論じれば論じるほど、なにやら必死に持論に固執するようで、勝家の不利であった。

勝家が窮しきったとき、長秀はいかにも慈愛に満ちた優しげな声で、

「修理亮殿よ」

と声をかけた。

「本能寺の変の折、筑前は中国筋《すじ》で大敵と対峙《たいじ》していながら、類稀《たぐいまれ》なる大返しによって上方へと駆け戻り、即座に光秀を討ち果たした」

しかしお手前は、と長秀は続ける。

「筑前の倍の兵力を抱えながら、重い足取りで軍を進めたために、仇《あだ》を討つことは叶《かな》わなかった」

「それは……」

勝家の泣きどころである。本能寺の変の折、勝家は越中《えっちゅう》で上杉《うえすぎ》軍と対峙していた。変報を聞き、抑えを残して畿内に向かったものの、ようやく近江に入ったころにはすでに秀吉が明智光秀を討ち果たしてしまっていた。もっとも、長秀はここで、

——仇討ちに功もなき不覚者が、どの面を下げて織田家を仕切ろうとするのか。

などと勝家を厳しく責めたりはしない。ただ、笑みを絶やすことなく、

「筑前の功に報いてやりなされ」

と言うだけであった。

もはや、勝家に抗《あらが》う術《すべ》はなかった。ここに至ってなおも持論に固執すれば、いよいよ面目《めんもく》を失うことになる。勝家はしばらく無言でうなだれていたが、やがて本来の威風を取り戻し、

「五郎左の申す通りだ」

と、静かに言った。

「わしが間違っていた。筑前の申した通り、筋目を通し、三法師君を天下人として仰《あお》ぎ奉《たてまつ》っていきたいと思う」

各々よろしいか、と勝家は広間の面々に確認した。異論を述べる者は一人もなく、混迷を極めた会議はようやく決着した。

「ああ、めでたきかな」

長秀はくすりと笑い、

「正吉」

と、傍らの江口正吉に声をかけた。

「羽柴殿を起こしにいってやれ」

正吉は小さくうなずき、席を立った。

秀吉は、座敷を遥《はる》かに隔《へだ》てた別室で横になっているという。廊下を渡りながら、正吉は必死に興奮を抑えていた。

(全て、殿と羽柴様の筋書き通りだ)

三法師推戴を持ち出すことも、秀吉が途中で退席することも、代わりに長秀が語ることも、全てがあの佐和山城での密議通りである。あの日の筋書き通りに会議は進み、筆頭家老柴田勝家は赤子の手を捻《ひね》るようにたやすく謀《はか》られた。

(これが、政治というものか)

舞台裏を知っているだけに、正吉の驚きと興奮は一層深かった。正吉が今まで戦場で思い巡らしてきたものが策だとすれば、秀吉や長秀が描いたこの謀《はかりごと》をなんと呼べばよいのか。

(まるで幻術や奇術を見るようだ)

部屋のすぐ近くまで来ると、廊下にまで大いびきが聞こえていた。正吉が苦笑しながら襖を開けると、秀吉は涎《よだれ》を垂《た》らしながら横臥《おうが》していた。正吉は全ての裏を知っていてもなお、この猿顔の小男が謀略を描いた張本人とはとても信じられなかった。

「ひとまずは、上手《うま》くいったようだな」

清洲城での会議から数日後、居城に帰った長秀は正吉に語った。

遠からず、秀吉と勝家は政権を巡って戦《いくさ》に及ぶだろう。三法師という形式上の主を掌握《しょうあく》した秀吉は、大義名分の点で勝家より遥かに有利になったといえた。

「……わかりませぬ」

なぜ、ここまで長秀が秀吉に肩入れするのか、正吉にはわからなかった。長秀さえその気になれば秀吉や勝家に対抗し、自ら天下人の座を狙うこともできるのではないか。

そのことを尋ねると、長秀は少し驚いた顔をしたが、その後はいつもの微笑に戻ってくすくすと笑うばかりだった。

「わしでは、少し足りぬわさ」

「なにが足りないと申されるのです」

武将としての能力で、長秀が秀吉や勝家に劣っているとは思えない。それは織田家二番家老としての数多くの功績が証明するところである。長秀は正吉の心中を察したのか、違う、とかぶりを振った。

「たとえば、お主は自身の野望のためにわしを殺せるか？」

「そんな、滅相もない」

「筑前と修理はな、それができるのよ」

自身の野望を叶えるために、禁忌《きんき》を犯すことができるか。それができなければ、ついに天下に望みは掛けられない。

「それを覚悟と呼ぶか、強欲と呼ぶか、適した言葉がないから難しいがな。将器、軍才、政才などがいくらあったところで、それがのうては、どうにもならぬ。わしは、己の野望のためだけに筑前や修理を殺すことすら恐ろしい。天下を望むなどとても無理さ。――しかし、この戦乱の世で、どっちつかずでいては自身が滅ぶだけだ。たまたま、筑前の方が早く来た。だから明智討伐で力を貸した。一度力を貸したのだから、今後も味方をする。それだけのことだ」

「では、先に来たのが羽柴様でよかったわけでございますな」

正吉の見るところ、勝家は早晩滅ぶ。いくらあの筆頭家老が歴戦の古兵《ふるつわもの》といえど、政略の玄人《くろうと》の秀吉にかかれば、清洲会議のように軽々と手玉に取られるだけだろう。

ところが、長秀は再びかぶりを振った。

「別に修理に味方してもよかったのだ」

「まさか。それでは柴田家と共に滅びます」

「それでもいいのさ」

長秀は笑みを消し、真剣な顔つきになった。

「どうせ、己の天下を抱けないわしだ。修理亮の描く野望を援《たす》けて滅びるならそれもよい。それに、どちらが勝つかなどまだわからぬよ」

「しかし、柴田様では……」

「正吉！」

長秀は珍しく正吉を叱咤《しった》した。語気には明らかに怒気が籠っている。

「お前を佐和山の密議に加わらせたのは、武力への盲信《もうしん》を改めさせるためだ。それが、今度は政治を盲信してどうする」

見たことのない主人の形相に、正吉は恐れおののいた。額《ひたい》を畳《たたみ》にこすりつけ、申しわけございませぬ、と何度も詫《わ》びた。

長秀は大きなため息をつくと、再びいつもの穏やかな表情に戻った。

「武力は恐ろしい。政治は恐ろしい。しかし、最後に物事を決めるのは天の配剤なのだ」

本能寺のように、と長秀は付け加えた。あの信長でさえ、一人の家臣の謀叛で呆気《あっけ》なく滅びた。いくら武力を積み重ねようと、政略を張り巡らせようと、些細《ささい》な巡り合わせのずれで簡単に吹き飛んでしまう。九割九分まで人事を尽くしたところで、最後の一分《いちぶ》は人の手の届かないところにあるのだと、この主君は静かに語った。

三

清洲会議から二ヶ月後。

江口正吉は、紅葉《こうよう》を眺めていた。己の座っている部屋のすぐ脇に縁側があり、その先に庭がある。広いが隅々《すみずみ》までよく手入れされており、楓《かえで》、錦木《にしきぎ》、銀杏《いちょう》などがところ狭しと植えられていた。その赤と黄が押し合うように詰め込まれた様はまるで庭が火事になっているようにも見え、雅《みやび》や艶《あで》やかと評するには少々派手過ぎるように思えた。

（庭にも人柄が出るものかねえ）

もちろん、この庭の主は正吉ではない。主君、長秀でもない。そもそもこの屋敷の場所は、丹羽家の領国の近江や若狭ではなかった。

「京はどうじゃ、三右」

廊下から入ってきた屋敷の主は、相変わらず大きな声で無遠慮に言った。秀吉である。

正吉はちらりと庭を見ると、

「田舎者《いなかもの》ゆえ、京の趣向《しゆこう》というものがわかりませぬ」

と言って苦笑した。秀吉はその言葉を聞くと、庭の葉が落ちるほどに大笑《たいしよう》し、

「わしもわからぬ」

と言ってにんまりと両頬を吊《つ》り上げた。

庭は京好みでもなんでもなく、秀吉の生来《せいらい》の派手好みによってこしらえられたものであった。この成り上がり臭い趣向を恥じるどころか、いよいよ強調し、愛嬌にしてしまうあたりがいかにも秀吉らしい。

清洲会議では織田家の後継者と、諸将の領地配分が定められた。しかし、京というこの重要な権力の根源地は独占を避けるため、丹羽、柴田、羽柴の三家から「京奉行《きようぶぎよう》」なる者を選出し、共同で治めることになった。

羽柴家からは秀吉の義弟《おとうと》でもある浅野長政《あさのながまさ》（長吉《ながよし》）、柴田家は外交に明るい徳《とくの》

山五兵衛《やまごへえ》、そして丹羽家では、戦場が本職であるはずの江口正吉が任命された。

正吉は「わたし如《ごと》きには務まりませぬ。なにとぞ、ほかの者にお命じくださりますよう」と長秀に言ったのだが、彼の主人は悪戯っぽく笑い、「政は恐れるばかりではいかぬ。少し慣れてみるとよい」と、まるで見習いにでも出すように、この重要な役目を決めてしまった。

正吉は国吉城代の任を一時的に解《と》かれ、京に常駐することになった。そしてこの日は、同役の浅野長政に挨拶をするために羽柴邸に来ていた。

ところが、浅野は不在であった。

「すまんのう。浅野はしばらく帰らぬわ」

秀吉は頭をかきながら言った。実は浅野長政はこのとき、越後《えちご》に派遣されて上杉家と同盟交渉を行っていた。秀吉はこのような諸大名への工作を多方面で行っており、外交に長《た》けた浅野も諸国を飛び回らなければならなかった。

「しかし、それではご不便でしょう」

「なに、代わりの者に留守を預からせてあるわ。これがなかなかの利《き》け者でな」

ちょうど隣室にいるから会っていけ、と言い捨てると、秀吉はそそくさと退出した。

忙しいのは浅野長政だけではない。秀吉自身も工作のため、日夜めまぐるしく動いている。成り上がり者の秀吉には直接の家来というものが少なく、京奉行に任命した浅野を地方に派遣しなければならないのも、彼自身が工作に赴《おもむ》かなければならないのもそのためであった。

正吉は家人の案内に従い、別室に通された。

（これは……）

思わず目を瞠《みは》った。そこには、二人の男が座っていた。

一人は、色白で線が細い。目つきが鋭く、表情は良く言えば生真面目《きまじめ》そうな、悪く言えば無愛想だった。いかにも怜悧《れいり》で、優秀な能吏《のうり》といった印象を受ける。

もう一人は、がっしりとした身体つきで、眉が太く目鼻も大きい。色は浅黒く、先ほどの男とは対照的にずいぶんと気さくそうに見えた。

雰囲気こそ正反対であったが、二人ともいかにも賢《さか》しげで、仕事ができそうに見える。それはよいのだが、一つだけ問題があった。

（こりゃあ若過ぎる）

正吉も丹羽家の重臣では年若な方だが、目の前の二人はそれ以上に若い。二十《はた》歳《ち》をそういくつも越えていないだろう。

そんな正吉の胸中を表情から察したのか、色白の若者は無愛想な顔をますます曇らせた。正吉は慌てて容儀を正し、

「丹羽家京奉行、江口三郎右衛門でござる。以後、お見知りおき願い申す」

と、形式通りの挨拶をした。

色黒の若者は「大谷紀之介《おおたにきのすけ》です」と、朗《ほが》らかに言った。ところが、色白の若者は無言のままそっぽを向いている。大谷が慌てて促《うなが》したため、ようやく「石田佐《いしださ》吉《きち》だ」と無愛想に呟いた。

（よほど難儀な性格らしい）

正吉は呆《あき》れた。石田佐吉という若者は、この歳で重役に就くからにはよほど優れた才覚の持ち主なのだろう。だが、この横柄《おうへい》な態度では敵を増やすばかりであり、とても京奉行の代理が務まるとは思えない。

その後、少し世間話をしたが、喋《しゃべ》ったのは大谷と正吉だけであり、石田はずっと無言でいた。ところが、なんとはなしに話題が途切れたとき、それまで黙っていた石田がふと、口を開いた。

「お主は、空論屋《うつろや》などと呼ばれているらしいな。三郎右衛門」

正吉はさすがにむっとしたが、顔には出さない。

「それがなにか?」

平然とした受け答えに、石田は不機嫌そうに鼻を鳴らし、

「地に足がつかぬようなつむりの男に、奉行が務まるのか?」

と、あからさまに挑発してきた。しかし、正吉は取り合わない。若造の罵倒にいちいち腹を立てるほど短気ではなかったし、自分の立場も弁《わきま》えている。ところが、石田は知ってか知らずか、正吉の怒りに触れる唯一の言葉を吐いてしまった。

「このような男を奉行に任ずるとは、丹羽様も人を見る目がないな」

その言葉が終わるのを待たず、正吉は立ち上がっていた。すでに脇差の柄《つか》に手をかけている。血走った眼で石田を見下ろし、

「小僧、取り消せ」

と、低い声で言った。その剣幕に石田は少したじろいだが、すぐに平生《へいぜい》を取り戻して冷笑を浮かべた。

「なぜ、取り消さねばならぬ?」

「俺のことはいい。だが、俺の殿への侮辱《ぶじょく》は許さぬ」

「俺があくまで取り消さぬと言うなら?」

「そのときは、これだ」

そう言うと、正吉はぐっと脇差を引き寄せた。後は白刃による決着しかないということだ。

石田は冷笑を崩さず立ち上がり、

「それも面白いかもしれん」

とうそぶいた。両者が今にも抜き合わせそうになったそのとき、

「佐吉、やめろ」

色黒の若者、大谷紀之介の静かな、しかし迫力の籠《こも》った声が響いた。

「江口殿が正しい。丹羽様は、当家の大事な同盟者だ。その丹羽様の名代《みょうだい》である江口殿に暴言を吐いたとあっては、これは大事になるぞ」

外交問題になるというのであろう。石田は反論の言葉を探している様子だったが、なにも言えず口籠るばかりだった。

もっとも、と前置きして、大谷は正吉の方を向いた。

「そのときは江口殿にも腹を切ってもらわねばならなくなる。この石田もまた、我が殿の名代である。彼に吐いた暴言の数々、その責任を取るように丹羽家に持ち込めばどうなるか」

これには正吉も狼狽した。己の切腹だけで済めばよいが、次第によっては羽柴と丹羽の戦になりかねない。いずれにせよ、主君に迷惑がかかることだけは確実だった。

両者の顔色を順番に覗《のぞ》くと、大谷は朗らかな表情に戻り、

「だが、私としてはこんなことで、せっかくの丹羽家とのよい関係を壊したくない。佐吉には言葉を取り消させるゆえ、どうか穏便《おんびん》に矛《ほこ》を収めていただけないだろうか？」

と言った。

（これは敵《かな》わぬな）

正吉は小さくため息をつき、その場に腰を下ろした。さらに、争う意思がないことを示すため、脇差を大谷の方にぽんと投げた。

「佐吉、お前の番だ」

大谷はそう言って声をかけたが、石田は無言で顔をしかめている。

「佐吉！　殿のご迷惑になるぞ！」

この言葉はさすがに堪《こた》えたらしい。石田はしぶしぶと座り直して姿勢を正し、

「……丹羽様を悪く言ったことを、取り消させてもらう」

と堂々と言った。それは謝罪や訂正というよりは、代官が民に何事か言いつけているようでもあり、正吉にはなにやらそれがおかしく、もはや怒る気は失《う》せていた。

「どうやら丸く収まりましたな」

最初から何事もなかったかのように、大谷はにこにこと笑っている。

「そうそう、当屋敷には見事な茶室があるのです。よろしければ寄っていかれませぬか、江口殿」

大谷の誘いに、正吉は当惑した。

和解したとはいえ、つい先ほどまで剣を抜きかけた相手と共に、平然と茶を飲めるほど正吉は野放図な性分ではない。当然、辞退しようとしたが、

「俺は所用があるゆえ、失礼する」

と言って、石田が席を蹴《け》るようにして退出してしまった。ここで自分まで断れば、なにやら羽柴家と喧嘩《けんか》別れするようで外交上よろしくないだろう。また、石田はともかく、この大谷という若者となら話してみたい気持ちもあった。結局、正吉は誘いを受けた。

茶室は、広大な庭の隅にぽつんと建っていた。その一角だけは楓も銀杏もな

く、青々とした竹林が小さな庵《いおり》を囲んでいる。

正吉は小さな入り口から身体をにじり入れた。外観の印象以上に室内は狭苦しく、広さは四畳にも満たない。壁は藁《わら》を混ぜた土壁であり、質素というよりはいっそ粗末といってもいいほどに侘《わび》しい。

亭主として別の入り口から入ってきた大谷は、戸惑う正吉を見て苦笑した。

「気に入りませぬか？」

大谷の問いかけに正吉はどう答えるべきか迷っていたが、やがて苦笑し、

「よくわからない」

と、恥じ入るように言った。正吉はもともと芸事や美術文化に暗く、茶会など数えるほどしか経験したことがない。

「茶の湯は作法もろくに知らぬゆえ、大谷殿に迷惑をかけるかもしれぬ。いっそ白湯《さゆ》でも出してくだされ」

「なに、教えて差し上げますよ」

大谷はくすくすと笑った。その態度は「田舎者に流行《はやり》を教えてやろう」という傲慢《ごうまん》さは微塵《みじん》もなく、純粋な親切心が滲《にじ》み出ていた。といって、大谷は別にやかましく作法や決まりを言い立てることはなく、ただ鮮やかな所作《しょさ》で茶を点《た》て、正

吉をもてなした。

「佐吉が、ご無礼仕った」

正吉が茶を飲み干すと、大谷はいきなりそう言った。

「丹羽様の名代たる貴殿に大変な迷惑をおかけした。申しわけござらぬ」

「……なるほど」

正吉は、大谷が茶室に招いたわけを理解した。

「あの場で詫《わ》びれば公事、しかし茶席ならば私事か」

謝罪する、ということは自らに非があることを公に認めてしまうことである。いくら丹羽と羽柴が同盟関係とはいえ、そのような外交上の不利はできる限り避けるべきであろう。しかし、詫びずに正吉を帰し、丹羽家の京奉行の心中にわだかまりを残すことも望ましくない。この難題を解決するのに、茶席ほど都合がよいものはなかった。

「大谷殿」

正吉は茶碗を置き、苦笑した。

「まったく、恐ろしい人だな、あんたは」

「なにが恐ろしいというのです」

「才覚だよ。あんたの政略の才だ。——たとえば、石田とやらはあの若さで羽柴様が重役を任せるほどだ。その才覚は傑出したものがあるのだろう。しかし、俺は石田をさほど怖いとは思わぬ。能吏の才がどれだけ優れていたといって、それを恐れる気にはなれぬ」

「それはどうでしょう。石田佐吉は五人分の働きを一人でやってのけるほどの男ですよ。私は十分恐るべき者だと思いますが」

「しかしそれは、並の男を五人揃えれば足りることだ。それよりも大谷殿のことよ。このような外交の駆け引きを瞬時に構想し、判断できるというのは傑出した才だ。凡夫《ぼんぷ》を幾人ならべたところで、どうにもならぬ能だ」

「買い被《かぶ》り過ぎですよ」

大谷は眉尻を下げて、困ったような顔をしてみせた。

「私くらいの者なら、羽柴家にはいくらでもいる」

「とすれば、いよいよ天下は羽柴様のものになるな」

正吉は笑いながら冗談めかしく言ったが、半《なか》ば本気であった。いくら秀吉に代々の家来がいないとはいえ、大谷のような者を十人も配下に従えればそれだけで天下は揺るぎないであろう。

その後、他愛《たわい》もない話を半刻（約一時間）ほど続け、正吉は羽柴邸を辞した。

丹羽家の京都別邸は、羽柴邸からそれほど遠くない。ただ、羽柴邸が京における政務の中心として新規かつ大規模に築かれたのに対して、丹羽邸は空き家を買い上げただけのものである。番兵などは申しわけ程度しかおらず、そもそも大軍を収容する規模もない。

「京奉行の住処《すみか》としては、あまりにも小ぶりだな」

屋敷の門をくぐりながら、正吉は自嘲《じちょう》気味に独りごちた。

丹羽家としてはあくまで羽柴家を立て、その後援に回ることが方針である。京に大軍を置けば、秀吉は長秀の野心を疑い、たちまちこの同盟は崩壊するであろう。

そんな丹羽邸に、人が訪ねてきているという。

「はて、誰かな」

正吉は、来客を知らせてきた近習に尋ねた。丹羽家はその政治的立ち位置から世間で重要視されておらず、来客というのはよほど珍しい。

「それが、柴田家の使いであると……」

「柴田の？」

柴田勝家は現在、北陸で上杉軍と争っている。根っからの武人である勝家は、戦場から遠い京をさほど重要視していないらしく、奉行は置いたものの工作活動などの政治的な動きはまるで見られない。その柴田家が、今さら動き出したのか。

「病と称して、追い返しましょうか？」

「いや、会おう」

近習の提言はこの場の判断としては無難なものだろうが、見方によっては逃げを打つようでどうも性分《しょうぶん》に合わない。それに、柴田家の目論《もくろ》みがどのようなものであるか探るのも仕事といえなくはない。

正吉は、座敷で柴田家の使者と対面した。

「徳山五兵衛でございまする」

使者は、慇懃《いんぎん》に頭を下げた。

（ああ、こいつが……）

柴田家の京奉行である。兵の指揮もできるが、それ以上に外交や政略工作で叩《たた》き上げられた男であり、その道では名の知られた玄人である。

（確かに、煮ても焼いても食えなそうな顔だ）

正吉は徳山の顔をまじまじと見た。肌の色がやけに黄色く、くすんでいる。顔は細長く、目は吊り上がり、大きな鉤鼻《かぎばな》の脇から、深い皺が口元に伸びている。表情は一見して鈍《にぶ》く眠たげで、なにを考えているのかわからない、いかにも古狐《ふるぎつね》といった風貌《ふうぼう》だった。騙《だま》し合いの世界で世を渡ってきた経歴が、その顔つきに滲み出ているようにすら思えた。

「して、徳山殿の御用向きは？」

「その前に」

徳山は鈍い表情で、細い目をきょろりと正吉に向けた。

「江口殿は外出されていたご様子。一体どちらへ？」

「ああ、私はほんの数日前に京に来たのでね。羽柴家へ挨拶に伺《うかが》ったまでです」

「羽柴家の奉行に先に挨拶を？」

「丹羽家と羽柴家は親しいのでね」

「ほう、それは」

徳山はさっと顔色を変えて、

「よろしくない。そのような申しようでは、まるで柴田家と親しくする気がないように聞こえます」

と、声を荒らげて言った。道理もなにもあったものではない。無茶な横車《よこぐるま》である。

「左様なことは申しておらぬ」

「しかし、そう取れます」

「貴殿が取るからではないか」

「仮にも外交の役目を担う者が、そのような言葉を使うべきではない、そう申しているのです。それとも、丹羽様は柴田家と敵対する気なのですか？」

「まさか」

正吉は苦りきった。いつの間にか論題は、羽柴家に先に挨拶に行ったことに対する言いがかりから、正吉の失言への詰問《きつもん》にすり替わっている。

「敵対するつもりなどあろうはずがない。我が殿は、同じ織田家で争うことなど毛ほども考えておらぬ」

「では、柴田と親しくしていく気があると？」

「無論だ。共に、織田家の家老の家ではないか。わざわざ、いがみ合う必要などない」

「左様ですか」

徳山はふと眠たげな顔に戻り、唇だけで微《かす》かに笑った。

「その言葉を聞いて安心致しました。早速、主人に伝えたいと思います」

徳山は恭《うやうや》しく一礼し、すぐに帰り支度を始めた。正吉は少し拍子抜けしたが、止める理由はない。なにより、この古狐のような男の難癖《なんくせ》に参りきっていた。

「また、いずれ」

去り際、徳山は唇の端をわずかに吊り上げて薄笑いを浮かべた。正吉もこわばった愛想笑いを作りながら、「二度と来るな」と腹の底で思っていた。


正吉が徳山の薄笑いの意味を知ったのは、翌日になってからだった。

「丹羽家は羽柴に協力する素振りを見せているが、実は柴田に心を寄せている」

「江口三郎右衛門は、徳山五兵衛に『丹羽家は柴田に与したい』と密《ひそ》かに打ち明けた」などといった噂《うわさ》が京中に流れていたのである。

流言の散布、というのは古くから使われる調略の手である。実際には裏切る気などなくとも、風評のために同盟者や主従同士が疑心暗鬼になり、ついには本当に決裂することになってしまう。しかも、徳山五兵衛がやったように、捏造《ねつぞう》ではなく過大解釈で噂を流されるとますます誤解が解きがたい。

正吉は慌て、飛ぶようにして馬を駆けさせた。このままでは、自分の所為《せい》で丹羽家と羽柴家が決裂しかねない。

(羽柴様に弁解しなくては!)

この日、秀吉は京の羽柴邸にはおらず、山崎に築いた天王山《てんのうざん》城にいた。正吉は死にもの狂いで馬を駆けさせ、転がり込むようにして登城した。

「おお、三右、来たかえ」

気負う正吉に肩透かしを喰《く》らわすように、秀吉は実に呑気な様子で対面した。

「羽柴様、件《くだん》の流言ですが……」

「ああ、よいよい」

秀吉は苦笑しつつ手を振り、

「なにも言わんでええて。おおかた、徳山五兵衛に言葉尻でも取られたんじゃろ」

と、いきなり言い当ててみせた。

「あいつは調略の玄人じゃ。お前とは年季が違う」

「しかし、乗せられたのは事実です」

そう言うと、正吉は膝《ひざ》の前に脇差を置いた。

「全てはこの三右の罪、首をお望みなら差し上げます。なにとぞ、我が殿のことはお許しください」

「たわけが」

秀吉は鼻で笑った。

「こういうときはな、誰かを罰したり、問い詰めたりするのはいかんわ。世間というのは意地の悪いもんでな、風評を必死に消そうとするとよ、余計に面白がって噂するもんだで」

「では、どうすれば……」

「笑ってやれ。徳山五兵衛の早とちりを、思いきり笑い飛ばしてやれ」

秀吉は、にいっと口の端を吊り上げた。それはいつもの陽気な笑みではない。瞳は異様にぎらつき、口は赤い裂け目のように見える。その表情に言い知れぬ不気味さを感じ、正吉は思わずたじろいだ。謀《はかりごと》を考えるときだけは、この男も道化でいられなくなるようだ。

それからしばらくして、京の辻という辻に立て札が立った。どの札にも同じ歌が書かれており、どうやら落首《らくしゅ》（風刺歌《ふうしか》）であるらしい。歌の内容はこうである。

「ゆめうつろ　にわかに酔うた　どぶ六郎《ろくろう》　修理《しゅり》そこないの　破れ徳利《どつくり》」

どぶろくは濁《にご》り酒であり、安酒である。また、柴田勝家の通称は権六郎《ごんろくろう》といい、「どぶ六郎」というのはこれらに掛かっている。「にわか」とは丹羽であり、「徳利」は徳山、「修理」は勝家の官名の修理亮であろう。

要約すれば、「勝家は丹羽を味方につけるという空論に酔って得意げでいる。その勝家を酔わせて、道を誤らせているのは間抜けな徳山五兵衛だ」といった意味であろう。

あまり上手《うま》い歌ではないが、このようにあっけらかんと馬鹿にされては、老練な徳山五兵衛も引っ込まざるを得ない。

こうして、丹羽家離反の噂はあっという間に立ち消えとなった。

四

正吉の京奉行としての日常はおよそ退屈なものだった。京の治安維持と内政処理はほぼ羽柴家のみで行われ、己がすることといえばたまに羽柴邸に行って様子を窺ったり、大谷紀之介と歓談したり、近江に帰って長秀の病状を見舞ったりするくらいだった。

この日もまた、退屈な職務を全うするため、羽柴邸を訪ねていた。

ところが正吉を出迎えたのは、大谷ではなく秀吉であった。

「よう来たの、三右。待っておったぞ」

「羽柴様が、私をですか？」

「お主以外に三右はおらんが」

秀吉はにやにやと笑いながら、困惑する正吉をせかすように室内に招き入れた。

例の火事場のように派手な庭を望む一室で、二人は向き合った。

「本日は、丹羽家京奉行としての御用命でしょうか？」

正吉はやや遠慮がちに、顔色を窺うようにして尋ねた。秀吉が自分を待つ理由など、ほかに考えられない。

「そう固くなるな」

秀吉は苦笑した。

「役目向きの話ではないわ。なに、ちょっと遊びの相手が欲しくての」

「遊び、ですか？」

意外な言葉に戸惑う正吉の前に、秀吉は小ぶりな桐箱《きりばこ》を置いた。内から聞こえた音で、中身はすぐにわかった。箱は駒《こま》入れである。

「遊びとは将棋《しょうぎ》ですか」

「いや、もっと面白いものよ」

秀吉はどこか含みのある表情を浮かべ、部屋の奥から白紙を取り出し、目の前で広げた。そしてその上に、次々と駒を置いていく。

左端に、玉《ぎょく》。その右に角《かく》、さらにその上には飛車《ひしゃ》といった具合に、次々と数えきれぬほどの駒を並べていく。

「わからぬか？」

箱の中の駒をあらかた並べ終わると、秀吉は正吉に問いかけた。

「はて……」

正吉もじっと身を乗り出して白紙の上の駒を眺めてみるが、わからない。大小の駒はただ、乱雑に並べられているようにしか見えなかった。

「では、こうだ」

秀吉は矢立《やたて》を取り出し、右端の玉のそばに『京』と書き込んだ。その右隣の角《かく》行《ぎょう》の辺りには『近江』、さらにその上の飛車の辺りに『越前《えちぜん》』と書いた。

「もう少し書いておくか」

秀吉は鼻歌まじりに筆を走らせ、『紀伊』『美濃』『伊勢《いせ》』と次々と国名を書き込んでいった。

（これは……）

正吉は息を呑んだ。

すでに紙は白紙ではない。それは近畿から東海までの便宜的な地図であった。

（では、駒は――）

「三右」

秀吉は何事か言いたげな正吉に視線を向け、

「なにを考えているか知らんが、これはただの遊びだ。わかるな？」

と言って、にやりと笑いかけてみせた。

地図上に並べられた駒は、明らかに将と城の位置を示している。そして問題なのは、この場の駒の配置である。

(遊びどころではない……)

正吉の目の前に展開されているのは、明らかに秀吉と柴田勝家との決戦のための仮想戦場であった。

(羽柴様も、ずいぶんと危ないことを)

秀吉と勝家は、将来的に決戦に及ぶのは明らかであったが、表向きは対立せず、全ての軍備と工作は水面下で進められていた。そんなときに、丹羽家と羽柴家で勝家打倒の軍議をしているとなれば、敵方に絶好の大義名分を与えることになる。しかし、「遊び」と言い張る限りはただの紙と駒でしかない。

正吉はその大胆さに呆れる思いだったが、この非公式な軍議に興奮している自分にも気づいていた。空論屋と称されるほどの軍略好きが、こんな場面で自分を抑えられるわけがない。

「一つ違っておりますな」

と言っていきなり身を乗り出し、美濃にあった銀将《ぎんしょう》の駒をすっと下に移動させた。

「この駒は、ここでござる」

駒が表している武将は、岡本宗憲《おかもとむねのり》。勝家の同盟者の一人、織田家三男信孝の筆頭家老であり、最近、峯《みね》城という前線の要所に派遣された。

「おお、そうか」

秀吉は嬉しそうに膝を叩いた。

「やはりお前を招いた甲斐《かい》があったわ。して、この戦をどう見る?」

「五分《ぶ》ですな」

一つ一つ数えるまでもなく、両陣営の駒の数は拮抗《きっこう》している。現実でも、勝家と秀吉の勢力はほぼ互角であった。

「しかし、今少し待てば」

正吉は顔を上げ、意味ありげに秀吉を見た。

「七分にも八分にも、こちらに勝機は傾きましょう」

「ふむ」

秀吉もうなずく。柴田方には羽柴方にはない、決定的な弱点があった。

柴田勝家は現在、北陸の戦線にある。

勝家の主な同盟者は美濃の岐阜城を領する織田（神戸《かんべ》）信孝、そして織田五大将の一人、滝川一益である。滝川は戦争職人とでもいうべき練達の指揮官で、現在は領国の伊勢に大軍と共に蟠踞《ばんきょ》している。これら三将が連携し続ける限り、秀吉には手の出しようがない。

ところが、今少し時が過ぎ——つまり冬になり、雪が積もればどうなるか。言うまでもなく、勝家は北陸に閉じ込められてしまう。当然ながら冬の間は援軍も出せず、信孝と滝川は孤軍で秀吉の全勢力と戦わなければならなくなる。

「ではそのとき、お主ならどのように一手目を打つ？」

「一番手っ取り早いのは、この岐阜の駒（織田信孝）を落としてしまうことでしような」

「手っ取り早い？」

秀吉は訝《いぶか》しげに正吉を見た。

「妙なことを申すのう。その敵はなかなかに手強《てごわ》いゆえ、たやすくは落とせまい」

「打ち手が手強いのではなく、持ち駒が豊富なのです」

信孝がそれなりの器量人であることや、信長在世時から数々の戦場で活躍をしてきたことは正吉も知っている。しかしその戦功は全て、岡本宗憲ら有能な家臣団に支えられたからこそのものである。生まれついての貴君子である信孝自身の作戦能力は、殿様芸の域を出るものではない。

「下手《へた》というほどではないでしょうが、伊勢や北陸に陣取る名人からは数段落ちましょう。敵の弱いところから食い破るのが戦いの常道です」

「では、お前は岐阜から攻め入るのかね」

「いえ、まだ岐阜にはこちらの駒を進めませぬ」

正吉はふと、地図上に手を伸ばした。

(どの駒を動かすのか)

秀吉は興深げに見ていたが、正吉はいきなり敵の駒を取り、
ひゅっ
と、庭の外に放り捨ててしまった。秀吉は呆気にとられたが、正吉はさあらぬ体《てい》で、

「一手目は、先ほどの銀将を密かに捨ててしまいます」

と言った。

庭の紅葉の中に消えていった駒は、つい先ほど正吉が美濃から動かした銀将、

岡本宗憲であった。老練な岡本さえ除いてしまえば、露骨に言えば信孝の軍勢など烏合《うごう》の衆《しゅう》になる。踏みつぶすのはたやすいというのであろう。

除く、というのは岡本の守る峯城を攻めるということではない。——暗殺である。

「怖いことを言うのう」

秀吉はつい、顔をひきつらせた。

いくら敵味方に分かれているとはいえ、かつての織田家の同僚を、戦場ならまだしも騙し討ちで殺すなどとまっ先に思いつくのはどういうわけであろう。人殺しの術に上等も下等もないが、後ろめたさを感じるのが人情ではないか。

「迷いや、ためらいはないのか」

秀吉に問われて、ようやく正吉は事の重大さに気づいたらしい。狼狽したように視線を泳がせ、やがて目を伏せると、

「そうですな……」

と言って考え込んでしまった。だが、しばらくして顔を上げたときには再び迷いの失せた表情で、

「思うところもありますが、迷いはありませぬ。羽柴様の、ひいては我が殿のた

めになることであれば」

と、すらすらと言ってみせた。秀吉は、そんな正吉の顔をまじまじと見た。

「妙な男よ」

普通、思考の過程には様々な制動があるものだが、正吉は違っていた。この男の場合、一度思考を始めると想像が制動を振りきって氾濫《はんらん》し、考えがまとまったころになってようやく感情や道徳について思い至るらしい。そうして生まれた構想のほとんどは現状から飛躍し過ぎ、ついには空論《うつろ》に成り果てるのだろう。

しかし、その想像の奔流がときに鬼策を生む。事実、岡本宗憲の暗殺は、道徳や感情という点に目を瞑《つぶ》れば、最も有効で効率のよい手段だった。

「だが、三右」

秀吉は駒入れの底から別の銀将を見つけ、それを峯城の位置に置き直した。

「わしにはその手は使えぬ」

目的が単に勝家らを降《くだ》すだけであれば、正吉の策は有効であろう。しかし、秀吉は派閥の盟主としてあらゆる人間を味方につける照り輝くような声望が必要であり、暗殺などという陰惨な手段はとても使えない。

「しかし、お主の目のつけどころは面白い。さすがは五郎左殿の見込んだ男よ。

――では、ここからが本題だ」

秀吉は、それまでの座興じみた態度をひそめ、まるで今にも柴田方に攻め込むための軍議であるかのような真剣さで語り始めた。

「お前は待てば七分にも八分にもなると申したが、ことはそう甘くはあるまい」

「そうでしょうか」

「地理や敵の配置についてはお前の方が詳しいかもしれん。しかし、相手についてはわしの方が知っている。この相手は――」

地図上に手を伸ばす。その先には、越前に陣取る飛車の駒がある。秀吉はその駒に手を置き、

「必ず、こうする」

と、そのまま下に動かした。意味するところは一つ。柴田勝家の、雪中強行軍である。

「まさか……」

正吉は唖然《あぜん》とした。北陸の根深い豪雪を、軍勢がかき分けて進めるとは思えない。それは雪中に埋もれて果てるだけの自死の所業でしかなく、できるとすれば人間業《わざ》ではない。

「それができる男なのさ、あいつは」

秀吉は苦笑した。その口ぶりは恐れも崇敬もなく、ただ揺るがぬ確信に満ちていた。勝家が雪中の強行軍を成し遂げて畿内に達すれば、逆に秀吉は挟撃されることになる。

「さて、こうなれば戦況は五分五分の振り出し、いや、下手をすればこちらが不利だな。お主ならどうする？」

「敵が来るのがわかっているのなら、防備を固めるまでです」

「とろくさい手だがや」

秀吉は郷里《くに》言葉でにべもなく吐き捨てた。砦を築き、防備を固めるのは当然為《な》すべき前提条件に過ぎず、その程度のことは策の範疇《はんちゅう》に入らない。そしてその程度で勝家が防げるのなら、最初から苦労はないのである。

「三右、中野城を思い出せ」

「中野城を？」

正吉は少し意外に思った。確かに、五年前の中野城攻略戦で名を上げたが、あの戦いは策もなにもない。狂気に近い先駆けを口火に大軍で力攻めしただけの戦ではないか。

そのことを言うと、秀吉は「たわけ」と呆れたように言った。

「あの陣中で、お前は空論《うつろ》を吐いただろう」

(──あっ!)

思い出した。確かに、陣中で愚にもつかぬ作戦を講じた覚えがある。まさか、そのことが秀吉の耳に入っており、しかも未《いま》だに覚えられていたなど思いもしなかった。

正吉は急に恥ずかしくなり、耳まで赤らめた。

「どうも、昔のことですので……」

「ならばその昔に戻れ。わしの知っている空論屋三右なら、もっとましな策を言うはずだ」

「は……」

正吉は、静かに目を閉じた。己が策、というよりは空論を構想するときの癖《くせ》である。

頭の中は黒くもない、白くもない、ただ広々とした、果ての見えない空間がぽっかりと浮かんでいる。そこに畳を十枚も二十枚も敷きつめたほどに大きな紙が広げられ、その紙に筆を走らせる。筆が通った後は高く盛りあがったり、へこんだり、水が張られたり、木が生えたりした。やがて、「地図」はできあがった。

正吉はすでに草の匂いも水の音も人の息吹《いぶき》も感じることができた。

しばしの沈黙の後、正吉は目を開き、ゆっくりと顔を上げた。夢遊病者にも似た虚《うつ》ろな目つきのまま地図を見つめ、右手を駒入れの中へ突っ込んだ。

そして、ぱちりと小気味のよい音を立てて、岐阜城の辺りに駒を一つ置いた。

「これで、勝てまする」

打った駒は、玉。そして同じ駒が京にもある。つまりこの駒は秀吉を表しており、地図上には秀吉が二人いることになる。

秀吉は目を大きく見開いた。しばらく正吉の顔をじっと見ていたが、やがて吹き出し、腹を抱えて笑い出した。

「三右、それよ。それが聞きたかった」

秀吉は必死に笑いを堪えながら言ったが、顔は引きつり、言葉の端々でつい苦笑が漏れた。

正吉は面白くない。眉の間に少し皺を寄せ、

「空論を、と仰せられるのでその通りに致しましたのに、笑われるのは心外でございます」

と不貞腐《ふてくさ》れたような口ぶりで言った。

「しかし三右、わしは一人じゃ」

「喩《たと》えですよ。二つの戦場にほぼ同時に着陣できれば、柴田様も羽柴様を破れませぬ。もっとも、空論に過ぎませぬが」

正吉の言う通り、所詮《しょせん》は空論だった。勝家と秀吉の勢力圏境は近江長浜《ながはま》城だが、長浜城から岐阜城まで十六里（約六四キロ）以上ある。岐阜城攻めの最中、勝家の進軍を察して秀吉が慌てて駆けもどったとしても、そのころには近江はおろか京まで制圧されてしまう。

二つの戦場を同時に制圧するには兵力が足りず、距離も離れ過ぎている。この難事は、秀吉が二人になりでもしない限り打開できない。つまり正吉の考えたこの空論は、策というより戦略上好ましい状況という結果に過ぎず、式の存在しない解答でしかなかった。

「確かに空論だが、凡庸《ぼんよう》な者にはそれすら思いつかぬ。だが、三右」

秀吉はさっきまでの苦笑ではなく、不敵さに満ちた笑みを浮かべ、

「わしならその空論を、形にすることができる」

とうそぶいた。

「まさか」

「これくらいの常識に囚《とら》われて思案を止めるなどお主らしくもない。可不可はひとまず置け。為《な》すにはどうすべきか考え続けよ。それが空論を空論でなくするコツだ」

秀吉はにやつきながら「まあ、仕上げを見ておけ」と言った。すでにこの小男の頭の中には、この愚にもつかない空論を実現させる構想ができあがりつつあった。

同年十二月、北陸の勝家が雪に閉ざされたとみるや、秀吉は軍事行動を開始した。迅速な行軍と入念な調略を駆使し、近江長浜城、伊勢峯城、さらには美濃岐阜城の織田信孝までもその月の内に降してしまった。

相次ぐ同盟者の陥落により、伊勢の滝川一益は完全な孤軍となってしまった。いかに滝川が名将でも、雪が解けるまで耐えることは不可能に近い。

常識で考えれば、すでに秀吉の勝利は揺るぎない。だが、彼の敵は常識の外に棲《す》んでいた。

天正十一年（一五八三）二月二十八日、勝家は出陣した。この歴戦の筆頭家老は城壁の如く堆積《たいせき》した根雪の中を猛然と進み、決死の強行軍を見事に成功させた。

「だが、それすら羽柴様の読み筋だ」

正吉は、誰に言うともなくそう呟いた。物見矢倉に立つ自身の視界には、海と見紛うほどの巨大な湖が広がり、その湖面にはおびただしい数の軍船が浮かんでいる。それらの帆にはいずれも十字を傾けたような奇妙な紋様――直違紋《すじかいもん》があしらわれている。

現在、柴田勝家は、琵琶湖北の山岳地帯の狭間《はざま》で秀吉率いる羽柴軍と対峙している。いや、対峙させられているというべきであった。なぜなら、秀吉が無数の砦を設けて待ち構えるこの地帯以外の行路はことごとく、丹羽家の軍勢によって塞がれてしまっていたからである。

丹羽軍は琵琶湖西の大溝《おおみぞ》城を本営とし、この大湖に百隻は下らない数の軍船を浮かべて制水権を完全に掌握した。さらに、勝家が秀吉の軍勢を避けて京へ侵攻することを防ぐため、街道筋の敦賀《つるが》に三千、湖港である塩津《しおつ》、海津《かいづ》に七千の軍勢を配備した。

いかに勝家が歴戦の勇者であろうとも、この強固に築かれた包囲網の中では身動き一つとれはしない。狩りに喩《たと》えれば羽柴軍が射手《しゃしゅ》（狩人《かりうど》）であり、丹羽軍は勢子《せこ》、そして勝家は追い込まれ、逃げ場をなくした羆《ひぐま》であった。

（もはや、敵方に勝ちの目はない）

正吉は改めてそのことを確信していた。――その矢先、

「おや？」

一艘の小早《こばや》が、眼下の船団をかき分けるようにして、慌ただしくこちらに向かってきている。帆にはほかの船と同様に直違紋が描かれ、船首には白黒段だらの幟《のぼり》が掲げられていた。丹羽家の物見《ものみ》（斥候《せっこう》）船である。

（どうも、妙だな）

言い知れぬ不安を感じながら、正吉はばたばたと矢倉を降り出した。

味方の勝利は、疑いようもないはずだった。

丹羽、羽柴両軍の完全な包囲の中で、勝家はなにもできぬまま立ち枯れるだけのはずだった。

「その包囲が、破られました」

物見頭の安養寺《あんようじ》猪之助《いのすけ》は、大溝城に駆け込むなり悲鳴のように告げた。

柴田勝家の来襲より以前、秀吉は岐阜城の織田信孝を降伏させた。ところが、勝家が湖北への進出を成功させると、一度は降伏したはずの信孝もこれに呼応して再び挙兵した。秀吉はやむなく一万五千の兵を割《さ》き、自ら率いて岐阜へ転進した。

その転進が、露見した。秀吉不在の報に柴田軍は勢いづき、勝家の甥《おい》である佐《さ》久間盛政《くまもりまさ》を先鋒《せんぽう》として進撃を開始した。先鋒隊は大岩山《おおいわやま》砦、岩崎山《いわさきやま》砦などの前線拠点を次々と攻め落とし、羽柴軍の防衛の要である賤ケ岳《しずがたけ》砦も陥落寸前であるという。

（これが、武の恐ろしさか）

重臣たちが居並ぶ天守《てんしゅ》の間《ま》で、正吉は愕然《がくぜん》とそのことを思った。政略では羽柴方が遥かに勝っていた。戦略でも完璧に近い包囲を成していた。だが、柴田勝家はその不利の中でわずかな機を逃さず、瞬《また》く間に戦況をひっくり返した。

仮に賤ケ岳砦に援軍を送ったところで、陥落前には間に合わないだろう。

そういう観測が、家中の大半を占めていた。正吉や与右衛門《よえもん》も同意見だったし、彼らの主人である丹羽長秀もその現状は認めていた。

ところが、長秀が命じた言葉は、その認識から導き出されるはずがないものだった。

「全軍で、賤ヶ岳救援に向かう」

にこにこと穏やかな笑いと共に呟かれた主人の言葉に、正吉は耳を疑った。

「馬鹿な！」

と叫んだのは坂井与右衛門である。

「今さら賤ヶ岳に向かったところで間に合いますまい。それよりも街道の防備を固め、敵の来襲に備えるべきかと存じます」

重臣たちも口々に与右衛門の意見を推し、長秀に再考を促した。そこで長秀はふと視線を移し、

「正吉はどうじゃ」

と、水を向けた。

正吉はうつむきながら思案する。まず賤ヶ岳への援軍は間に合わない。また、丹羽軍は各地に軍勢を派遣しているため城内にはわずか三千足らずの兵しかおらず、十倍近い敵を相手にすることになる。危険ばかりが大きく、見返りはまるでない。悪手といえばこれほどの悪手はないだろう。

「正吉も同じか」

「……恐れながら」

長秀はそうか、と小さく呟き、深くため息をついた。

「戦玄人の悪癖じゃな」

「悪癖？」

「そうよ。お主らは戦を知り過ぎている。知り過ぎているから、軍略だけを下地に戦を測る」

そこが了見《りょうけん》違いというものだ、と長秀はくすりと笑った。

「さあ、すぐに出陣の支度をせよ。城を空にしても構わぬ。ありったけの船を琵琶湖に浮かべ、賤ヶ岳に渡るぞ」

そう言って、長秀はすっくと立ち上がった。

慌てた重臣たちはなおも食い下がり、「なにとぞ、お考え直しください」と迫ったが、長秀は取り合わない。

『甫庵太閤記《ほあんたいこうき》』によれば、長秀は次のように言った。

「弓矢取身《ゆみやとるみ》の圖《ず》をはづし義《ぎ》を汚《けがさ》ば、必《かならず》終《お》わりが無物《なきもの》ぞ（武将たるものは志《こころざし》を汚し、義に背くならば、みじめな末路を遂げるものだ）」

この言葉こそ、丹羽長秀という男を象徴している。

別に長秀は秀吉に一片の恩もない。むしろ、秀吉の方こそ長秀には返しきれない恩があるはずである。しかし長秀は「志を汚さぬため」というだけの理由で、己が身も顧《かえり》みず救援に行く。

さらに驚くべきことは、長秀のこの言葉を聞いた瞬間、丹羽家中の誰もが反論をやめたことである。武士と畜生を分かつものはなにか。丹羽の侍《さむらい》は、その答えを一人残らず理解していた。

直違の帆は琵琶湖を埋めんばかりになびき、賤ヶ岳に渡った。

湖畔から突如として現れた軍勢に、柴田軍は動転した。丹羽軍はその不意を衝《つ》いて敵を押し退け、辛《かろ》うじて砦を確保した。これにより、陥落寸前だった賤ヶ岳砦はにわかに戦意を取り戻した。

「しかし、不利は変わりませぬな」

防壁の外に満ちる兵を見ながら、正吉はぼやいた。すでに日は暮れており、闇が濃い。賤ヶ岳周辺は柴田軍の先鋒隊によって大篝火《おおかがりび》が焚《た》かれている。その揺らめく灯《あか》りの中を、数えきれぬほどの人間の群れが蠢《うごめ》いている。

「羽柴様が本当に二人おられれば、このような包囲はなんでもないのですがね」

正吉は気だるげな笑いを浮かべながら冗談めかして言った。しかし、傍らで聞いていた長秀は眼を見開き、

「なんの話だ」

と、いつになく険しい様子で聞いてきた。

「戯《たわむ》れですよ。以前、この戦いについて軍略を問われ『羽柴様が二人いれば勝てる』と愚にもつかぬ空論《うつろ》を申しただけのことです」

「それで、筑前殿はなんと?」

「さあ、なんと申されたか……ああ、そうです。『わしにはその空論を形にできる』というようなことを……」

その言葉を聞いた瞬間、長秀は弾《はじ》けるように笑い出した。その大笑はまるで秀吉のようであり、思わず正吉は耳を塞《ふさ》いだ。

「正吉! 正吉!」

長秀は子どものような無邪気さで、何度も正吉の肩を叩いた。

「この戦、わしらの勝ちだ!」

その夜、賤ヶ岳の南方に、突如としてそれは現れた。

秀吉の率いた大軍勢が、十三里(約五二キロ)も離れた美濃の地から魔法のよ

うに出現したのである。

秀吉は、美濃で前線の砦の陥落を知ると、すぐさま反転を開始した。大谷紀之介と石田佐吉に事前に命じ、進軍路にはあらかじめ松明《たいまつ》を焚き、要所要所で握り飯を用意させていた。そうして十三里もの距離を、一万五千の軍勢はわずか二刻半（五時間）で駆け抜けた。

明智光秀を討った際の中国大返しのような大強行軍を、今度は入念に準備をし、綿密な計算のうえで行ったのである。戦略的に見れば、二つの戦場に秀吉が同時に存在していたようなものだった。

これにより、柴田軍先鋒隊の軍事的優位は消失した。彼らは単に、敵陣深くで包囲された孤軍になった。未明、丹羽・羽柴両軍によって怒濤《どとう》のような追撃が行われ、激戦の末、先鋒隊は壊滅した。


戦闘は未明から始められたが、すでに昼近くであり、日は高い。

戦いが去った湖畔は、地の色を塗り替えるほどの赤黒い残滓《ざんし》で溢れていた。そこに立つ江口正吉も、質実な桶側胴《おけがわどう》を周囲と同じ色に染めていた。正吉の追撃戦での働きは凄絶なもので、最前線を獣《けもの》のように疾駆《しっく》しては槍《やり》を突き入れ、血刀を振るい、ときには雑兵のように組みついて首を刈《か》った。『丹羽歴代年譜』にもその戦功は特筆すべきものであったと記されている。

「正吉」

長秀が馬上から声をかけた。自慢の金花猫《きんかびょう》を象《かたど》った兜《かぶと》も、銅張りの仏胴《ほとけどう》も別物のように返り血に塗《まみ》れている。

「お味方は、大勝利でございますな」

主の許《もと》へ駆け寄り、喜色を満面に浮かべながら正吉は言った。しかし、長秀はただ、

「うむ」

と小さくうなずいただけで、これほどの大勝を前にしながら、微塵《みじん》も浮き立つような様子がない。顔にはいつものように微笑をたたえているものの、どこか暗い影が差しているようにも見えた。

「修理亮は退《ひ》いたようだな」

すでに、勝家は兵を退いた。即座に残存兵力を総反転させ、羽柴方の追撃を振り払いつつ、北へ向かって退却した。とすれば、勝家の肚《はら》は降伏でも玉砕でもありえない。本拠の越前で籠城《ろうじょう》し、あくまで羽柴方に抗うつもりである。

正吉には、それがどうにも解《げ》せない。もはや勝家の望みは潰《つい》えた。このうえ未練がましく無益な抵抗を続けることは、武将として恥ずべき振る舞いである。

「……というのに、まだ続ける気でしょうか」

「それができる男なのさ、あいつは」

長秀は天を仰ぎ、眩《まぶ》しそうに目を細めた。勝家は、蔑《さげす》まれるだろう。将の道に外れた見苦しく卑しき賊として、あらゆる人間に嘲《あざけ》られ続けるだろう。

「だが、そんなことは修理亮にとって塵芥《ちりあくた》と同じだ。取るに足らないくだらぬものだ。将の道などという借り物の道義に、あの男が止められるものか」

その言葉は正吉にというより、自身に言い聞かせているようであった。長秀は中天を見つめながら、やがて傾き沈むであろう陽の輝きを羨《うらや》むように、ますます目を細めた。

もはや滅びを免れぬ戦友を、この主は悼《いた》んでいるらしい。かつて、己の野望のために朋輩を殺せないと言った長秀である。その胸中の葛藤は察するに余りある。

「しかし、いとめでたきこと」

正吉はぐっと胸を張り、わざとらしく大真面目な顔をつくった。

「この勝利に我らが果たした貢献の大きさは計りしれませぬ。丹羽家は此度の戦功によって大領を得て、天下有数の大大名《だいだいみょう》となりましょう。その武名は唐《から》、天竺《てんじく》はおろか南蛮《なんばん》にまであまねく広がり、殿の将器を慕った異国の者どもが次々と仕官を求めて馳《は》せ参じましょうぞ」

「空論屋め」

思わず吹き出した長秀の顔に、ようやく明るい色が浮かんだ。

「……そうだな、大大名も悪くはない。たとえ空論であったとしてもな」

そう言うと、長秀は軽く手綱《たづな》を緩め、ゆっくりと騎馬を進め始めた。正吉も得たりとばかりに鞍《くら》の傍らに付き従い、残党の襲撃や狙撃に睨みを利かせる。主従の呼吸は、一つの生き物のように通じ合っていた。

しかし、ただ一つだけ、正吉は大きく読み違えていた。……このとき長秀が悼んでいたのは、勝家だけではなかったのだ。

豺《やまいぬ》の庭

一

無辺《むへん》の青天を突くように、青竹の群れが高々と屹立《きつりつ》している。風が吹けばそれらは一斉《いっせい》に身をこすり合わせ、合唱するようにさらさらと音を立てた。

「ようし、倒せ」

ごく穏やかな声が、竹林に響く。すると、まるでその言葉に従ったように、天を突く青竹の群れは次々とその身体《からだ》を地に伏せた。

数百本の長大な竹竿《ちくかん》が残らず頭を垂《た》れ終えると、そこには巨大な影が現れた。天を突くどころか貫《つらぬ》かんばかりの、巨《おお》きく壮麗な天守閣《てんしゅかく》が聳《そび》え立っていた。

「これは……見事な」

正吉はため息をつきながら、先ほどまで竹林があった場所から天守を見上げていた。その様子を見て、傍《かたわ》らの長秀がこけた頰をほころばせた。

「ふふ、どうじゃ正吉」

「見事、と言うほかありません。この若狭後瀬山城《のちせやま》ほど豪壮《ごうそう》な山城は、日ノ本《ひのもと》六十余州を探しても二つとありますまい」

「米五郎左《こめごろうざ》の面目躍如《めんもくやくじょ》、といったところかの」

城を特徴づけているのは、山頂の巨大な天守ばかりではない。山麓《さんろく》の至るところに城砦《じょうさい》、城郭《じょうかく》が築かれ、無数の竪堀《たてぼり》、堀切と相まって、複雑な要害を成している。それだけでも防御力は十分過ぎるほどだというのに、各方面の要所には長大で綿密な石垣まで積み上げてあった。

山の上に城がある、というよりは山を丸々一つ城にしてしまったようであった。

「しかし」

ふと、正吉は表情を曇らせた。後瀬山城は無双の巨城である。だからこそ、彼には不安な予感があった。

「このような城を建てて、羽柴様はどう思われるでしょう」

羽柴秀吉は、柴田勝家をはじめ政敵をことごとく滅ぼし、織田政権を掌握《しょうあく》した。

しかし、それは秀吉が織田家の代表者になったというだけで、旧織田家臣の主人になったわけではない。にわかに生まれつつある「羽柴政権」というべきものは、配下の武将のほとんどがかつての同僚であったという点で、依然としてその支配体制は不安定であった。

その微妙な時期である。

丹羽家は、賤ヶ岳の戦功により、若狭・越前一国、加賀《かが》半国、近江高島《たかしま》・志賀《しが》二郡という、四国にまたがった、百二十三万石という途方もない大封《たいほう》を得た。

その丹羽家が、巨城を築いているとすれば世間はどう思うか。

――さては、丹羽は秀吉から政権を奪い取る気だ。あの城は戦《いくさ》の準備をしているのだ。

そう誤解されても仕方がない。丹羽家の安泰を考えるなら疑いを持たれるような行いは慎《つつし》むべきではないか。正吉はそのような意味のことを長秀に問うた。

長秀は少しうつむいたまま、沈黙している。口元に手を当てており、表情が読みとりにくい。しかし、それもわずかな間のことであった。すぐにいつもの笑顔

に戻り、

「なあに、城づくりはわしの道楽だ。こればかりは羽柴殿にも許していただかねば困る」

とからっと言ってのけ、笑いながら天守に歩いていった。

（ああ、殿は）

去りゆく主人の、痩《や》せた後ろ姿を見ながら、正吉は寂しげな笑いを浮かべた。長秀に、嘘《うそ》をつかれた。なぜか正吉にはそれがすぐわかった。しかし、その嘘がなにを意味しているのかはわからなかった。

いつの間にか、頭上の鮮やかな青空と白雲は濁《にご》りだし、黒い湿気を含み始めていた。


後瀬山城は山城としては同時代で最先端のものであった。安土城の天主が焼失した以上、その認識は間違っていない。しかし、城郭として最先端であったわけではない。

「これは……」

正吉は、身体を反《そ》らせんばかりに上方を仰《あお》ぎながら、目を丸くした。

巨大。豪壮。雄大。荘厳《そうごん》。

どれほどの言葉を使っても足りぬほどの、未曽有《みぞう》の平城《ひらじろ》がそこにはあった。

「……ふむ」

城のあまりの見事さに、長秀も珍しく鼻白《はなじろ》んだ。

「これが、羽柴殿の大坂《おおさか》城か」

城郭の高さも規模も、安土城や後瀬山城の比ではない。複数の天守や郭《くるわ》の周囲には高い石垣と深い堀が築かれ、さらにその外側の城下町すら、ぐるりと城壁と堀で囲んでいる。しかも、装飾には金、漆《うるし》、漆喰《しっくい》が惜しみなく使われ、その美しさと豪華さはとてもこの世のものとは思えない。

長秀の後瀬山城が山一つを丸々城郭にしてしまった大要塞《だいようさい》だとするならば、秀吉はここ摂津大坂の地に、「大坂城」という名の大都市を造ってしまったようなものであった。

「どうじゃ五郎左殿。わしの城はよ」

天守の最上階で対面した秀吉は、いつにもまして上機嫌だった。室内は外観以上に広く、内装には万遍《まんべん》なく絵画、彫刻、黄金《おうごん》が施《ほどこ》されている。どう見ても天下人の邸《やかた》であった。

「大坂城の広壮さ、ただ驚くばかりでございます」

「安土を築いた米五郎左も兜《かぶと》を脱いだか」

「それがしなど、とても羽柴殿には及びませぬ」

そうかそうか、と秀吉は満足げに笑い、今度は正吉を見た。

「三右《さんえ》、どうじゃ。お主は軍略家じゃが、この大坂城を落とせるか」

「さあ」

正吉は首をひねった。

大坂城は、単に大きく豪華というだけではない。その立地も、戦術的に実に優れている。

総構《そうがま》えと呼ばれる城壁と堀の外側は多くの河川に囲まれて天然の堀の様相をなしており、しかも川の周辺は湿地帯であるために大軍を進めることが難しい。

「南方は川がないので兵を進めやすいですが、そういうところにはまず伏兵《ふくへい》がおります。いっそ水軍で攻め上りたいところですが、それを見越して川の至るところに砦《とりで》がある」

「丹羽百二十三万石が、たとえば六百万石ほどもあればどうじゃ」

「それならば力攻めで包囲もできましょうが、そこから落城させる算段がつきませぬ。せいぜい、大筒《おおづつ》を気休めに撃ち込むくらいです」

「やはりお前は戦 玄人《いくさくろうと》じゃな」

褒《ほ》められたと思い、正吉ははにかんだ。ところが、秀吉は興《きょう》なげに舌打ちし、

「たわけ。褒めとりゃあせんが」

と、にべもなく言った。

「軍略で頭が凝《こ》り固まって使い物にならんちゅうとるのよ。空論屋《うつろや》の名が泣くで、三右」

「は……」

正吉は、赤面して顔を伏せた。しかし、これほどの巨城を相手にどのような攻略法があるというのであろう。秀吉は「丹羽家が六百万石もあれば」などとなぞらえたが、仮にそれが千万石、二十万人ほどの大兵団を抱えていたとしても、城方は耐《た》え凌《しの》ぐのではないだろうか。

「さて」

再び、秀吉は自慢げな笑みを浮かべた。

「本当なら城の隅々《すみずみ》まで案内してやりたいところじゃが、これだけでかい城では

そうもいかん。せめて茶室を見ていけ」

「茶室とはあの黄金《きがね》の……」

ぱっと顔を上げた正吉の目には子どものような好奇が現れている。秀吉が豪華《ごうか》絢爛《けんらん》な黄金の茶室を造ったという噂《うわさ》は、丹羽家の領国にも届いていた。

「若狭にも聞こえておるか。あれもよいが、近ごろ、茶頭《さどう》の千利休《せんのりきゅう》に山里郭《やまざとくるわ》っちゅう侘《わ》びた室を造らせたでな。五郎左殿はどちらが好みじゃ」

「されば、山里郭を所望したく存じます」

「うむ。わしも近ごろはそちらの方が好みじゃ。黄金の茶室はどうも茶を飲むのには落ち着かなくてな。もっぱら、田舎者《いなかもの》を恐れ入らせるためだけに使っておる」

秀吉はにやりと笑って正吉の顔を見た。田舎者の烙印《らくいん》を押された正吉は、落胆と羞恥《しゅうち》を同時に感じながら再び顔を伏せた。

「正吉」

うつむいた頭上に、長秀が声をかけた。

「お前は席を外しなさい」

その声色はいつもと同じ穏《おだ》やかなものだったが、どこか有無《うむ》を言わせぬ迫力があった。

「後学《こうがく》のためだ。大坂城を見物させていただくとよい」

（まただ）

正吉の脳裏に、先日の後瀬山城での光景が浮かぶ。目の前の主人の様子は、普段となに一つ違わない。しかし、微《かす》かで、それでいて決して拭《ぬぐ》いさることのできない違和を覚えた。正吉は何事か言いかけたが、言葉が見つからず、結局はそのまま退出した。


山里郭と呼ばれる一角は、郭と呼ぶにはあまりに小ぶりなものだった。絢爛たる大坂城内にあって、この建物だけは漆も漆喰も黄金も用いられず、作庭《さくてい》も含めてごく自然に整えられている。その郭の中でも、とりわけ質素な茶室の中で秀吉と長秀は対面した。

「どうも、五郎左殿には心苦しいな」

器を長秀の前に置きながら、秀吉は言った。

「政《まつりごと》の都合とはいえ、貴殿から佐和山の城を取り上げ、三右の京奉行《きょうぶぎょう》の任も解いた。まったく、忘恩《ぼうおん》の徒《と》とはこの秀吉のことだ。わしは己が恥ずかしい」

「なにを仰せられます。その代わり、百二十三万石などという過分な領国をいただきました」

「領国といえば」

秀吉の声色が変わった。長秀ははっとしてその顔を見た。目の前の小男は笑っているものの、その瞳の底にはするど過ぎるほどの光が宿っている。

「貴殿の領国の後瀬山城は、なかなか立派な城らしいな」

「大坂城には及びませぬ」

「とはいえ、百二十三万石でさえ過ぎたるほどの巨城だと聞いている」

小男は、笑みを消した。

「どういうつもりだ、五郎左殿」

秀吉は、低い声で質《ただ》した。長秀は微笑を崩さない。ただ、少し間を置いた後、

「申しわけございません」

と言って平伏《へいふく》した。

「城づくりは、それがしの道楽です。羽柴殿に咎《とが》められるとわかっていながら、己の思いを抑えることができませんでした」

「あの米五郎左殿が、そのような浅はかなことをするかね」

「処罰なら、なんなりと」

「それだ」

　秀吉は、刺すように言った。

「あのような浅慮《せんりょ》極まる所業は、まるで処罰してくれと言っているようなものだと思っていた。お主の魂胆《こんたん》は、つまりそれか」

　長秀は沈黙している。ひれ伏しているため、秀吉からはいかなる表情も読みとれない。やがて、ゆっくりと身体を起こした。

　長秀は笑っていなかった。

　その表情は、今まで秀吉が見たことのない、恐らく誰にも見せたことのないものだった。険《けわ》しい双眸《そうぼう》が、真っ直《す》ぐに秀吉を見ている。しかし、そこには怒りは感じられない。

　長秀は背筋を伸ばし、このやつれた身体のどこから出るのか、朗々《ろうろう》とした声ではっきりと存念を語り出した。

「その通りです。願わくは、この丹羽五郎左衛門長秀、所領百二十三万石の一切を羽柴殿にお返ししたく存じます」

（馬鹿《ばか》な）

秀吉は口から出かかった言葉を奥歯ですり潰し、苦りきった顔をした。

そんなことができるはずがない。羽柴政権の構成者は全てかつての同僚か上役であり、秀吉は彼らの主君ではなく、派閥の代表者であるだけに過ぎない。その脆弱《ぜいじゃく》な支配体制の中、丹羽長秀ほどの有力大名が取り潰されたとなればどうなるか。今は秀吉に従っている者も明日は我が身と怯《おび》え、秀吉は人望と支持を失い、政権は瓦解《がかい》するであろう。

「無茶な言い分であることは、わかっておるだろう」

「そのための後瀬山城です」

「わしに改易の大義名分を与えたわけか。そこまでするわけはなんだ」

秀吉は、長秀をぎょろりと睨《にら》んだ。正面にいるやつれた男は、表情こそ険しいが、その顔色は徐々に青ざめ始めていた。やがて、唾《つば》を呑《の》む音がした。それが合図であったかのように、長秀は再びひれ伏し、

「百二十三万石と引き換えに、我が子の命だけはお助けいただきたく……」

と、絞り出すように言った。

秀吉は、今までにないほど狼狽《ろうばい》した。

（五郎左は、視《み》え過ぎている）

長秀は、一大名としてではなく、天下人としての視点で、今後の政情を見越していた。

丹羽家の領国は権力の根源地である京と隣接している。その上、百二十三万石という途方もない大封である。現在は政権が安定していないことや、長秀への遠慮もあって改易などはできないが、将来的には確実に滅ぼさなければならなくなる。

しかし、秀吉は長秀への恩賞《おんしょう》を渋るわけにはいかなかった。派閥の代表者に過ぎない彼を支持する者たちの根拠は「秀吉についていけば立身《りっしん》できる」ということだけなのである。功ある者、恩ある者には気前が良過ぎるほどに恩賞を与えなければならず、長秀ほどの功労者にとって百二十三万石は決して過分ではなかった。

（その、誰もが己の欲だけで蠢《うごめ》く中で、天下人の眼で世を見通すかよ）

秀吉は必死で動揺を押し隠しながら、いつものように大袈裟《おおげさ》に大笑《たいしょう》しようとした。だが、喉《のど》のあたりで息がつかえ、どうにも上手《うま》く笑い声が出ない。

「どうも、五郎左殿は考え違いをされているようだ」

ひきつった笑いを浮かべながら、長秀の手を摑《つか》んだ。

「わしが丹羽家を滅ぼしたりするわけがなかろう。言わば、五郎左殿はこの秀吉の恩人だ。たかだか百二十三万石では、その恩に報《むく》いきれぬとさえ思っていた」

嘘でも世辞《せじ》でもなかった。長秀は羽柴政権樹立までの政略・戦闘の最大の功労者である。さらに旧織田政権時代から、長秀は成り上がり者の秀吉を決して無下《むげ》には扱わず、急速な出世を妬《ねた》むどころか我がことのように喜び、不思議なほど親切に接してきた。その頃からの恩義は、とても数えきれるものではない。

「五郎左殿を大坂に呼んだのは、後瀬山城の件を問い質すためではない。わしは恩に報いたいのだ」

「……とは？」

「官位《かんい》を差し上げたい」

これが、秀吉の新政権安定のための策だった。

織田家の同僚に過ぎない長秀ら諸将を、官位という朝廷《ちょうてい》の階級に組み込んでしまう。そして、秀吉が最も高い官位を受けることで、彼らに命令し、支配する名分《めいぶん》をも得ることになる。

「五郎左殿は北陸《ほくりく》の太守《たいしゅ》ゆえ、『越前守《えちぜんのかみ》』を差し上げたい。受けていただけるな？」

秀吉は、長秀の手を離した。握ったままでいれば、震えているのに気づかれてしまう。

武士にとって、官位を受けるということは得がたき名誉の一つである。

（しかし、五郎左はそれを喜ばない）

ということを、秀吉はよく知っている。かつて、織田家の重臣たちに官位が与えられることが決まった際、長秀だけは、「官位を受けるということは、形ばかりとはいえ朝臣《ちょうしん》になることです。我が主は信長様お一人ゆえ、それがしは生涯、ただの五郎左で結構にござる」と、温和《おんわ》なこの男にしては珍しく、頑《かたく》なに任官を拒否している。

（果たして、受けるか）

汗が一筋、秀吉の横顔をつたった。受けなければ、いよいよ両家は戦をしなければならなくなるだろう。

長秀は岩のように押し黙っている。その視線は鋭く秀吉を睨んでいるようでもあり、どこか空の一点を見つめているようでもある。

その顔が、ふっと緩《ゆる》んだ。気がつけば、長秀はいつもの微笑に戻っている。

「ありがたく頂戴《ちょうだい》致します。羽柴様」

そう言って、深々と礼をした。

長秀はこの官位を受けることの意味を知っていた。しかし、彼には秀吉と戦って天下を争う気もなければ、それほどの野望を持つこともできない。長秀にとって最大の幸福と不幸は、冷静に己や世情を客観視でき過ぎたことであった。

秀吉は大袈裟過ぎるほどに笑い、泣き、長秀に抱きつかんばかりにすり寄った。

「五郎左殿、いや越前守殿、安心めされよ。丹羽家は子々孫々《ししそんそん》に至るまで、この秀吉がお守り致す」

それが丸きりの嘘でないことは、長秀も感じていた。恐らくこの天下人は、今後も苦しみ、悩み、丹羽家を滅ぼさずに政権を存続させる方法を模索するだろう。そして、それが空論に過ぎないことを何度も思い知らされ、ついには全ての言葉を欺瞞《ぎまん》にせざるを得なくなるということも、長秀には容易に予見できた。

長秀は、視え過ぎた。そのことは悲劇を通り越していっそ喜劇的ですらあった。

二

織田信長という戦国の覇王《はおう》は、尾張から興《おこ》った。信長は尾張を統一し、隣国の美濃を併呑《へいどん》すると、権力の根源地である京を目指して西方に拡張を続けた。一方で、東方には英雄豪傑が多い。特に甲斐《かい》の武田《たけだ》家はその精強さから、戦国屈指の武士団としてしばしば評される。信長は、勢力と領土を西に拡張する間、武田家の侵攻をただ一人の同盟者に防がせていた。

それが、徳川家康《とくがわいえやす》である。

信長が本能寺で明智光秀に討たれ、さらにその光秀を秀吉が討ち取ってから二年が経過しようとしている。この間、家康は政治的に沈黙していた。新たに中央で誕生しつつある秀吉の新政権に対して、敵対も臣従《しんじゅう》もしようとしなかった。

では、なにをしていたのか。――拡張である。本能寺の変によって空白地帯となった東方の織田領を、家康は庭の草でも刈り取るかのように切り従え、三河《みかわ》、駿河《するが》、遠江《とおとうみ》、甲斐、信濃《しなの》の五ヶ国を領有する太守にまでのし上がった。

これほどの一大勢力を築いておきながら、家康の態度は相変わらずであった。

秀吉に、敵対も臣従もしない。天下取りに乗り出す気配もない。ただ巨大な影として、東国に臥《ふ》せ続けた。

その家康が、動いた。

きっかけは織田家次男、信雄の反乱である。かつて「愚物ゆえ天下人に値せず」との諸将の共通認識で後継から漏《も》れたこの貴公子は、「羽柴方に与《くみ》していただければ、三法師君の後見役、すなわち天下の実権は信雄様にお任せしたい」と秀吉に煽《おだ》てられ、嬉々として柴田方と戦った。

ところが、柴田勝家が滅んだ後の秀吉はまるで自らが天下の主であるかのように振る舞い、ほかの諸将もそれを当たり前であるかのように受け入れている。愚物と世間で称される信雄は、ようやく秀吉が自分に天下を譲る気がないことを知った。

信雄が天下人になるには、秀吉を倒し、その座を力で奪い取るしかない。そして秀吉に対抗し得る兵力を持った織田家関係者はただ一人しかいなかった。

「承知致しました」

二年ものあいだ沈黙を守っていた家康は、意外なほどあっさりと信雄の同盟要請を受けた。つまりは、家康も秀吉から天下を奪い取る力——大義名分を待ち望んでいたのだ。

「織田家の大恩を忘れ、天下を簒奪《さんだつ》した羽柴めは許しがたい。海道《かいどう》五州の総兵を挙げ、この家康の全てを尽くして信雄様の義戦をお援《たす》け致しましょう」

この言葉に、信雄は小躍《こおど》りせんばかりに狂喜した。この愚人は情けないことに――あるいは幸福なことに、自分の操縦者が代わっただけだということに、少しも気づいていなかった。

天正十二年（一五八四）三月、徳川家康は挙兵した。


江口正吉は日の昇りきらぬうちから馬を駆り、後瀬山に急行した。

「これは、三郎右《さぶろうえ》様」

明け方、急に城門前に現れた重臣に、番士はひどく驚いた。

与右衛門らには三右、三右と気安く呼ばれているが、丹羽家の下級武士からすればこの若き城代は雲の上のような存在である。三右、などというあだ名じみた通称は正吉と同格以上の者しか用いず、それ以外からは三郎右衛門、もしくは正しい略称である三郎右に敬称をつけて呼ばれるのが常だった。

「殿は城中におわすか？」

「は、しかし殿様はご病状が……」

「だから俺が来ているのだ。通るぞ」

そう言って番士を振りきり、正吉は本丸に向かった。

重臣の急な来訪を知った長秀は、別に拒《こば》むようなこともなく、正吉を通すように家人《けにん》に命じた。ただし、面会の場は長秀の寝室だった。

「寝屋《ねや》？」

少し意外だった。長秀は家臣相手でも礼を欠かさない男で、寝屋で対面するなどということは他家なら知らず、丹羽家では行われたことがない。

寝室の前に案内され、正吉は襖《ふすま》を開けた。

「……っ」

息が詰まった。思わず目を見開き、そして伏せた。

（殿は、生きておられるのか？）

そんなことを思ってしまうほどに、目の前の長秀の生命はか細いものだった。

顔や身体は以前よりひどくやつれ、ほとんど骨と皮しかないように見える。肌の色は不気味なほどに白く、吐息は耳を澄《す》まさねばわからぬほど弱々しい。その長秀が、目の前に横たわっている。

「ああ、正吉、来たか。お前はいつも早いな」

長秀は力なく笑い、かすれた声で言った。

自分の胸が握り潰されそうになるのを感じた。目の前の長秀の風貌は、かつてとはまるで違う。しかし、その穏やかな笑顔だけは、紛《まぎ》れもなく長秀だった。そのことが、正吉にはなおさら辛《つら》かった。

「徳川様が、信雄公と手を組み、決起したようです」

「そのようだな」

「丹羽家は……」

「援けぬわけにはいくまい、羽柴様を」

さらに言葉を続けようとしたところで、長秀は激しくうめきだした。腹を両腕で抱え、苦悶《くもん》の表情を浮かべている。

「殿！」

「まいっ……たなあ、正吉」

長秀はひきつった笑みを作った。

「わしはこの様《ざま》だ。とても、戦になど出られぬ。しかし、丹羽が動かぬわけにはいかぬ。動かなければそれだけで、羽柴様の天下を脅《おびや》かすことになる」

「殿、もうお休みください！」

「聞け、聞いてくれ、正吉」

その声は言葉というより喘《あえ》ぎであった。

「陣代《じんだい》には、倅《せがれ》を立てる。しかし、なにぶんまだ十四の童《わらべ》じゃ。お前が輔《たす》けてやってくれ……」

頼む、頼む、と長秀は声にならないほどの声で何度も言い、折れそうなほど細い腕ですがりついた。

正吉はその手を両手で包み、

「……なにもご心配召されまするな」

呟《つぶや》くような、しかし確かに力の籠った声で言った。

「長秀様のご嫡男は、そして丹羽家は、この正吉がお守りいたします」

その言葉に、長秀は一瞬驚いたようだった。だが、すぐにいつものように穏やかな微笑を浮かべ、「頼んだぞ」と小さく言った。無論、正吉は知る由《よし》もない。自身の言葉や態度が、大坂城で長秀に「丹羽家を守る」と言った秀吉と酷似していたことなど。

鍋丸《なべまる》という齢《よわい》十四の丹羽家の嫡子について、正吉の記憶の中には、これといった印象がない。何度か顔を見たことはあるが、直《じか》に言葉を交わしたことはなかった。

なぜなら、鍋丸は普段、後瀬山城や正吉の国吉城から遠く離れた越前の府中城《ふちゅう》で養育されていた。

「万が一、病がうつっては困る」

という長秀の配慮によるものである。このたびは事情が事情だけに急きょ後瀬山に呼び寄せたが、それでも長秀は心配らしく、自分のいる本丸には登らないようきつく厳命してあるのだという。

その鍋丸が在《ざい》す郭を、正吉は登っている。

階段を上り、廊下を歩き、一番奥の間を目指す。そこに彼が守るべき若君が待っているはずだった。

近習《きんじゅう》の手によって、襖が開く。正吉は部屋に入り、ひれ伏した。

「江口三郎右衛門正吉にございます」

「面《おもて》を上げてくだ……」

そこまで言いかけて、上座にいるはずの鍋丸は、大きく咳《せき》払いした。

正吉は恐るおそる顔を上げた。


「面を上げよ」

声変わりして間もない声を、ことさら低く作ろうとしているらしい。正吉は恐るおそる顔を上げた。

正吉は、目を疑った。

目の前の鍋丸は、長秀と瓜《うり》二つだった。

十四歳の貴人は、藤色の衣に身を包み、穏やかな笑みを浮かべていた。

無論、長秀とは歳《とし》が違う。輪郭《りんかく》も丸顔の長秀に比べてやや面長《おもなが》ではあるのだが、その柔らかく童臭漂《ただよ》う顔つきと、穏やかで人の好《よ》さそうな微笑、落ち着きながらも威風のある居住まいは父とあまりに似通っていた。

「私が、鍋丸。いえ、少し早く元服《げんぷく》を済ませたので、今は父と同じ『五郎左衛門』。丹羽五郎左衛門、長重《ながしげ》です。江口殿、はじめまして」

鍋丸、いや丹羽長重はそう言ってくすりと笑った。その笑い方も、長秀とそっくりだった。

「それで、江口殿、いや、父のように『正吉』と呼ぶべきかな。それとも、家中で通っている『三右』という名の方がよいですか?」

「それは……」

正吉はすっかり狼狽した。直接ではないとはいえ家来筋にあたる自分に、まるで叔父《おじ》や兄に対するように馴《な》れなれしく、しかも敬慕《けいぼ》をもって丁寧に接してくるのである。

「その、長重様の御随意《ごずいい》に……」

「ああ、されば正吉殿、いや正吉。この長重の許《もと》にやって来た用向きはなんでしょう？」

「は……」

正吉は容儀を正し、改めて長重に向き直った。

「東海の徳川が挙兵致しました。間もなく丹羽家にも陣触《じんぶ》れがあるかと思われます。しかし、此度《こたび》の戦では長重様に陣代を務めていただきます」

「私が？」

長重はきょとんとした顔で正吉を見た。

「ご冗談でしょう？　そのような大戦《おおいくさ》に私のような小僧が？」

「ほかにおりませぬ」

「父は……」

正吉ははっとした。気がつけば、長重は目頭に涙を溜《た》めている。

「父は、それほど悪いのですか？　正吉」

（ああ、このお方は）

知らないのだ、長秀様の病状を。そのことに気づいたとき、正吉はようやく、長秀が長重を本丸に登らせないわけを知った。長秀は、弱りきった自分の姿を子に見せたくなかったのだ。

（いっそ、本当のことを言うべきか）

気休めでこの場を取り繕《つくろ》ったところで、長重は後々もっと辛《つら》い思いをすることになるだろう。しかし、本当のことを言えば、長秀の気持ちを踏みにじることになる。

「いえ、長秀様に後瀬山をお守りいただくというのは、羽柴様の案です。ゆえに、丹羽の本軍は長重様が率いられる運びになっただけで、長秀様の体調は関わりありません」

結局、迷った末に、柄《がら》にもない嘘をついた。

長重はぱっと華やぐような笑顔を浮かべ、

「ああ、よかった」

と、心から安堵《あんど》した様子で息をついた。正吉は少し心苦しかった。

「長重様、それがしは陣代が決まった由を伝えに、大坂城に出向かねばなりませぬ」

「大坂城！」

その言葉を聞いた途端、長重は目を輝かせた。

「正吉は、大坂城を見たことがあるのですか？」

「はい、何度か」

「どのような城ですか？」

「どのようなと申されましても、まあ、まず大きいですな」

「石垣は？」

意外な言葉に、正吉は目を丸くした。普通、十四の少年が石垣のことなどを聞くだろうか。そんな困惑を気にも留めない様子で、長重はせっつくように尋《たず》ねてくる。

「石垣は何積《なにづ》みでしたか？」

「何積みと申されましても……ええと、この後瀬山とは違って、切り出したものを隙間なく……」

「全てですか！」

「いえ、全てを見たわけではないのですが、恐らくは」

長重は大きく口を開けて感嘆の声を漏らした。

「大坂城ほどの規模の城が、全て切込接《きりこみは》ぎの布積《ぬのづ》みとは、一体どれほどの……」

そこでようやく、自分が興奮し過ぎていることに気がついたらしい。長重は、軽く咳払いして息を整え、

「これは、失礼しました」

と、照れ臭そうに言った。

「私も父のような立派な将になりたいと思い、その事績に倣《なら》おうとしているのですが、中でも城郭が面白くて……」

「ははあ」

正吉は、呆れたとも感心したともとれるような声を上げた。長重はその風貌や振る舞いこそ父に似ているが、中身はずいぶんと違っているらしい。それとも、あの長秀も幼いころはこのような少年だったのだろうか。

ただ、この若君は変わっているには違いないが、どこか好感をもたらすことも事実だった。

「迷惑でなければ、これからも私の許を訪ねていただけないでしょうか。父の戦

や政、それに各地の城の話を聞きたいのです」

長重が遠慮がちに紡《つむ》ぐ言葉に、正吉は満面の笑みで返した。

長重の許を辞し、正吉は城内を早足で歩いた。早く大坂へ行き、丹羽家の意向を秀吉に伝えなければならない。ところが、正門をくぐろうとしたところで、背後から声をかけられた。

「おや、どこへ行かれるのかな、江口殿」

その独特の粘《ねば》ついた声に、正吉は聞き覚えがあった。あからさまに顔をしかめ、声のする方に振り返る。黄色くくすんだ肌、細長い顔に吊《つ》り上がった目、大きな鉤鼻《かぎばな》。

「……なんの用だ、五兵衛」

「今は五兵衛ではなく、秀現《しゅうげん》という名です」

僧形の中年男は剃《そ》りあげた頭を、わざとらしくつるりと撫《な》でた。

徳山秀現。かつて五兵衛と呼ばれ、柴田勝家の配下として京奉行を務めていた男である。賤ヶ岳の戦いにも加わっていたが、敗色が濃厚となると配下の兵を置き捨てて逃亡した。その後、高野山《こうやさん》で頭を丸めて謹慎していたが、やがて許され、丹羽家に仕官した。

「それで、どこへ行かれるのですか」

「なぜ、あんたにそんなことを教えなければならない」

「やましいことがなければ答えられるはずでしょう。それとも言いにくいことなのかな」

(相変わらず理屈をこねる奴《やつ》だ)

正吉はどうもこの徳山が好きではない。性格が合わないということもあるが、そもそも、ほんの二年前まで自分たちは政敵同士だったのである。そのときの確執は簡単に消えるものではない。

「……丹羽家は陣触れがあり次第、徳川征伐に出陣する。ただし、陣代は長重様だ。それを大坂に伝えにいく」

「おお、お痛わしい」

徳山は口元を扇子《せんす》で覆《おお》い、大袈裟過ぎるほどに嘆いてみせた。

「長秀様の病は出陣できぬほど悪いのですか。この秀現も身を裂かれる思いです」

(なにを抜かしやがる)

正吉は、ぎょろりと目を剝《む》いた。その長秀をかつて流言で陥《おとしい》れようとしたのは、ほかでもない徳山ではないか。

「しかし、江口殿」

徳山は、口元の扇子をぱちりと閉じた。

「大坂に行くのはよした方がよいな」

「なぜだ」

「貴殿は、長秀様から命じられて、正式の使者として行くわけではないのでしょう。天下人への正使としては、貴殿の身分は低過ぎる」

その通りだった。以前の丹羽家と羽柴家は対等な同盟関係だったが、今や秀吉は天下人であり、長秀はその配下大名である。丹羽家から羽柴家に送る正使は、少なくとも家老以上の身分であるべきだった。

「貴殿が行かずとも、筆頭家老の村上《むらかみ》殿か、二番家老の成田《なりた》殿に命が下るでしょう。それまで待つべきではありませんか」

「しかし、一刻も早く羽柴様に伝え、丹羽の旗色《きしょく》を明らかにするのが肝要《かんよう》であろう。もたついている間に謀叛《むほん》を疑われてはかなわぬ」

村上は加賀小松《こまつ》城主、成田は越前勝山《かつやま》城主にそれぞれ任じられている。いずれも後瀬山城には遠く、到着は早くとも明日になるだろう。

「そう、丹羽家の謀叛を疑われてはかなわない。しかし、貴殿の謀叛を疑われてもかなわないでしょう？」

「なにを馬鹿な」

「主君が死にそうなときに、天下人の居城に勝手に出入りする男。たとえば、そんな男が我が身可愛《かわい》さに主家を売ろうとしているといわれても、誰も驚きはしないでしょうねえ」

「愚弄《ぐろう》するか、五兵衛！」

正吉は激昂《げきこう》し、刀を引きつけた。だが徳山は少しも動じず、嫌みな冷笑を浮かべている。

「秀現、ですよ。私は親切心で言っているのです。その心を汲《く》んでいただけないのは悲しいですな」

（こいつ）

いっそ斬るか、とさえ正吉は思ったが、重臣同士の争いは改易の原因になりかねない。同僚となった徳山は、ある意味で政敵であったころよりもやりにくい相手であった。小さく舌打ちをし、正吉は刀から手を離した。

「……ご忠告感謝する。しかし、俺は行く。俺のためではない、丹羽家のためだ」

そう言い捨てると、振り返りもせずに、駆けるようにして正門を後にした。背後から、徳山の忍び笑いが聞こえた気がした。


「なんの用だ」

大坂城で謁見《えっけん》した秀吉は不機嫌そうに言った。

機嫌が良かろうはずもない。ようやく織田家中の実権を握ったかと思えば、その織田家から叛逆者が出た。さらには東海の覇王である徳川家康までもが反乱に与し、生まれたばかりの秀吉の政権は、早くも存亡の危機に立たされている。

「徳川征伐における、丹羽家の陣代をお伝えに参りました」

「陣代？」

秀吉は、下座でかしこまっている正吉を睨みつけた。

「越前守（長秀）は出陣しないのか」

「主は、病が重く……」

「それがどうした。あやつはわしに背くつもりか」

「滅相もない。ただ病のため、恐れながら出陣は叶《かな》わず、此度は嫡男の長重様が陣代として丹羽軍を率いられます」

「あいつを領国に置いておくわけにはいかぬのだ。そのことがわからぬか」

秀吉はかつてないほど苛《いら》ついている。

家康は、紀伊の雑賀衆、四国《しこく》の長宗我部《ちようそかべ》家、越中の佐々成政《さつさなりまさ》らと連携し、秀吉を四方から包囲しようとしている。この時期に長秀が北陸に引き籠っていれば、世間はどう思うか。丹羽家には存念があり、密《ひそ》かに秀吉への謀叛を計画していると疑うであろう。そうなれば、もともと寄せ集めの政権などあっという間に崩れてしまう。

秀吉は、しばらくうつむいて考え込んでいたが、やがて顔を上げた。

「わかった。陣代を立てることは許す。ただし、お前と越前守は大坂に来い」

「馬鹿な」

正吉は飛び上がるほどに驚いた。長秀は出陣できないどころか、ほとんど城で寝たきりになっているのである。それを、わざわざ大坂に来いというのは、正吉も含めて謀叛人を監視下に置くと言っているようなものではないか。

「私は、長重様をお輔けするよう殿から仰せつかっております」

「越前守の命令は、わしよりも重いと申すか。面白い、それは丹羽家の宣戦か？」

秀吉は笑みの一つも浮かべず、刺すような視線でこちらを見ている。正吉は言葉に窮《きゅう》した。所詮《しょせん》、丹羽家は秀吉の幕下に過ぎず、自身はさらにその家臣に過ぎない。しかし、このままでは「長重を輔けろ」という主君の頼みすら果たせない。

「……長重を輔けるよう、命じられたと申したな」

頭上からかけられた言葉に、正吉ははっと顔を上げた。先ほどまで上段に座していた秀吉が、正吉のすぐ隣に立ち、見下ろしている。

「輔ける、というのはなにも、戦場で付き添うことばかりではあるまい。──空論屋《うつろや》三右、軍略を聞かせろ」

「軍略？」

「家康が来る。天下無双の軍団を従え、瞭然《りょうぜん》たる大義を掲《かか》げてやって来る。どう防ぐ？　どう破る？　お主の軍略を聞かせろ」

「羽柴様は……」

どう考えているのか、そう尋ねようとした言葉を遮《さえぎ》り、秀吉は鼻で笑った。

「無論、わしの胸中に答えはあるさ。それを言い当ててみせろ」

「外せば？」

「知れたことだ」

秀吉は脇差《わきざし》を鞘《さや》ぐるみで腰から抜き、正吉の首筋を軽く叩いた。

「お前のここを刎《は》ねる」

正吉は唾を呑み込んだ。

秀吉の顔をちらりと見る。二つの目玉が、瞬《まばた》きもせずにこちらを見ている。伊達《だて》や酔狂《すいきょう》ではない。正吉がしくじれば、この天下人は躊躇《ちゅうちょ》なくその宣言を実行に移すだろう。

「お前が主家を誤らせかねん、物の見えない男ならば、ここで殺しておかなければならない」

「戦場《いくさば》に行かずに、戦に勝てと？」

「そうだ。戦場に着かなければ戦に勝てぬようでは、わしに言わせれば能無しだ。そういう無能は害しかない」

（無茶だ）

内心そう思ったが、口にするわけにもいかない。目の前の男は天下人である。

ならなかった。
どのような無茶であろうとも、秀吉がそれを欲するならば、正吉は答えなければ
考える。思考する。またいつものように脳内に地図を広げる。
家康は東からやって来る。両陣営の勢力の境は木曽川だから、戦場はその辺り
になるだろう。そこを中心に砦を多く築き、堅く守ればどうか。
（いや、駄目だ）
それだけでは、家康が完成させつつある包囲網に、じわじわと政権を蝕《むしば》まれる
だけであろう。
（守りを固めるのは重要だが、それだけでは勝てん）
では、攻めてはどうか。家康は全兵力を動員し、本国を空にしてやって来るだ
ろう。その空の本国を別働隊で奇襲すれば、徳川軍は泡を食って撤退する。その
背後を追撃すれば、敵を殲滅《せんめつ》することも可能であろう。
（一見、上策だが……これも違う）
あの古兵《ふるつわもの》の家康が、その程度のことを警戒していないわけがない。奇襲軍が
通るような進路には諜者《ちょうじゃ》を油断なく撒《ま》いているだろう。奇襲を察知され、敗《ま》け
れば、家康はその勝ちを大きく宣伝する。

家康にとってみれば、秀吉の全軍を殲滅する必要はない。自軍が負けず、相手の声望に細かい傷をいくつも付け、その影響力を徐々に低下させていけば政権は自然に崩壊するのである。

（しかし、攻めても守っても駄目では、どうにもならぬ）

正吉は頭を抱えた。もはやどういう軍略を以《もっ》てしても、この状況を打開できる策が思いつかない。

「わしを守るつもりで考えるな」

苦悶する正吉に、秀吉がおもむろに声をかけた。

「総大将が越前守だと思え。越前守を守り抜くにはどうしたらよい」

そのとき、ある言葉が脳裏に浮かんだ。

――戦玄人の悪癖じゃな。

（長秀様……）

――お主らは戦を知り過ぎている。知り過ぎているから、軍略だけを下地に戦を測る。

賤ヶ岳砦に救援に向かう折、長秀はそんなことを言った。あのとき、正吉はその言葉を「戦況の有利不利にかかわらず、生き様の爽《さわ》やかさのために行動するべきだ」という意味だと解していた。

(それが間違っているとは思わない。……しかし、それだけだろうか)

思えば、秀吉も同じようなことを言っていた。

正吉は考える。思考する。だが、それは今までのような地図を辿《たど》る旅ではない。過去を、遡《さかのぼ》ろうとしていた。

雑賀で、山崎で、清洲で、賤ヶ岳で、その他数多《あまた》の数えきれぬほどの戦いの日々の中で、自分がなにを見てきたのか。その全てを一つ一つ思い出し、正吉は頭の中の戦場で再び戦っていた。

深く、長く、沈黙する。目を瞑《つぶ》ったまま、息をするのも忘れ、ただ脳髄《のうずい》だけを活発に躍動させる。やがて、正吉はおもむろに口を開いた。

「政《まつりごと》です」

秀吉は、正吉の方を見ない。そっぽを向きながら、脇差の鞘尻で自らの肩を叩き、

「戦の話をしているのではなかったか?」

と、冷えきった声で言った。

正吉は動じなかった。秀吉の顔を真っ直ぐ見つめ、はっきりとした声で続け

る。

「戦も、政も同じです。軍略も、政略も同じものなのです。戦いのための技術であり、勝利への手段に過ぎません。今、そのことに気づきました」

戦略だけでは限界がある。政略だけでも同じである。しかし、戦略を下地に政略を立て、その政略を下地に戦略を立てる、というように両方を共に用い、折り重ねるようにして組み立てれば、策というものに果てはない。思えば、秀吉の戦は全てそのように組み立てられていた。この男が政権の継承戦に勝利できたのは、そのことを知っていたからなのだろう。

「なるほど、それでどうする？」

「徳川は、大義名分を得て天下取りに乗り出しました」

「それで？」

「その大義名分を、取り上げます」

「政でか？」

「ええ、政で」

秀吉は沈黙している。その表情は重々しく、眉一つ動かさない。

正吉は目をつぶった。覚悟はできている。これで駄目なら、手の施しようがない。自分の空論《うつろ》と共に果てるなら、空論屋三右の最期《さいご》としては悪くないだろう。

やがて、背後に気配を感じた。秀吉が立っているのだろう。そして、それから間を置かずに、なにかが振り下ろされるのも、確かに感じた。

そしてそれは、首に達した。

「げっ！」

正吉は思わず声を上げ、前方に倒れかかった。背後から凄《すさ》まじい張り手が、首筋に襲いかかったのである。張り手を喰《く》らわせた当人は、腹を抱えて盛大に笑い転げている。

「当たりだ！　それでこそ空論屋三右だ！」

秀吉は苦しげに笑いを堪《こら》えながら、改めて上段に座り、正吉に向き直った。

「越前守は大坂に来なくてはならぬ。それは変えられん。しかし、お前は来なくてよい」

「それでは……」

「だが、戦場にも行くな」

面喰らった顔をする正吉を、秀吉はにやつきながら見ている。

「お前はすでに戦に勝っている。戦場で働く必要はない。長重を輔けろという命令は十分果たしている」

「では、私はなにを……」

「後瀬山城を預ける」

あっ、と正吉は驚嘆の声を漏らしかけた。それは、長秀不在の間、正吉に丹羽家を預からせることと同義ではないか。

正吉を丹羽領に置いたままにすることは、諸将に多少の動揺を招くだろう。しかし、長秀さえ監視下に置いてあれば、その動揺は大きくはならない。少なくとも、政権の存続を揺るがすものではない、と秀吉は踏んだ。

なにより、正吉は物の見えない男ではないことが、先ほどまでのやりとりで証明された。この男が守る限り、丹羽領に残る士卒は唆《そそのか》されたり独走したりすることはないだろうし、仮にそのような不測の事態が起こっても十分に対応し得るであろう。

「まあ、領国でゆっくり聞いておれ。お前の画餅《がべい》のような空論《うつろ》を、わしが手ずからこねる報《しら》せを」

秀吉はそう言ってまた高笑いをし、無遠慮な足音と共に部屋を出ていった。

正吉と同じことは、秀吉も考えついていた。ただ、今回の戦は柴田勝家のとき以上に不安な部分が多いため、この策を用いて勝てるか確信がなかった。

だが、正吉も同じ答えに至った。悩み、考え、同じことを思いついた人間がもう一人いる。ただそれだけのことだが、そのことが秀吉の背中を押した。

もっとも、天下人の背中を押した当人は、自分の命が助かったことに安堵することで精いっぱいだった。正吉は秀吉が去ったのを確認すると、その場で仰向《あおむ》けになり、

「助かった……」

と、力の抜けた顔で言った。

三

天正十二年三月二十八日、羽柴・徳川両軍は尾張の小牧山付近で対峙《たいじ》した。

この戦いはどれだけ多くの兵を倒すかの戦いではなく、いかに相手の声望を傷つけるかにかかっていた。勝つためには長陣《ながじん》に焦《じ》れて動いたところを殴りつけ、それを宣伝するだけでよかった。

そのことを秀吉も家康も理解している。両陣営は膠着《こうちゃく》し、自らは手を出さ

ず、守りを固めて相手の出方を窺《うかが》った。

ところが、その膠着は唐突に破られた。起因となったのは、池田恒興《いけだつねおき》という秀吉の配下大名の献策だった。

――別働隊で、家康の領国に奇襲を仕掛ける。

池田は、開戦前に正吉が切り捨てた下策を揚々《ようよう》と語り、その奇襲軍の先鋒《せんぽう》を承《うけたまわ》りたいと秀吉に申し出た。秀吉は思い止《とど》まるよう説いたが、気分を害され家康の陣営に奔《はし》られても困るため強くは出られない。結局、池田は頑《がん》として譲らず、秀吉が折れざるを得なかった。

結論からいえば、この奇襲は失敗した。危惧《きぐ》した通り、家康は素早く別働隊の動きを察知し、逆に奇襲を仕掛けた。混乱した別働隊はろくに抵抗もできずに壊滅し、池田をはじめ名のある武将は軒並み戦死した。

その後、再び膠着状態が続いた。両軍は共に兵を引き上げたものの、家康は本領には帰らず、尾張の清洲城に籠って秀吉の天下を圧迫している。その間にも、越中の佐々成政などの家康の同盟者が妨害を続けており、戦況は秀吉に不利に見えた。

しかし、そうではなかった。大坂に籠っていた秀吉はにわかに兵を挙げ、再び進軍を行った。だが、その攻撃目標は家康ではない。清洲の織田信雄だった。

思わぬ急襲に信雄は後手後手に回り、濃尾《のうび》国境の加賀野井《かがのい》城など、次々とその拠点を落とされた。ところが、秀吉軍はほとんど敵の喉首《のどくび》にまで迫ってから、

――ここまでで良し。

と、急に進撃を止め、わずかな抑えを残して撤退してしまった。

意図がわからない行動だった。家康も、その同盟者たちも、秀吉の配下でさえ首をひねった。この意図を理解していたのは、恐らく日本中で二人しかいない。一人は秀吉自身、そしてもう一人は――。


「ついに、やったか」

後瀬山城の一室で報せを受けた正吉は、瞑目《めいもく》し、嚙《か》みしめるように呟いた。

「やった、とはなんのことでしょう？」

戦況を報告した近習は、不思議そうにこの若き重臣に尋ねた。

正吉はうっすらと目を開け、

「勝ったということさ。羽柴様が……」

と、微笑まじりに言った。

近習は首をひねった。勝ったもなにも、まだ戦の真っ最中である。なるほど、信雄は追いつめられたかもしれないが降参してはおらず、徳川家康にいたっては無傷で尾張に居座っている。

「——では、ございませんか」

と、近習は再び疑問を口にしたが、正吉は微笑を浮かべるばかりで答えない。秀吉の策はまだ見世物《みせもの》でいえば仕込みの最中であり、幕が上がる前に種が漏れてしまってはまずい。

「すぐにわかる」

とだけ、正吉は言った。近習は腑《ふ》に落ちない様子であったが、それ以上は食い下がらずに退出した。「聞いたところで江口様のことだ。また空論《うつろ》だろう」とでも思ったのかもしれない。

一人になった正吉は再び瞑目し、この戦について思案した。

秀吉は織田信雄を追いつめたが、殺しては意味がない。殺せば、家康は嬉々として、

——見よや！　羽柴は織田に弓する謀叛人なるぞ！

と称して、秀吉を討ち取りにかかるだろう。

（それは下策でしょう。そうではありますまい。あなたのこねようとしている画餅の形は、きっとこうであるはずだ）

瞼《まぶた》の裏に秀吉を映しながら、正吉はなにもない畳の上で駒を打つ真似《まね》をしてみた。


——織田信雄、秀吉と和睦《わぼく》す。


という報せほど世間を、そして徳川家康を驚かせたものはなかった。

信雄の拠点を根こそぎ奪い取って以来、秀吉は調略を続けていた。ときにはなだめすかし、ときには「従わねば攻め滅ぼすぞ」と脅しをかけ、工作は根気強く三ヶ月にわたって行われた。

やがて信雄は観念し、十一月十一日、家康に一言の相談もせずに単独で和睦を受け入れた。

家康の手元にあった大義名分は、煙のように消え失せてしまった。

戦況では家康が勝っていた。しかし、戦略と政略を巧《たく》みに用いて、秀吉は不利を軽々とひっくり返した。やむなく家康は兵を引き、秀吉と和睦を結んだ。

こうして、半年以上にわたる戦いは終結した。

視界の先にあるのは、滲《にじ》んだ天井《てんじょう》だけ。部屋の中にあるのは、枯れ木のような身体だけ。

四

「……よくもまあ、まだ生きているものだ」

丹羽長秀は、独り寝室に横たわっていた。

ときに天正十三年（一五八五）四月。大坂から領国への帰還は許されたが、家康が挙兵してからの一年間で病はさらに悪化し、ほとんど寝たきりで日々を過ごしている。

（せめて死ぬ前に、後瀬山城をもう一度見たかったものだが……）

長秀は今、かつて柴田勝家の居城でもあった越前北ノ庄《きたのしょう》城にいる。彼は領国に帰るなり、一年ぶりに領内の様子を検分しようとした。今の体力では難しいことはわかっていたが、それでも統治者として、なにもかもを家臣任せにしておくことはできなかった。

そして、北ノ庄に入ったところで病状が悪化し、そのまま籠るはめになった。

外では、初夏の雨が降っている。この数日、降り続いている長雨《ながさめ》で、もう昼過ぎだというのにその音は弱まる気配がない。

(城下は、大丈夫だろうか)

長秀はふと心配になり、身体を起こそうとした。

「ぐっ……うお……」

腹を鑿《のみ》で内から抉《えぐ》られるような鈍痛が走る。長秀は苦痛に顔を歪め、背を丸めてうめいた。

「は、はは……」

荒い息とうめきの狭間で、かすれた自嘲《じちょう》を漏らす。大封の主になろうが、巨城を築こうが、小指ほどもない痼《しこり》にこうも苦しめられている。その滑稽《こっけい》さを嗤《わら》ったのである。

長秀は、再び仰向けになった。雨はいよいよ強く城の瓦《かわら》を叩いている。

そのとき、妙に大きい、雨音をかき消すような無遠慮な足音が聞こえてきた。

しかし、その足音は大きさの割に重量を感じない。

(まさか)

からりと音を立てて、襖が開いた。そこに立っていたのは、長秀が想像した通りの男だった。

「羽柴……様……」

長秀は眼を丸くして驚いた。秀吉は現在、紀伊の雑賀衆を潰すために自ら陣頭に立って指揮しているはずだった。

「そのままでよい」

身体を起こそうとした長秀を、秀吉は押し止めた。そうして、すとんとその場に腰を下ろし、部屋を見回した。

「立派な城だな」

「それはもう、あの修理亮《しゆりのすけ》（勝家）殿が、腕に縒《よ》りをかけた城ですので」

「しかし、お主の後瀬山城には及ぶまい。それに番士の配置がよくないな。これでは乱破《らっぱ》（忍者）に入られるぞ」

長秀はつい吹き出しそうになった。

秀吉の恰好《かっこう》は、大坂城で会うときのような絢爛《けんらん》な羽織ではない。濃紺の野袴《のばかま》に同色の筒袖《つつそで》という、あからさまな忍《しのび》装束である。しかも、その肩が濡れている。

恐らく、秀吉は風雨に紛れ、警備の隙を巧みに衝き、気づかれぬようにこの部屋までやって来たのだろう。織田家に仕える以前、盗賊働きや乱破《らっぱ》まがいの仕事をしていたという噂があったが、どうやらそれは事実であったらしい。

「確かに、世にはずいぶん腕利きの乱破もいるようですな」

「おお、警備を見直した方がよいぞ」

そう言って秀吉はからっと笑った。つい長秀も釣り込まれ、くすくすと苦笑を漏らした。

「越前守」

秀吉は笑いを止め、長秀に向き直った。

「お前、死ぬのか」

世間話のように言う。その声がやけに無機質なのは、感情を必死に押し殺そうとしているからなのだろう。

長秀は一瞬目を伏せ、申しわけなさそうに頰《ほお》をかきながら、

「そのようです」

と言った。

その手を、秀吉がいきなり握った。長秀の枯れ木のような細い腕が折れそうになるほど、小さな両手は強い力で握りしめている。

「死ぬな、死ぬなよ越前守。わしの天下はまだ途中だ。お前の援けがいるのだ」

涙をいっぱいに溜めながら、秀吉は欺瞞に満ちた本音を語った。素の感情に満ちた大嘘を吐いた。言葉は口から出ると万力に変わり、小男の心臓をぎりぎりと絞め上げる。秀吉はうつむき、嗚咽《おえつ》を堪《こら》えながら、ますます握る手に力を込めた。

その手を、長秀の冷たい掌《てのひら》が撫でた。

「嬉しいことを申される」

「……真《まこと》じゃ、わしは」

「よいのですよ、筑前殿」

長秀は、まるで織田家が在ったころと同じような口ぶりで、かつてと変わらぬ呼び名と微笑で呼びかけた。

「あなたは天下人なのです。こんな病人のことなどお気になさらず、思うがままに天下をお描きくださ い」

(──五郎左様!)

秀吉は、ひれ伏しそうになる衝動を懸命に抑えた。握った手を離し、同じ手で顔をしきりにこすった。やがてこね上げるようにして天下人の顔に戻り、

「……越前守」

と、大坂城で会ったときと同じ、威厳のある態度で言った。

「なんでしょう？」

「三右を、わしに寄越《よこ》せ」

「それはまた、どうして？」

「わしは天下人だ。ほしいものは全て手に入れる。それがたとえ、人であってもだ」

「嘘ですな」

長秀はくすくすと笑った。

「あなたは、正吉に殺されたいのでしょう。これから己がすることを、誰かに裁《さば》いてほしいのではないですか」

秀吉は眼を丸くした。やがて不機嫌そうに眉をひそめ、

「やはり、お前は視《み》え過ぎているな」

とぼやくように言った。長秀は相変わらず微笑して、

「どうも身体が弱ると、このような勘ばかり鋭くなるようで……」

そう言うと、顔をこわばらせながら、よろよろと上体を持ち上げた。青い顔にひきつった笑みを浮かべながら、震える両手で秀吉の肩を摑む。

「お悩みなされるな。天運というものがあるとすれば、それはどうやらあなたの許にあるのだから」

秀吉は能面のように無表情でいる。胸中に入り乱れる様々な思いを、この天下人は必死に処理しようとしているようだった。やがて立ち上がり、

「……さらばだ、五郎左」

と、死にゆく恩人を古い名で呼び、背を向けた。

「ええ、御達者で。筑前殿」

長秀も眼を細め、天下を背負っている小さな背中に声をかけた。

「ぐっ……」

秀吉が去った後、再び長秀の臓腑《ぞうふ》で劫火《ごうか》が躍り出す。内から焦がされるような苦痛は、死がそこまで近づいていることをなによりも雄弁に物語っている。

「正吉を、呼ばなくては……」

居城で報せを受けた正吉は、すぐに馬を駆けさせた。雨と泥に汚れた衣服を替える間も惜しみ、ほとんど丸一日駆け続け、北ノ庄城下に入るなり、飛ぶようにして本丸に登った。

「はは、お前はいつも早いな」

息を切らせて寝室に入ってきた正吉に、長秀はいつもと同じ微笑を浮かべた。その床の周りに御典医《ごてんい》たちが侍《はべ》っている。病状はいよいよ予断を許さないところまできているらしい。

「正吉、見ての通りだ。わしはそろそろ死ぬ」

「そんな……弱気なことを申されますな！　殿！」

「これぱかりはどうしようもないさ。人間五十年、滅せぬものなどない。あの信長様ですらそうだったように」

その声も、微笑も、いよいよ透き通るようだった。

「死ぬ前に、お前に言っておかなければならないことがある」

長秀は弱々しい声を精いっぱい引き締め、力を込めて言った。

「丹羽家を出る気はないか？」

「馬鹿な、なにを仰《おつしや》います」

正吉は慌てて否定した。長秀はその様子を見てため息をつこうとしたらしいが、代わりに激しく咳込みながら、

「ときがないから繕わず言うぞ。わしの死後、丹羽家は没落する」

と、容易ならぬことを言った。本来なら人払いをして伝えるほどの大事だが、その余裕もないらしい。

「なにを、馬鹿な……」

「わしが天下人でもそうせざるを得ない。よくて大減封《だいげんぽう》、悪ければ改易だ」

「そんな、そんなことは……」

ありえない、あっていいはずがないと、正吉はほとんど祈るように思ったが、その豊か過ぎる想像力は、すでに全てを理解してしまっていた。長秀の言葉が決して空論ではないことも、大きくなり過ぎた丹羽家を秀吉が警戒しているのは、先の戦での扱いから明らかであることも。

「……それでも」

歯を食いしばり、涙の滲んだ目を長秀に向けた。今さら他家に仕えることなど、考えられない。丹羽長秀は、正吉にとって主人以上の男だった。

「たとえ天下を敵に回そうと、この正吉が丹羽家を守ります。そのために屍《しかばね》を晒《さら》すことになろうと、むしろ望むところです。私は一命を賭《と》して、この先も丹羽家に尽くしたいのです」

「正吉、それはわしのためか？」

主君の意外な問いに、正吉は狼狽《うろた》えた。

「え？　ええ……」

と、うわずった声で答える。その答えを聞いた長秀は、床上で眼だけを動かして睨みを飛ばした。

「ならば、ますます丹羽家を出てもらわなければ困るな」

「なぜ——！」

正吉はすがりつくようにして主君に迫ったが、長秀は刺すような視線を少しも緩めない。

「わしは生きている間はお前の主人だ。だが、死ねばただの五郎左だ。言わば、お前は死人に仕え続けることになる。それは己で考え生きることを放棄することだ。自身も死人になってしまうことだ」

「しかし……」

「丹羽家に仕えるのは構わぬ。しかし、わしのために仕えることは許さぬ。自分の生き方も、居場所も、主君も、自分自身で見極めることだ」

長秀は、今度は咳込まずにため息をつき、また微笑を浮かべた。

「どうも、我ながら口煩《うるさ》いことを言った。顎《あご》が疲れたよ」

そう言って、震える手を差し伸べた。正吉は両手でそれを受け、包むようにして握った。

「正吉」

「は……」

「また会おう」

光が射すような満面の笑みを浮かべ、そのまま長秀は瞼《まぶた》を閉じた。

「……長秀様?」

つい、声をかけてしまった。答えはない。あるはずがない。先ほどまで丹羽長秀だった目の前のそれは、すでに違うものになってしまっている。

長秀はまるで眠るように、穏やかな顔で死んでいた。

泥濘《でいねい》に住む男

一

わずかに開かれた障子襖《しょうじぶすま》の、隙間《すきま》から薄青い秋空が透《す》ける。空の下には紅葉した山の峰が、さらにその先には若狭湾が青々と広がっている。国吉城は古びた小さな山城であったが、景勝《けいしょう》という点では領内でも屈指のものであった。

しかし、この城郭《じょうかく》の主はそんな景色を見ようともせず、むしろ窓から目を背けるようにして、本丸の一室でただ沈黙していた。

丹羽長秀の死から半年、江口正吉は居城に籠《こも》り続けていた。人をほとんど寄せ付けず、来る日も来る日もただ部屋の隅《すみ》で押し黙っている。家臣も、丹羽家の重臣たちもその様子を気味悪がり、腫《は》れものに触れるようにして扱った。

薄暗い部屋の中の一番暗い場所を探すように、あるいは意味もなくただ目玉を転がすように、生気のない視線は定まることなく彷徨《さまよ》っている。

そんなとき、障子を開く者がいた。

「よう、三右《さんえ》」

鴨居《かもい》にぶつからぬように頭を傾けながら、見知った巨漢が部屋に入ってきた。

正吉は視線を眠たげに起こし、

「……与右《よえ》殿、なんの用だ」

と、ぶっきらぼうに言った。

「なんの用だとはつれないことを言う。用がなくてはお主に会えぬのか？」

坂井与右衛門は別に腹を立てる様子もなく、微笑を浮かべながら腰を下ろした。

「と言ってみたが、まあ用がないでもないな」

「なんだ」

「なに、ちょっと聞いておこうと思うてな」

そう言うと、与右衛門は笑みを消し、正吉の目を真っ直《す》ぐ見た。

「三右、なにを考えている？」

正吉は思わず目を丸くした。

なぜ籠っている。なぜ出仕してこない。

そのような理由を問われるとばかり思っていた。しかしどうやら、与右衛門には見透かされていた。空論屋《うつろや》と呼ばれるほどに想像力が豊か過ぎる正吉が、ただ悲しみにくれて塞《ふさ》ぎ込み続けているなどありえない。籠っている理由など、その性分《しょうぶん》に照らせばおよそ一つしかないのだと。

「敵《かな》わぬなあ、与右殿」

正吉は久しぶりに、はにかむように笑みを浮かべた。

「いやいや、お主がわかりやす過ぎるのよ」

そう言って与右衛門も苦笑した。

「それで、なにを考えていた？」

「……丹羽家の行く末だ」

正吉は再びうつむいた。

長秀が死んでから半年の間、正吉は寝る間も惜《お》しんで、ただ考え続けてきた。

——わしの死後、丹羽家は没落する。

長秀は、今際《いまわ》にそう言った。その理屈はわかるが、もし秀吉が丹羽家を滅ぼそうとするのなら、それはどのように行われるのか。

「いかに羽柴様の権力が大きいとはいえ、滅ぼすには名目がいるはずだ。いくら考えてもそれがわからない」

「名目などなくとも、戦《いくさ》で攻め滅ぼせばよいのではないか。俺ならばそうする」

「それは薄いな」

「ほう、なぜじゃな」

「時勢だよ、与右殿。羽柴様は徳川を退けた後、四国・紀伊を次々に制圧し、中国地方の覇王である毛利《もうり》家をも臣従《しんじゅう》させた。つまり西国《さいごく》をほとんど手中に収められたわけだが、九州だけは手つかずだ」

九州地方ではつい数年前まで、肥前《ひぜん》の龍造寺《りゅうぞうじ》家、豊後《ぶんご》の大友《おおとも》家、薩摩《さつま》の島津《しまづ》家の三大勢力があたかも三国志《さんごくし》の如《ごと》く鎬《しのぎ》を削《けず》っていたが、昨今、島津家がにわかに快進撃を始め、今では九州をほとんど席巻《せっけん》するほどの勢いを見せている。

「そうして島津に追われて泣きついてきた大友を、羽柴様は援《たす》けると約束した。九州への出兵が遅れて大友が滅びれば、天下人の信用と威信に関わる。丹羽家と戦い余計なときをかけるよりも、明白な罪状で領地を召し上げようとするはずだ」

「なるほどな」

うなずきながら、与右衛門は内心舌を巻いた。

ほんの数年前までは戦場で槍《やり》を振るうか、愚にもつかぬ軍略を夢想するしか能のなかった男が、今では的確に世情を捉え、見通しを立てている。

（俺よりも三右の方がよほど家老らしいわ）

別に卑下《ひげ》するつもりはないが、単純に自分にはできない芸だと思った。ともあれ、二人は思案しなければならない。

「後瀬山城の件ではないか？」

与右衛門は思い出したように言った。若狭という京の隣国に堂々と聳《そび》える巨城は、秀吉の政権からすれば不遜《ふそん》にも取れる。改易《かいえき》するには恰好《かっこう》の理由である。

ところが、正吉はかぶりを振った。

「いや、あれは長秀様の築いた城だ。罪科《ざいか》の遡《さかのぼ》りは降伏して配下となった者たちに不安を抱かせ、大乱を招きかねん。そういう悪手《あくしゅ》をあの方は打つまい」

「では、そうだな。長重様を、幼君ゆえに器量が足らぬとねじ込んで領地を奪うというのは？」

「さすがは与右殿、よき見通しだ」

だが、それもないだろう、と正吉は再びかぶりを振った。

「なにせ羽柴様自身が、幼君である三法師君を担いで天下を得たお方だ。そんなことで丹羽を滅ぼせば、自分の首を絞めることになる」

他家なら知らず、羽柴家でその名目は絶対に使えない。そんなことを口にすれば、政権が根底から崩れかねない。

その後も半刻（約一時間）ばかり二人は思案し、意見を述べ合ったが、はかばかしい答えは得られなかった。

「これだけ考えてわからぬとなれば、やはり戦ではないか。九州を制した後、改めて丹羽家を攻め滅ぼす」

「あるいは、そうかもしれん」

「それならばありがたい」

「ありがたい？」

意外そうな顔をする正吉を尻目に、与右衛門は不敵に笑った。

「わかりやすくて結構ではないか。戦に負ければ滅び、勝てば天下人だ。もし長重様が戦うと仰せなら、俺は灰になるまで槍を振るうだけだ」

「家老の言葉ではないな。それは木端武者《こっぱむしゃ》の意地だ」

その言葉に怒るどころか、与右衛門はいよいよ痛快がって大笑《たいしょう》した。

「いかにも、この坂井与右衛門直政《なおまさ》は木端武者の器だ。百人や二百人の頭《かしら》がせいぜいの男だ。百二十三万石の行く末など、とんとわからぬ」

どうもこの無骨な合戦屋は、正吉に何事か諭《さと》そうとしているらしい。

「そもそも丹羽家が真に滅ぶと決まったわけではない。存外、お主は故事のように天の崩落を憂《うれ》えているのかもしれんぞ」

「俺にはそうは思えん」

「だとしても、難しゅう考えることはないさ。戦になれば戦う、それでよいではないか」

「だが、それでは」

正吉はつい立ち上がりかけた。しかし、ふと思い直し、半《なか》ば浮いた腰を下ろした。

(与右殿の言う通りかもしれない)

杞憂《きゆう》の故事ではないが、天が崩れることをどれだけ憂えたところでしようがない。いっそ、与右衛門のように開き直っていた方が、よほど覚悟があって清々《すがすが》しい心持ちであるといえるだろう。

覚悟を決めて滅びを待つか。徒労と知りながら方策を講じ続けるか。

（いや、もう一つある）

正吉は、一瞬脳裏を過《よぎ》ったそれに驚き、慌てて打ち消そうとした。だが、考えまいとすればするほど、その影は頭の中でどんどん広がっていく。

本当はあるのだ。天が落ちようと、地が覆《くつがえ》ろうと、押し潰されずに済む確実な方法が。しかし、それは正吉にとって口にするどころか、考えることも憚《はばか》られる究極の禁忌《きんき》だった。

（……ありえぬことだ）

正吉は奥歯を強く嚙《か》んだ。愚にもつかないその虚言《うつろごと》を必死に嚙み殺そうとした。ありえない。そう何度も自らに言い聞かす。

（俺が、丹羽家を捨てるなど）

二

それは、あたかも神々が住まう高天原《たかまがはら》のようであった。敷きつめられた白砂は雲のようであり、その上に浮かぶようにいくつもの黄金の城郭が聳えている。その中でもとりわけ大きく、壮麗《そうれい》な装飾が施《ほどこ》された郭《くるわ》の中に、この城——大坂城の主はいた。

主は神ではなかったが、それにも似た巨大な力の持ち主であった。この日も、霆《いかずち》を落とす先を決めるように、自身の力の矛先《ほこさき》を思い巡らしていた。

「殿、これで……」

「殿下、だ」

主は不機嫌そうに鼻をならし、傍《かたわ》らに控える色白の若者を睨《にら》みつけた。

「予《よ》が関白《かんぱく》であるように、お前も今や『治部少輔《じぶのしょう》』だ。予の天下を支える一人となったからには、いつまでも小姓《こしょう》の気でいられては困るぞ、治部」

「……申しわけありませんでした。関白殿下《でんか》、藤原秀吉《ふじわらのひでよし》様」

「治部」は深く頭を下げた。

主と若者、関白と治部の有り様《よう》は、天下人羽柴秀吉と、かつて京奉行の代理を務めていた石田佐吉であった。

この頃、秀吉の権力はいよいよ隆盛を極めた。名目上は日本の最高権力機関である朝廷さえも彼の意のままであり、ついには人臣の最高位である関白に就任した。それに伴い、秀吉の配下武将や子飼いの者たちにも官位が与えられた。かつて石田佐吉と名乗っていた若者も、今や石田治部少輔三成《みつなり》と呼ばれる政権の立派な構成員となっている。

「しかし、真にめでたきこと。これであの目障《めざわ》りな丹羽家は滅び、かの領地は殿下の庭となるも同じ」

「庭、ニワか……」

秀吉は少しだけ唇を緩めた。自身の天下統一事業について、秀吉は「天下を我が庭としてみたい」という表現で常々口にしている。石田はその表現を借りただけなのだが、無意識に「丹羽」と「庭」で掛かっている。諧謔《かいぎゃく》の好きな秀吉には、そのことがおかしかったらしい。

「なるほど。しかし土地が予のものになったとて、予の庭になったとは言えぬな」

「と、申されますと?」

「あの庭は、豺《やまいぬ》の棲《す》む庭だ。草陰に潜《ひそ》む獣《けもの》をどうにかしなければ、予は自分の庭にも入れぬ」

丹羽家が滅んだところで、その家臣たちは残る。彼らが改易を恨み、復讐《ふくしゅう》を誓って野に下ればいよいよ手がつけられない。

「中国の毛利家が、攻め滅ぼした尼子《あまご》家の旧臣たちに散々にかき回されたのは知っておろう。ああいう手合いはある意味では大勢力より厄介《やっかい》だ。失うものがないからな」

「その豺どもを、殺せと？」

「治部、悪い癖だ」

殺気立つ石田を、秀吉は苦笑まじりにたしなめた。

「一匹殺せば、十や二十の豺が一斉《いっせい》に牙を剝《む》く。それに釣られて予に飼いならされたほかの犬どもも豺の昔に戻る。そうなれば庭どころではない。大坂城下は桔《きき》梗《よう》（明智光秀の定紋）の代わりに直違《すじかい》の旗で埋まるだろう」

「では、どうすれば……」

「よい機会だ。予が直々《じきじき》に見せてやろう。豺の庭の均《なら》し方というやつを」

そう言うと、秀吉は久しぶりに大きく高笑いをした。その笑い声はどこか自《じ》嘲《ちょう》や自棄《やけ》に似た、乾いた響きを持っていた。

三

大坂城などと比べて、後瀬山城の内装は実に地味である。しかし、決して荒く造ってあるわけではなく、柱や梁《はり》に用いられた木材や畳、襖紙などは最良のものが使われていたし、意匠《いしょう》にしても質素ながら格調高い造りとなっている。

その後瀬山城天守《てんしゅ》の一室で、丹羽家の重臣たちが一堂に会していた。家老はじめ城代《じょうだい》、祐筆《ゆうひつ》、奉行《ぶぎょう》などその数はおよそ二十人ほどである。ほとんどが、長秀の若いころに引き立てられ、丹羽家を支えてきた歴戦の武士であった。

「おお、坂井殿、三右、来たかえ」

入ってきた正吉と与右衛門の姿に気づき、上座にいる男が声をかけた。歳《とし》は四十絡み、松葉のような鋭い髭《ひげ》を口元に蓄《たくわ》えている。年齢に似合わず身体は固く引き締《し》まっており、半生を野戦や海戦に費《つい》やした肌はまるで墨《すみ》を塗ったように黒い。丹羽家の筆頭家老、村上頼勝《よりかつ》である。

「村上殿、遅れて申しわけない」

「急な召集だ。詮方《せんかた》なきことよ」

正吉と与右衛門が座ったことを確認し、村上は改めて一同の顔を見回した。

「然《しか》らば、評定を始めたいと思うが、よろしいか」

「その前に、いいか」

手を挙げて遮《さえぎ》ったのは与右衛門である。村上は腰を折られたが別に不機嫌そうな様子も見せず、

「なにかな、坂井殿」

と、筆頭家老らしい余裕のある態度で言った。

「二つ、尋ねたいことがある」

そう言って、与右衛門は指を折りながら質問をし始めた。一つは、この急な重臣会議の理由。いま一つは、この場にいるべきはずの人間が二人足りないこと。

「足りない人間とは？」

「知れたこと。我らが殿、長重様と二番家老の成田弥左衛門《やざえもん》殿だ」

二つとも当然の疑問だった。与右衛門以外に尋ねる声が上がらなかったところをみると、すでに正吉たちが来る前に説明されていたことなのだろう。

「では、二つ目の問いから答えよう」

村上はただでさえ重々しげな態度を、ことさら重く、というよりは暗くした。

睨みつけるほどに真剣な眼差《まなざ》しで与右衛門を見据《す》え、

「二番家老の成田殿は、城内でその身を拘束してある」

と、容易ではないことを言った。正吉はつい身分の上下を忘れて身を乗り出した。

「なにゆえでございます、村上様！」

「落ち着け、三右」

村上は、はねつけるように言った。だが、落ち着けるはずがない。二番家老を拘束しなければならない事態など、よほどのことである。

さらに村上が語ったところでは、長重は「今回の事態については、自分が口を出すよりも、重臣同士で忌憚《きたん》なく話し合ってほしい」との意図から欠席しているのだという。

「ですから、その事態とは何事なのです」

「それが一つ目の問いの答えだ」

村上は沈痛な面持ちになった。両手で頭を抱え、苦しげに顔を歪《ゆが》ませる。

「……関白殿下（秀吉）から、使者が来たのだ。『成田弥左衛門に謀叛《むほん》の疑いあり、丹羽家は速《すみ》やかに申し開きせよ』とな。成田殿が越中の佐々成政に内通し、丹羽家に謀叛を唆《そそのか》せようとしたというのが、殿下のお言葉だ」

「馬鹿な」

丹羽家の二番家老が単独で謀叛を企てるなど、ありえることではない。しかし、その感情とは別の、思考の端ではごく冷静にこの事態を分析していた。

(はめられたか)

秀吉に、である。事態の運びによっては罪は成田だけでは済まず、丹羽家にまで及ぶ。長秀が没した途端にこのようなことが起こるなど、改易のための謀略としか思えない。

「それで、成田様はなんと?」

「いや、とりあえず拘束してあるだけだ。詳しいことはまだ……」

(呆《ほう》けたことを抜かすな!)

正吉は許されるならそう罵《ののし》ってやりたかった。辛《かろ》うじて激する感情を抑えつけ、無表情を装う。

「事は一刻を争います。悠長に会議などするよりも、まずは事実を確かめ、すぐに申し開きを」

「それはどうでしょうなあ、江口殿」

そう言って脇から粘ついた声を挟んできたのは、徳山秀現だった。

「そのように動揺してあたふたと動けば、『丹羽家に叛意《はんい》があるのではないか』とかえって疑いを招くものです。当方にやましいことがないのなら、毅然《きぜん》としているべきでしょう」

徳山は、この重大な会議に及んでも、嫌みな薄笑いをにやにやと浮かべている。正吉はこの僧形の古狐《ふるぎつね》を睨みつけ、

「それはもはや通らぬ」

と、吐き捨てるように言った。

「叛意というのが噂《うわさ》の段であればともかく、もはや成田弥左衛門という名が出て、天下人からの使者がこうして来ておるのだ。この期に及んで我らにできることとは速やかに申し開きをすることだけだ」

「なるほど、道理ですな」

徳山はわざとらしく感心した様子で、頭をつるりと撫《な》でた。

「村上様、これはどうやら江口殿が正しいようです。如何《いかが》でしょうかな」

「ふむ……」

村上は少し考え込み、

「然《しか》らば三右の申す通り、事実が認められ次第、申し開きをすることにしたい。各々《おのおの》、どうであろう」

と言って、諸将を見回した。ところが、

「話になりませぬ！」

と叫ぶように否定したのは、なんと正吉であった。正吉は立ち上がり、重臣たちを睨み回した。どこか間の抜けていることの多い普段とは、まるで別人のような激しい剣幕である。

「もはや、そのような悠長なことを申している場合ではございませぬ。今すぐ成田様を尋問《じんもん》、いや、ことによっては拷問《ごうもん》を以《もっ》てしても問い質《ただ》すべきです」

もはや暴言とさえいえるこの意見に、重臣たちは激しく反発し、ある者は「士《し》を遇《ぐう》する道を知らぬか、空論屋！」などと罵った。

古来、身分の高い武士は罪人や敗将でも名誉が尊重される。成田弥左衛門も、拘束されているとはいえ縄や轡《くつわ》をはめられているわけではなく、座敷に軟禁され、見張りを数人つけられているだけである。しかし、正吉はこの慣習を鼻で笑い、

「奸臣《かんしん》をも手厚く遇するのが士の道か」

「か、奸臣じゃと。成田殿は当家の家老ぞ。それを……」

「疑いが晴れぬ限りは、家老だろうが足軽だろうが奸臣だ。そのつもりで臨《のぞ》まなければ、家が滅びるだけだ」

この不遜《ふそん》な物言いに重臣のうち何人かは立ち上がり、脇差に手をかけた。正吉もそれに応じるが如く、ぐっと腰を落とした。双方、睨み合う。空気が張り詰め、今にもどちらかが抜刀しそうになった。

「まあ、待てよ。三右」

そう言って間に入ったのは、与右衛門だった。

「まず、座れ」

「しかし、与右殿」

「座れと言っている」

与右衛門は正吉の肩に右手を置き、そのままぐっと力を込めた。

「うげっ」

間抜けな声を上げながら、正吉はその場で尻餅《しりもち》をついた。

「お前らもだ。座れ」

背中越しにぎょろりと重臣たちを睨みつける。「六条《ろくじょう》表《おもて》の花槍《はなやり》」という異名で武勇を天下に知られる男に凄《すご》まれては、丹羽家の猛者《もさ》たちも怯《ひる》まざるを得ない。しばらくは抵抗する姿勢を見せていたが、やがてばつが悪そうに次々と座った。

「さて」

与右衛門は改めて重臣たちに向き直った。

「しばらく皆の話を聞いていたが、三右の申すことにも一理あると思う。我らに猶予《ゆうよ》はなく、丹羽家の行く末のためには手段は選んでおられぬ」

「しかし」

「まあ、聞けよ」

そう言って反論を抑え、

「皆の気持ちもわかる。成田殿は丹羽家の最古参であり、ここにいる誰にとっても、共に戦場を駆けた戦友垣《いくさともがき》だ。俺もそうだが、あの老武者を容赦《ようしゃ》なく問い質せる者はおらぬ」

だから、と与右衛門はさらに続ける。

「成田殿については三右に任せてはどうだろうか。御家のためにはこれが一番だと思うが」

重臣たちは、互いに顔を見合わせている。先ほどと違って、誰かがはっきりと反対を示す様子はない。彼らも気づいている。理屈が通っているのは正吉の方であり、そのことを阻害しているのは単に道徳と感情の問題でしかない。

「異論はないようじゃな。どうする、三右」

与右衛門はちらりと目配せした。正吉は膝《ひざ》を滑《すべ》らせ、やや前に出た。そして、重臣たちをぐるりと見回した後、村上頼勝に視線を向けた。

「成田様の件、願わくはこの江口三郎右衛門にお任せくださいい」

村上はしばらく沈黙していたが、やがて重々しくうなずきながら、

「いいだろう」

と言った。

「皆も異論はなさそうだ。筆頭家老の権により、許可する」

正吉は深々とひれ伏して謝辞を示したが、ふと、

「村上様」

と言って顔を上げた。

「念を押すようですが、この件に関する成田殿の取り扱い、その全てを任せていただけるのですか」

村上は真っ黒い顔をしかめた。許可をしたそばからこんなことを言われれば、気分を害するのも無理はない。しかし、そこは筆頭家老である。すぐに常の重厚な態度に戻り、

「そうだ」

と威厳を込めて言った。正吉はその言葉を聞いて満足げに笑い、再び深く頭を下げた。

「かしこまりました。丹羽家のため、必ずやり遂げてみせます」

後瀬山城のある郭の一室に、その男は座していた。

恰幅《かっぷく》のよい上体を軽く反《そ》らせ、いかにも古武士《こぶし》らしい貫禄をもって座っている。髪や眉には白いものが多く、とりわけ口元と顎に豊かに蓄えられた髭は総白といっても差し支えがない。その堂々とした態度は、この男が内通の容疑で囚《とら》われているなどとはとても感じさせない。成田弥左衛門は、時折自らの髭を弄《もてあそ》びながら、見ようによっては退屈そうにも思慮深げにも取れる様子で座っていた。

成田の戦歴は古い。元来、一騎駆けどころか馬も持たない徒武者《かちむしゃ》であったが、勇猛で膂力《りょりょく》に優れ、合戦で数えきれない戦功を立ててきた。主君である長秀の

栄達とともにこの男も累進し、今では二番家老として四万五千石もの高禄を食《は》んでいる。

その成田が、不意に片眉を上げて目を剝いた。

「なんじゃあ、うぬは？」

視線の先にはしまりのない顔をした男がいる。男は自分が開けた戸を後ろ手で閉め、軽薄な愛想笑いを浮かべながら成田の前に座った。

「国吉城代、江口三郎右衛門にございます」

「ああ、空論屋《うつろや》の小僧か。そういえばかような間抜けた顔をしておったかのう」

成田はほとんど罵倒のような調子で言ったが、他意はないだろう。口の汚さは現場の一兵卒から成り上がったこの男の癖のようなものであったし、同じ丹羽家でも正吉とはまるで身分が違う。

「して、わしに何用じゃ」

あくまで傲岸《ごうがん》な成田に対し、正吉は相変わらず愛想笑いを浮かべながら、

「筆頭家老村上頼勝様、及び全重臣の合意により、それがしが成田様の詮議《せんぎ》役を承《うけたまわ》ることに相成《あいな》りました」

と、歯切れよく言った。

「詮議？」

成田は数度まばたきし、不審そうに正吉を見た。

「詮議とはどういうことじゃ。まるで罪人を取り調べるようではないか！」

色めき立ったがなり声を、正吉は貼りついたような笑みで受け止め、

「はい。その通りでございます」

と、抜けぬけと言った。

「馬鹿な。なんの権があって、二番家老のわしに詮議など」

「あなたより上役の家老にお許しを仰せつかっております」

「そういう問題ではない。よいか、士を遇する道とはな……」

「見苦しいぞ、弥左衛門」

正吉の声色《こわいろ》が、変わった。

成田の目前にある顔に浮かんでいるのは、先ほどの薄っぺらい愛想笑いではない。嘲《あざけ》り。侮蔑《ぶべつ》。怒り。あるいは、もっと激しく深い——殺意。暗がりのような瞳の向こうに、計り知れないほどの鋭い感情を蔵したまま、正吉は口元だけで微《かす》かに笑った。

「おわかりになりませんか？　今この場においては、あなたは罪人なのです。そ

れも長秀様が築き上げた丹羽家を滅ぼす、とびきりの大罪人だ」

淡々とした、驚くほど冷えきった声音で、正吉は言った。その刃《やいば》のような凄みに、戦場では不覚をとったことがない成田もつい怯んだ。

「証拠は、あるのか？」

老武者は、しばしの沈黙の後、ようやくその一言を絞り出した。

「なんのことでしょう？」

「わしが佐々に内通したという証拠だ！　まさか証拠もなしに、わしをこのような扱いにしているのではあるまいな！」

「成田様は考え違いをなさっておられます。関白殿下が、わざわざあなたを名指しして、申し開きをしろと密使ではなく正使を寄越《よこ》しているのです。噂や風説ではこのような扱いをするはずもなく、向こうには謀叛の確たる証があると見るべきでしょう。つまり、証拠を用意しなければならないのは我々ではなくあなたなのですよ。濡《ぬ》れ衣《ぎぬ》だと言うならそれを証明してください」

二つの冷たい目玉が、ただの暗い穴のように老武者の顔を覗《のぞ》き込む。その視線から顔を背けることも睨み返すこともできずに、成田はますます狼狽《ろうばい》を強めた。

「う、空論屋よ」

「なんでしょうか」

「仮に、あくまで仮にだ。わしが佐々と通じていたとしよう」

成田は目を伏せ、ごくりと唾《の》を呑んだ。そして、意を決したように正吉を睨み、おもむろに口を開いた。

「それの、なにが悪い」

「なに？」

正吉はぎょろりと目を剝いた。しかし、成田は怯まない。いよいよ傲然とした態度で、獣が吼《ほ》えるように怒鳴《どな》り散らした。

「真の罪人は、謀叛人は秀吉ではないか！　織田家の天下を簒奪《さんだつ》し、今や己が天下人を気取っておる！　それに世間では、長秀様はあのサルを恨み、織田の天下を奪う片棒を担いでしまったことを悔やんで自ら腹を召されたと申しておる！」

成田の言う「長秀の死の真相」は、長秀の早過ぎる死を怪しんだ人々によってあれこれ噂されるうちにできあがったもので、特に反秀吉勢力の間では半ば事実として信じられていた。しかし、実情は正吉が看取《みと》った通りであった。

丹羽長秀は確かに信長に深い恩義と敬慕を感じていたが、かといって、自らの選択を棚に上げ、責任を一方的に秀吉に押しつけるほど恥知らずな人間ではない。そのことは成田ほどの古株ならわかりそうなものだが、「織田家の片翼たる丹羽家が、秀吉如きの下風《かふう》に立たされた」という口惜《くちお》しさが、この老武者の頭に靄《もや》をかけてしまっていた。

「空論屋、よく考えよ。確かに佐々は屈したが、まだサルめに抗《あらが》う芽は枯れておらぬ」

成田の言う通りだった。秀吉は新政権の主であり、その勢力と権力の大きさは並ぶ者はないが、未《いま》だ天下統一を成し遂げたわけではなかった。東海の徳川家康は和睦こそ結んだものの臣従はしておらず、九州には島津家もいる。また、東国はまったくの手つかずであり、関東や東北には数多《あまた》の大名がひしめいている。

「奴《やつ》らと手を結び、サルを包み殺せば、丹羽家が天下を取ることも夢ではない」

成田は老いた眦《まなじり》に皺《しわ》を寄せ、媚《こ》びるような笑みを浮かべた。

正吉は無言でいる。じっと押し黙ったまま、居眠りでもするようにうつむいている。やがて、静かに口を開き、

「なるほど、よくわかりましたよ」

と呟《つぶや》きながら立ち上がった。

「なに？」

「ですから、わかったのです。あなたが、世の流れを見抜けぬばかりか、己が妄念に取り憑《つ》かれて主家を滅ぼす奸臣であることがね」

正吉はふと、重心を落とした。

腰元から光が跳《は》ねる。

そう認識したときには、成田の視界には天井《てんじょう》が映っていた。

「きさまっ……」

老武者は、自分の状態に気づくのに時間を要した。

ほんの一瞬。そう表現するよりない間に、成田の老軀《ろうく》は正吉に組み敷かれてしまっていた。彼の脂の厚い首筋には、抜き身の脇差が押し当てられている。若《じゃく》州《しゅう》冬廣《ふゆひろ》。正吉にとって先主の形見となったその刃は、窓から射す陽《ひ》を受けて眩《まば》ゆく光っている。

「まったく、真面目な愚物ほど手に負えない。そう思いませんか、元二番家老殿」

「おい、やめろ！　やめぬか！　いくら詮議役とはいえ、こんなことが許されるはずがない！」

青い顔で怯えながら未だ虚勢を保とうとする成田を、正吉は侮蔑を通り越し、憐《あわ》れむように見下ろした。

「許されるのですよ。私は村上様に、この件に関するあなたの取り扱い、その全てを任されておりますから」

方便である。村上頼勝は、まさか生殺与奪《せいさつよだつ》の権を許したつもりはなく、正吉の意図的な誇大解釈であった。

「しかし、首になっていただく前に、もう一つ聞いておかなければなりませんな」

そう言って、刃をわずかに食い込ませると、うっすらと血と脂が滲《にじ》み、刃文《はもん》の上でぬらぬらと光る。

「成田様、この謀《はかりごと》、片棒を担いだ者がもう一人いるでしょう。その名をお聞かせ願えますか？」

「空論《うつろ》――」

成田はかすれた声で、うめくように言った。

「でもないでしょう。そもそも、成田様お一人でこの謀は企みようがない。佐々に繋《つな》がる伝手《つて》を持たないあなたは内通など思いつくはずもないからです。成田様が己の妄念に酔うたということは、それを実際にできると思わせた者、つまり同志がいたはずです」

　そう言って、正吉はさらに刃に肉を食《は》ませた。成田は皺ばんだ顔を苦痛と恐怖に歪ませながらも、歯を食いしばって正吉を睨みつけた。

「……言えぬ」

「この期《ご》に及んで、なぜ」

「名を出すことは、同志を売ることになる。武士として、そのような真似《まね》ができるか」

　正吉はちっ、と忌々《いまいま》しげに舌打ちした。

「うつけたことを申すな。お前は仲間を売れぬから、主家を売ると言うのか？　それこそ武士として恥ずべき真似ではないか」

「主家を売るつもりなどない。あくまで成田弥左衛門としての意地だ」

「同じことだ。お前の妄念が、丹羽家を滅ぼすのだ」

「なんと言われようと名は明かせぬ」

（愚物め……）

　苛立《いらだ》ちに、正吉はついに歯嚙みした。

　成田弥左衛門は、一兵卒のときと同じ気分で生きている。意地と暴勇だけが価値観の全てであり、この世でそれのみが正しいと信仰しているのだ。とても一家の舵取《かじと》りに参画できるような器ではなく、長秀もそのことは理解していただろう。ただ、老い先短いこの最古参の家臣の、長きにわたる労に報いるため、名誉職の意味も込めて家老の座を与えてやったに過ぎない。

「くくっ、くくく……」

正吉は嗤《わら》うしかなかった。なんと馬鹿馬鹿しいことだろう。

成田が家中の政治に参加する資格も持たない下級武士であれば、ここまで事態は大きくならなかった。長秀らしくもない、しかし一方ではとても長秀らしくも思える温情のために、この愚にもつかない老人を家老になどしてしまった。そのために、とうとう丹羽家は滅びの淵《ふち》に立たねばならなくなった。温情が巡《めぐ》り巡って家を潰すなど、こんな皮肉な話はない。

「運がよかったな」

正吉は自嘲気味に唇を歪め、成田を見据えた。

「本来なら何日でも責め苦を負わせて吐かせてやるところだが、ときがない。お前のおかげで今や丹羽家は一刻過ぎれば一里、二刻過ぎれば二里、滅びへと近づくような有り様だ」

そう言って、右手に力を込める。

丹羽家が滅びを免《まぬが》れる道があるとすれば、一刻も早く長重自身が、成田の首を携えて大坂城で申し開きをするしかない。たとえ家老であろうと謀叛人は即座に処断する姿を見せ、叛意《はんい》のないことを示さねばならない。

「おい、よせ……」

成田は逃れようとした。だが、若いころは剛力で知られたその体軀は、どれだけ命じても力が籠らず、正吉の下で微動だにしない。彼の信仰の本尊は、遥か昔にどこかに去ってしまっていた。成田はようやくそのことに気づいたが、それはあまりにも遅過ぎた。

「泉下《せんか》で、長秀様に詫《わ》びてこい」

一尺三寸の刃が一閃《いっせん》する。先ほどまで二番家老だった男の首が、鈍い音とともに転がった。

うすら寒いほど美しい、金箔《きんぱく》と漆《うるし》と絵画彫刻に彩られた覇王の間。

それ一枚で城が買えるほどの絢爛《けんらん》な襖《ふすま》や屏風《びょうぶ》も、大坂城にあっては消耗品に過ぎない。来るたびに様変わりする天守の彩《いろど》りに恐ろしささえ感じながら、正吉は長重と与右衛門と共に座し、この城の主を待っていた。

しばらくすると、足音が聞こえてきた。あのわざとらしいほど大きく、重さのない足音が。

正吉たちは平伏《へいふく》した。足音はどんどん大きくなり、やがて止まった。

「面《おもて》を上げよ」

恐るおそる顔を上げる。

従一位関白《じゆいちいかんぱく》。藤原朝臣《ふじわらのあそん》。この国で最も高貴な位と巨大な権力を持つ、初老の小男が上段に座っていた。

「大体のことは書面で読んだ。それに首もな」

秀吉は脇息《きようそく》に肘《ひじ》を置き、頬杖《ほおづえ》をつきながら言った。

「長重」

上段から声をかけられ、長重は再びひれ伏した。

「成田の謀叛は許しがたいことじゃが、お主の手際良き処断と申し開きは褒《ほ》めねばいかぬな」

「勿体《もつたい》なきお言葉にございます」

「そう謙遜《けんそん》するな。若くしてこのように断を下せる者は、なかなかおらぬぞ」

秀吉は目を細め、ほんの少し笑みを見せた。

丹羽家の対応は、あの時点で行える最善のものであったと言っていい。

「さて、丹羽家の扱いだが」

秀吉の顔から、笑みが消えた。しかし、ひれ伏している長重たちはそのことに気づかない。少し間を置き、彼らの命運を握っている覇王は再び口を開いた。

「越前と加賀、近江の領地を召し上げ、若狭一国のみ安堵《あんど》と致す」

「殿下――！」

正吉は思わず身を乗り出しかけた。しかし、上体に凄《すさ》まじい圧力がかかり、浮きかけた身体《からだ》は無理やり押し伏せられた。傍らから伸びた丸太のような腕が、正吉の左肩を握っている。

（……与右殿！）

正吉は腕の主を睨んだが、当の与右衛門も顔を伏せながら、凄まじい表情で歯を食いしばっている。

「おや、不満か。三右」

秀吉が不興そうな声をかける。

正吉は慌てて、額を畳にこすりつけた。しかし、伏せた顔の奥では与右衛門と同じように激しく奥歯を噛み、苦悶《くもん》に表情を歪めていた。若狭は小国である。その総石高はせいぜい十五万石程度に過ぎず、現在の領地の十分の一でしかない。

（無法ではないか！）

そう叫びそうになる衝動を辛うじて抑える。身体をわなわなと震わせながら、正吉は怒りに耐えつつ返答した。

「……滅相《めっそう》も、ないことでございます」

「そうであろう。本来なら家中不行き届きの廉《かど》で改易、当主は切腹とするべきところを、長重の忠誠に免じ、特別に一国は安堵とするのだ。それとも、予の温情はお前には通じぬか？」

温情が通じないなら、かけてやる必要もない。本来の処分を断行するだけだということであろう。正吉は胸中にとめどなく湧き出る様々な感情を必死で押し殺し、

「そのようなこと、あろうはずがございませぬ」

と震える声で言った。

「長重はどうじゃ？」

秀吉は、次はこの若き当主に水を向けた。長重はゆったりと上体を起こした。

「殿下の御心の大海が如き広さに、ただただ感じ入るばかりでございます。子々孫々の末に至るまで、この御恩は決して忘れませぬ」

その顔は、ただ穏やかに笑っている。異常な態度だった。いくら若年とはいえ、物事がまるでわからない歳でもない。こんなときに平気で笑う者がいるとすれば、よほどの馬鹿か善人しかいない。この不可解な反応に、言葉をかけた秀吉も当惑したのか、怪訝《けげん》な目つきで長重をじろじろと眺めた。

「……よろしい。長重、早《はよ》う領国に帰ってその喜びを家臣にも伝えてやれ」

「ははっ」

童じみた微笑を浮かべた若き当主は、再び深く拝礼した。

四

長重が後瀬山城へ帰った後、再び重臣会議が開かれることになった。顔ぶれは前回とほぼ変わらず、筆頭家老の村上頼勝が議長を務めていることも同じだった。

「無念ではあるが、丹羽家は減封《げんぽう》となった」

村上は、いつにも増して重々しい顔で、居並ぶ諸将に伝えた。

「しかし、仮にも謀叛人が出たというのに改易を免れたというのは、むしろ喜ぶべきことである。これもひとえに、長重様の御誠意と、関白殿下の御好意のおかげにほかならない」

そう言って、正吉を見やり、

「三右、お前もよくやってくれた」

と、皆の前で一連の労をねぎらった。もっとも、当の正吉は浮かぬ顔で、

「はあ」

と気のない返事をしただけである。胸中がもやついている。もちろん、減封を防げなかったことへの悔しさのためでもあるが、それ以上に、

(どうも、あっさりとし過ぎていないか)

という、釈然としない気持ちが強い。これほどの苛烈《かれつ》な処分に遭《あ》いながら、広間の重臣どもは落ち着き過ぎている。事態に取り乱す者もいなければ、口惜しさに涙を流す者もいない。皆、不気味なほどに冷静な態度で、この大減封を粛々《しゅくしゅく》と受け入れている。

「さて、そこで我らの身の振り方だが」

村上はふと、新たな話題を持ち出した。

「なにせ石高が十分の一になったのだ。これまで通りの知行《ちぎょう》では、とうてい丹羽家は立ちゆかない」

たかだか十五万石では家老衆の知行さえまかなえない。減封を受け入れるからには、それぞれの禄高も減らし、支出を調整しなければならないだろう。

（仕方のないことだ）

正吉は苦い顔をしたが、異を唱えるつもりはない。口惜しさがないわけではないが、丹羽家の今後のためにはやむを得ないことである。

ところが、村上がさらに口にした言葉は、正吉の想像とはまるで違っていた。

「よって、高禄の者は、自ら御家を退去する、というのは如何だろう」

（なんだと）

正吉は気色ばみ、思わず立ち上がった。

「村上様、なにを仰せられるのです！」

「……三右よ」

村上はあくまで冷静に、黒い顔に乗った目玉だけを正吉に向けた。

「ではほかに、良案があるのか？」

「知れたこと！　各々の知行を減らせばよいだけです！」

「それでは、武士は立ちゆかぬ。そのことも説《と》かねばならないか？」

言葉に詰まった。

知行とは給与である以前に、武士の名誉の表れである。いかに戦功を立てたか、いかに主人から評価されたか、禄の高下はそれらを如実に表し、世に示す物差しなのである。

彼らの矜持《きょうじ》に照らせば、知行を減らすことなど受け入れられるはずがない。世間ではそれを主家への忠義のための自己犠牲などとは評価せず、今日明日の飢えを凌《しの》ぐために少禄で飼われる卑しき者と蔑《さげす》まれるだけである。

「では、村上様は、丹羽家の恩よりも武士の矜持を取ると申されるのですか」

「恩？」

村上は不思議な生き物でも見るかのように、まじまじと正吉の顔を見た。

「恩とは家から授かるものではなく、人から授かるものだ。お主は、長秀様の恩のために丹羽家に仕え続けるつもりか？　それは死者に仕える道だ。長秀様にも長重様にも最も醜《みにく》い侮辱だ。違うか」

この理屈に、正吉は返す言葉がなかった。村上の言うことは武士としての根源に則したものであり、正吉もまた武士である限りはこの意見を覆《くつがえ》しようがない。不満をありありと顔に浮かべながらも、引き下がるしかなかった。

「ほかに、わしの意見に反対する者はいるか」

　村上は、満座を見回した。重臣たちは相変わらず落ち着いており、誰一人、反対しようとする者はいない。口惜しげに睨みつけてくる正吉や、腕を組んで無言でいる与右衛門などはいかにも不満げだったが、反論というほどの意見は持ち合わせていそうになかった。

「では、決まりだ。丹羽家を去る者はのちほど纏《まと》めるとして、ひとまず会議は仕舞いとしよう」

　こうして、二度目の会議は幕を閉じた。

（くそっ……）

　重臣たちが去った後で、正吉は独り床を殴った。

（俺には、なにもできぬのか！）

　大坂城での釈明でも、この会議でも、自分にはまったく為《な》す術《すべ》がなかった。言葉では言い表せない無力感が、正吉に何度も拳を振るわせ、その表皮に血を纏わせた。

しかし、これより数日後、彼はさらに無力を思い知らされることになる。

後瀬山城の本丸に、慌ただしい足音が響く。足音は階下から凄まじい勢いで駆け上がり、丹羽長重の部屋に飛び込んできた。

「長重様！」

「おや、正吉。どうしました」

使者も通さず、息を切らせながら飛び込んできた重臣に、長重は目をしばたたかせた。

「どうしたもなにもありません！　どうかしているのは連中の方です！」

重臣会議から数日が経過している。そしてつい先日、村上頼勝の手によって、丹羽家を退去する重臣の顔触れが纏められ、領内に流布された。

書状や高札《こうさつ》には、次のような名が挙げられていた。

『村上頼勝、寺西正勝《てらにしまさかつ》、寺西是成《これしげ》、太田一吉《おおたかずよし》、青山宗勝《あおやまむねかつ》、戸田勝成《とだかつしげ》、奥山盛《おくのやまもり》昭《あき》、溝口定勝《みぞぐちさだかつ》、大島光義《おおしまみつよし》、太田牛一《おおたぎゅういち》、長束正家《なつかまさいえ》、上田重安《うえだしげやす》、青木重直《あおきしげなお》、青木一《かず》重《しげ》、尾藤勝鋭《びとうかつとし》、白井政胤《しらいまさたね》』

顔ぶれを見て、正吉は心臓が飛び出るほどに驚いた。そこには、あの後瀬山の重臣会議に参加した面々の、ほぼ全員の名が記されていた。

　さらに驚いたことに、彼らの次の仕官先は大名ではなかった。

仕官先は、羽柴秀吉。石高はほとんどが一万石以上。つまり、丹羽家を去る重臣たち十数名は、その大半が大名になることが決まっていた。

「こんな馬鹿なことがあってよいのですか」

　このときになって、会議中に重臣たちがあんなにも落ち着いていた理由がようやくわかった。彼らは、秀吉の調略を受けていたのだ。

「奴らは、最初から丹羽家を裏切る気でいたのです」

「臆測でものを言ってはなりませんよ」

激昂《げきこう》する正吉を、長重は穏やかになだめた。

「村上が言うことも筋が通っている。私は彼らに旧来の禄は出せませんし、下げろと言われても呑めないということもわかります。それに、より己を評価し、働き場を与えてくれる主人を求めるというのも当然です」

「しかし、それは理屈です。ただの理屈ではないですか。丹羽家から受けた恩を思えば、その重さは比べようもないはずだ」

「それは父が与えた恩です。私は彼らになにもしていないし、なにもできなくなった」

長重はそう言って、少し寂しそうに笑った。

「それで、本当によろしいのですか……」

「よろしいもなにも、これは決まったことなのです」

若き当主は背を向け、窓に近づいて目を細めた。

窓の外には、後瀬山を彩る木々と堅牢《けんろう》な郭、そして城下町が広がっている。そこから見えるものだけが、今の彼に残されたものだった。そのことについて長重がどう感じているか、傍からは窺《うかが》い知れない。

「正吉」

振り返りつつ、長重は口を開いた。

「あなたも、私が主として不足だと思うのなら、いつでも丹羽家を出てよいのですよ。父も、あなたを縛りつけるようなことは望んでいないでしょう」

「不足などと！」

「不足のはずです。少なくとも父に比べれば」

そのようなことはない、と言うことは簡単であった。しかし、それが浮ついた欺瞞《ぎまん》であることは、正吉も長重もわかり過ぎるほどにわかっていた。その言葉を口にすれば、いよいよ二人はその主従関係すらも欺瞞にしてしまうことになる。

「どうも、意地悪を言ってしまったようですね」

長重は心から申しわけなさそうに言った。

「私は少し出かけます。もはや彼らに禄は出せないが、せめて門出《かどで》を祝う宴《うたげ》くらいは用意してやりたい。与右衛門と、その支度をする約束をしているのです」

若き主君はそう言うと、呆然《ぼうぜん》とする重臣の脇をすり抜けるようにして去っていった。正吉がすれ違い様に見た横顔は、相変わらず人の好《よ》さそうな微笑を浮かべていた。

主人がいなくなった部屋で、独り自問する。

（俺は、どうすれば……）

秀吉の許《もと》に奔《はし》った重臣たちが正しいとは思えない。しかし、あの善良過ぎる若き主君に仕え続けることが本当に正しいことなのか、正吉にはもはや自信が持てなくなっていた。

翌日、後瀬山城で予定通り祝宴が取り行われた。重臣たちは残らず広間に集まり、坂井与右衛門の肝煎《きもい》りで宴はつつがなく進められた。しかし、その広間に正吉の姿はない。正吉は気分が悪いと称して早々に退出し、別室で休息していた。

「……くそっ」

誰もいない部屋で、独り毒づく。裏切り者どもの居並ぶ中でにこやかに盃《さかずき》を交わせるほど、正吉は芝居っ気のある男ではない。広間にいた時間は四半刻（約三〇分）にも満たないが、刀を抜きそうになるのを堪えるので精いっぱいだった。

「ずいぶんと、心持ちが優れないご様子ですな」

襖が開く。正吉は視線を声の方へ向けた。もっとも、入ってきたのが誰であるかは顔を見なくてもわかっていた。こんな慇懃《いんぎん》無礼《ぶれい》な物言いをする男は、丹羽家には一人しかいない。

「こんなときに上機嫌な奴がいれば、是非ともお目にかかりたい。その世にも珍しき不忠者の皮を剝《は》いで、床《とこ》の間の飾りにでもしてやるところだ」

「口がお上手になられた。京にいたころとは見違えるようだ。呉下《ごか》の阿蒙《あもう》に非《あら》ず、ですな」

徳山秀現はいつものように扇子で口元を隠しながら笑い、正吉の前に座った。

「お褒めに与《あずか》り光栄だが、あんたには及ばないさ」

「いえいえ、私など」

「謙遜するなよ。全く敵《かな》わない。重臣を唆して謀叛に奔《はし》らせるような真似は、俺にはできそうにないからな」

　正吉は口元に皮肉めいた微笑を浮かべながら、僧形の同僚を鋭く睨みつけた。徳山はぱちりと扇子を閉じ、珍しく薄笑いを消して睨み返してくる。

「どういう意味ですかな」

「佐々成政という男は、柴田勝家の配下だった。柴田が関白殿下との決戦に及ぶに当たって、後方の抑えとして佐々は領国に残された」

　やがて柴田は滅んだが、越中に取り残された佐々は屈さず、徳川家康と織田信雄が蜂起したと聞けばそれに連合し、彼らが和睦しても独力で反抗を続けた。

「さて、そんな佐々に内通をするとして、渡りをつけられるのはどんな男か」

　佐々がいくら窮していたとはいえ、いや、窮していたからこそ、内通するには信用がいる。どんな人間かわからない相手に、進退は預けられない。

　ところが、丹羽家臣の多くは先代からの生え抜きである。彼らは佐々成政の名や顔は知っていても親交というほどのものはない。

「いないんだよ。丹羽家中で佐々に通じることのできる重臣は」

　佐々と面識すらない人間が内通計画を持ちかけてきたとしても、成田弥左衛門は恐らく乗らなかっただろう。実際に内通する必要はなくとも、計画の実現性は信じさせなければならない。

つまり、丹羽家中に成田を乗せられる人間はいない。

「柴田家の配下だった徳山秀現以外にはな」

正吉は笑うのをやめ、脇差の柄頭《つかがしら》をこつこつと叩《たた》いた。

「……くくっ」

徳山は唇を歪め、嘲るような薄笑いを浮かべた。

「さすがは、空論屋三右。面白いことを考えますねえ」

しかし、とこの古狐はにやつきながら言葉を紡《つむ》ぐ。

「所詮《しょせん》は空論、詰めが甘い」

「どういうことだ？」

「もう一人いるではありませんか。様々な大名家と交流のある、丹羽家きっての名物男が」

徳山はわざとらしく手で笑いを抑えながら、上目遣いで正吉を見やった。

「ねえ。元京奉行、江口三郎右衛門殿？」

正吉は、思わず息を呑んだ。

他家に知られ、交流があるという点で、正吉ほど顔の広い人間は丹羽家にいない。元京奉行の肩書は成田弥左衛門を乗せるには十分過ぎるだろう。徳山秀現を疑う理由は、そのまま正吉にも当てはまる。

「おわかりになったでしょう。あなたの言うことは全て空論、人を追いつめる力を持つものではありません」

冷たく嘲笑《ちょうしょう》する徳山に、正吉は返す言葉もない。ただ苦い顔で、この嫌みったらしい中年の同僚を睨みつけることしかできなかった。

「しかし、どうでしょう。仮に、あなたの空論の通り、私が成田殿を唆した張本人であるとして、それがいけないことでしょうか」

「なんだと！」

正吉は気色ばみ、傍らにあった刀を摑《つか》んだ。

「戯《ざ》れるな！　お前が成田を唆した所為《せい》で、丹羽家は今やこの様《ざま》ではないか！」

「あはははっ」

今にも抜刀しそうな正吉を前に動じることもなく、徳山は腹を抱えて大袈裟《おおげさ》に哄笑《こうしょう》した。

「それが空論だと言うのですよ。では、成田殿の件がなければ丹羽家は安泰であったと？　百二十三万石は末代まで続いたと言うのですか？」

「詭弁《きべん》だ！　お前は、己の欲ゆえの不忠を肯《うけが》うために理《ことわり》をすり替えている」

「不忠ねえ。まるで忠義が尊《とうと》いかのような言い草だ」

徳山は見せびらかすように、自身の経歴を象徴する坊主頭を撫でた。

「忠義のために、誰かのために戦うなど、私は死んでも御免です。そんなものは、戦い、殺し、奪う理由を、誰かに押しつけているだけのこと。しかし、それでは主人にも家臣にも都合が悪いから、誰か賢い人が忠義なんて言葉を考えたのでしょう」

「お前は、武士の道を否定するのか」

「忠義など武士の本質となんら関係ない、ただの言い訳ですよ。主も己で決められない半端者が、自身の惰性と不明を肯い、歪んだ関係を保つためだけのね」

「なにを抜かしやがる！」

足軽の様な口汚さで喚《わめ》き、正吉はついに抜刀した。

「俺は、自分で主人を定めたのだ」

切っ先を、徳山の鼻先に突きつける。ところが、徳山はどういう肝をしているのか、まるで動じる気配を見せない。あるいは、丹羽家に責が及ぶのを恐れて斬れないと高をくくっているのかもしれない。眉ひとつ動かさず、口元には冷たい薄笑いを浮かべたまま、徳山はいつも通りの声音ですらすらと喋《しゃべ》り出す。

「あなたはなに一つ決めずに、なにもかも決めた気でいるだけ……いえ、なにもかもを長秀様に決めてもらってきただけなのでしょう。今だって長秀様が許すと一言いってくだされば、丹羽家を捨てたくて仕方がないはずだ」

「五兵衛！」

正吉は立ち上がり、刀を構えた。そして、そのくすんだ首筋に向かって思いきり振り下ろした。裂帛《れっぱく》の気合と共に刃が肉に吸い込まれていく。しかし、

「――っ！」

腕が止まった。慣性に従って首を刎《は》ねているべき刃は、柄を握る手と共に震えながら直前で止《とど》まっていた。

徳山は別に驚いた様子もなく、正吉を真っ直ぐ見据えたまま鼻で笑った。

「……そう、あなたは斬れません。ここで斬れないのが、今のあなたなのですよ」

刀を片手で押し退け、徳山は立ち上がり、入り口に向かってゆるゆると歩いていった。

「待て、逃げるのか！」

「逃げているのはあなたの方でしょう」

もはや振り返りもせずに徳山は襖を開け、廊下に出た。正吉は追おうとした。それを見透かしたかのように、襖の向こうから粘ついた声がする。

「追いかけてきたって、どうせなにもできませんよ。これ以上見苦しくなりたくなければ、せいぜい同じ場所に止まりじっとしていることです。あなたのような人はね」

（あの野郎！）

斬ってやる。正吉の本能は命じている。追って斬れ、すぐに殺せと確かに叫んでいる。しかし、足が動かない。頭が煮え立つほどに怒りに満ちているというのに、身体が動こうとしない。

結局、正吉は気づいている。追いかけたところで、決して斬ることなどできないことに。

「……くそっ！」

抜き身の太刀を、床に叩きつける。金属の音が数度反響する中、正吉はただうなだれていた。

百二十三万石もの大封土、老巧練達の重臣たち、先代長秀のころから築き上げてきたそれらを、丹羽家は一夜にして失った。

だが、秀吉はなおも手を緩めない。

これよりおよそ二年後の天正十五年（一五八七）、この天下人は丹羽家に対し、さらに過酷で理不尽な処分を下した。

――先の戦において丹羽家の働き、先代に似ず。甚《はなは》だ不甲斐《ふがい》なし。その見苦しさたるや、我が軍の武威《ぶい》を辱《はずかし》め、声望に泥をなするものにほかならず。

後瀬山城に遣《つか》わされた秀吉の使者は、そのような口上を朗々と読み上げた。

先の戦とは、昨年の七月からこの年の四月にかけて行われた、九州征伐（島津征伐）のことである。敵である島津家は苛烈なまでの抵抗をみせたが、秀吉軍の圧倒的な兵力差には抗いきれず、ついには降伏した。

その九州征伐で、丹羽家にはこれといった戦功はなかった。ただしそれは、小大名ゆえに兵力が少ないことから、常に前線ではなく後方の予備兵力として配されたためである。戦闘機会を与えられなかった丹羽家を「不甲斐なし」などと責めるのは筋違いであった。

口上はさらに続く。

――丹羽家は不始末の償《つぐな》いとして、若狭の領地を全て差し出し、加賀松任《まっとう》に移るべし。

「これは、一体どういうことなのです」

報を受けた正吉は、長重に詰め寄った。

「あの大減封から、まだ二年と経《た》っておりませぬ。にもかかわらず、再び減封とはどういうことです」

「私に聞かれても困りますよ。関白殿下よりそうお達しがあったのです」

上段に座っている長重は、困った困ったと呑気《のんき》に言いながら、相変わらず人の好い微笑を浮かべている。

「名目だって荒唐無稽《こうとうむけい》だ。なにゆえ、こんな言いがかりを呑まねばならないのです」

謀叛人を出したわけでもなく、戦場で不覚を取ったわけでもない。第一、若狭の地は先代の長秀が信長から賜《たまわ》った領地である。それを寄越せというのは、言わば強盗の理屈であった。

また、移封先が加賀松任というのも、人を馬鹿にしているとしか思えない。

「あれは、五兵衛の城ではないですか！」

正吉は思いきり畳を殴った。

松任は、もともと丹羽家の領地であり、徳山秀現が城代を務めていた。しかし、二年前の大減封で没収され、羽柴家の公領となった。ところが、城代がなかなか決まらなかったため、暫定的《ざんてい》処置としてそれまで通り徳山が城を守り、租税は大坂に納めるということになっていた。

その徳山が、つい数ヶ月前に丹羽家を退去し、加賀金沢《かなざわ》の前田《まえだ》家に仕えることになった。丹羽家は、その空き城に入れというのである。まるで徳山は政権と通じており、空領を作るためにわざわざ退去したようではないか。

「ここまで虚仮《こけ》にされて、それでも耐え続けなければならないのですか」

「逆らえば戦です。いや、戦にもならない。あっという間に、十五万石が消し炭になるだけ、私もお前も犬死《いぬじに》ですよ」

長重は立ち上がり、部屋を出ようとした。

「長重様！」

「下がりなさい、正吉。私は、殿下と謁見《えっけん》するために支度をせねばなりません」

若き主人はくるりと背中を向けて歩き出した。正吉は、追おうとした。

——追いかけてきたって、どうせなにもできませんよ。

立ち上がろうとしたその瞬間に、脳裏に声が浮かんだ。

——これ以上見苦しくなりたくなければ、せいぜい同じ場所に止まりじっとしていることです。あなたのような人はね。

言葉が重なる。無力感が波のように押し寄せ、巌《いわお》を削るようになにかを奪っていく。

（……そうだ、どうせなにもできない）

身体から力が抜けてゆく。二年前のあのときと同じように、正吉はその場にうなだれた。足音が離れていく。長重は襖を開け、部屋を出ようとしていた。

「それでよいのか！」

気がつけば、そう叫んでいた。戦場で鍛えた喉で、城中に響くほどの大音声《だいおんじょう》を張り上げて、うなだれたまま叫び散らしていた。

「長重様、本当にそれでよろしいのですか！」

正吉は長重の傍らに駆け寄り、真っ直ぐに目を見据えて言った。

「私があなたのお父上に仕えていたころ、こんな気持ちになったことはなかった」

身体を震わせながら、絞り出すように喋る。涙腺が決壊したようにぼろぼろと両目から液体が零《こぼ》れたが、それを拭《ぬぐ》おうともせずに正吉は言葉を重ね続けた。

「長秀様はこんな乱世でも、武士の誇りと、生き様の爽やかさを失わなかった。あの方は、主人である以上に、我らにとって武士そのものでした。丹羽家の侍《さむらい》はみな長秀様のような武士になりたくて、あの背を追いかけて、今日まで戦ってきたのです」

追いかけるべき手本がなくなった以上、丹羽家が瓦解《がかい》してしまったのも当然だった。出身も経歴も性分もまるで違う彼らは、丹羽長秀という標《しるべ》があればこそ、累代の家臣も及ばぬような纏まりを顕《あらわ》してきた。

「長重様、悔しくはないのですか。悔しいと言ってください。こんなに虚仮にされても、あなたがなにも感じない人なら、私は、私はもう……」

正吉はうつむき、嗚咽《おえつ》を堪え、迷子がすがるように言った。事実、今の己は帰る場所を失くした迷子のようなものだった。

長重は沈黙している。いつものように微笑を浮かべるでもなく、かといってほかの感情を表すでもなく、ただ静かに佇《たたず》んでいる。

そんな静寂がどれほど続いただろうか。

「私が本当に、悔しくないなどと思っているのか」

ふと、雨露が落ちるほどにさりげなく、静かに、長重は呟いた。

正吉ははっとして顔を上げた。

泣いていた。彼の若き主人は、目に涙をいっぱいに溜《た》め、それまで見たことのない表情で正吉を睨んでいた。

「悔しいに決まっているだろう！」

常日頃の穏やかな様子が嘘《うそ》のように、長重は激しく叫んだ。別人のような主人の態度に、正吉は目を瞠《みは》った。

「武士として、男として生まれて、ここまで虚仮にされたのだぞ！　私がどんな思いでいたか、お前にわかるものか！」

だが、と震える声で、長重はさらに続ける。

「……だがな、正吉。私は起《た》たない」

それは正吉にというよりは、自分に言い聞かせているような口調だった。

「私や、お前が手本としてきたあの真の武士は、ここで自棄《やけ》になって、恨みや憎しみに任せて、全てを戦火で粉々に砕けば満足するような、そんな器の小さな方ではなかったはずだ。――だから、謀叛など起こさぬ。誰も憎まぬ。秀吉も、徳山も、成田も、村上も、誰一人憎んでなんかやるものか。私は『丹羽五郎左』だから、真の武士を継いだ人間だからだ」

「……長重様」

正吉はようやく知った。彼の主人は臆病《おくびょう》者でも、底抜けの善人でも、愚か者でもなかった。

丹羽長重という若者は、耐えていたのだ。自分の中にあるなにものかを守るために、人知れず、想像を絶するほどの屈辱を、たった一人で耐え忍んでいた。

「正吉、私は恰好悪いなあ」

長重が涙を拭い、いつも通りの人の好い笑顔を、どこか照れたような様子で浮かべた。

「これまで、自分の思いをあんなに堪えてきたのに、お前の所為《せい》で洗いざらい漏らしてしまった。やはり父にはまだまだ及ばぬ」

正吉は呆然としていたが、やがて狂ったように笑い出した。

きょとんとする長重を尻目にひとしきり笑い尽くすと、数度咳払いをして息を整え、正吉は顔を向けた。

「その通りですよ、長重様。あなたはまだまだお父上には、少しも並べておりませぬ」

「お前……私は仮にも主人だぞ」

「いいえ、諫言《かんげん》は真っ直ぐ申してこそ忠臣というもの」

　正吉は少しおどけてみせ、

「あなたは長秀様に遠く及ばない。私もそうです。あのお方は我らが武士としての標、そうたやすく届くようでは困ります。しかし、これでようやくわかった」

　そう言って、容儀を正した。

「恐れ多いやもしれませんが、我らは同志です。あなたがやろうとしていること、あなたが創ろうとしている家、それはきっと私と同じものです。禄高も忠義も関係ない。そんなものがなくたって、私があなたに仕え、輔《たす》けたいと思うわけを、どうやら確かにわかってしまった」

「……ならば」

　長重も改めて正吉に向き直り、主人らしい威厳のある態度で相対した。しかしその顔は紅潮し、手は明らかに震えている。

「私の言うことが聞けるか」

「臣下は主人の言うことを聞くものです。意見はするやもしれませんが」

「されば、誰も恨まぬと誓えるか」

　長重はしっかり正吉の顔を見た。今まで、この男は丹羽家を裏切ってきた者、陥れてきた者に対して激しい怒りを露《あら》わにしてきた。それだけに、このことを承諾するかどうか気がかりでもあった。

　ところが、意外にも正吉は顔色一つ変えず、

「誓います」

　と即座に応じた。

「関白殿下や徳山秀現もだぞ」

「直違《すじかい》の旗に懸けて、誓いを違《たが》えませぬ」

　念を押されても、前言を翻《ひるがえ》す様子はない。正吉は決意に満ちた顔つきで、じっとその場に控えている。

「……わかった」

　長重は表情を緩め、にっこりと笑った。

「江口三郎右衛門正吉、お主を丹羽五郎左衛門長重が臣下たることを許す。これまで通りよく仕え、私を輔けよ」

「ははっ」

正吉はその場にひれ伏した。

「これからもお供致します」

「うん。ついてきなさい」

長重は父親譲りの柔らかい笑みを浮かべた。


その後、丹羽家は加賀松任の地に移った。領地はおよそ四万石。ほんの二年ほど前まで百二十三万石を領していたことを思えば、目も当てられないほどの没落ぶりである。

しかし、正吉も長重も一言の不満も漏らすことなく、粛々と処分を受け入れた。崩れかけた家と大それた理想を共に背負いながら、主従は密かに動き始めた。

城の路

一

薄墨をぶちまけたような暗い雲が、冬空を丸ごと覆《おお》い尽くしている。冷たく乾ききった風は獣のように唸《うな》り、木々は羽ばたくほどに激しく揺れている。

そんな鈍色《にびいろ》の風景の中で、異質な集団が蠢《うごめ》いている。彼らはまるで寒さなど感じていないかのようにもろ肌を脱ぎ、蟻《あり》が巣に餌《えさ》を運ぶように列をなして石を担《かつ》いでいた。

「よし、このまま左じゃ！　お主は右へ！」

列の傍《かたわ》らにある真新しい矢倉《やぐら》の上から、大柄な男が次々と下知《げじ》を飛ばす。その声に従い、石はみるみる積み上げられ、そそり立つ壁を形作っていった。

「やってるなあ、与右殿《よえ》」

大男——坂井与右衛門の背後から、間の抜けたような声がかかった。与右衛門は振り返ると、まるで十年来の知己《ちき》と再会したような喜色を浮かべた。

「おお、三右《さんえ》！　よくぞ戻った！」

「十日やそこら空《あ》けたくらいで『よくぞ戻った』もないだろう」

正吉はしまらない顔で苦笑を漏らした。

「ところで、普請《ふしん》は順調かね」

「見てわからぬか？」

与右衛門は小鼻を膨《ふく》らませ、いかにも得意げに胸を反らした。

「この俺が普請奉行をしているのだ。当然、抜かりなく進んでおるわ」

「ほう、ではあれはなんだ」

そう言って正吉が指さした先には、まるで熊か鬼が寝転《ねころ》がっているような、途方もない大岩があった。

「おう、あの大岩か」

与右衛門はますます得意げになり、

「見事なものだろう。切り出したのではないぞ。あの形《なり》のまま石場に転がっていたのを、俺が自ら曳《ひ》いてきたのだ」

と、上機嫌で言った。

「……与右殿」

正吉は大きくため息をつき、呆《あき》れた様子で朋輩《ほうばい》の顔を見た。

「あんたは石垣でも作るつもりか。石堤《いしづつみ》に、あんな大岩はいらないだろう」

「それはそうだが……」

与右衛門は急に顔を曇らせ、口籠《ごも》った。

目下、彼らが築いているのは川の氾濫《はんらん》を防ぐための堤防《ていぼう》である。石垣を作るつもりで高々と石を積めば、かえって破堤の危険を招きかねない。

「普請の邪魔になる。さっさと砕いて片づけてくれ」

与右衛門はしばらく考え込み、名残惜《なごりお》しそうな様子で何度も大岩の方を見たが、やがて観念したように肩を落とした。

「わかったよ」

大柄な普請奉行は自ら槌《つち》を担ぎ、重い足取りで矢倉を降りていった。その後ろ姿を見届けながら、正吉は密《ひそ》かに、

（まったく、面倒な仕事を請け負ったものだ）

と心中でぼやいた。

天正十七年（一五八九）、十一月。丹羽家が加賀松任の地に転封を命じられてから二年が経過していた。

「なんだこれは」

二年前、新たな領地に移ってきた丹羽長重が、最初に口にした言葉がそれだった。どんなときでも穏やかな笑顔を絶やさないこの若殿が、珍しく顔をしかめていた。

「これが、本当に城か」

長重は、思わず傍らの正吉や与右衛門に尋ねた。彼らの目の前には、古ぼけた荒れ寺と見紛《みまご》うほどに粗末な建造物がそびえていた。

「たしかに、これが松任城でございます」

と、正吉は言いきった。もともと松任は減封前の丹羽領であり、正吉は何度か政務のためにこの地に赴《おもむ》いたことがある。しかし長重はまだ信じられぬらしく、目を何度もしばたたかせた。

松任城はかつてこの地方の有力者であった鏑木《かぶらぎ》氏の館が戦国期に改修され、城《じょう》砦《さい》化したものである。もっとも、城砦といってもその防備は、小規模な郭《くるわ》の四方を木壁で囲んで総構《そうがま》えとし、わずかに空堀や柵などをしつらえただけの素朴《そぼく》すぎるものであった。石垣はなく、水堀すらない。天守閣《てんしゅかく》などあろうはずもない。

「どうも、悪《あ》しき城だな」

本丸に入った長重は、大きなため息をつきながら腰を下ろした。

「それだけ、後瀬山城がご立派だったのです。あれほどの城と比べては、世の城は全て悪しき城に過ぎませぬ」

正吉は励ますように言ったが、長重は少し困ったような顔をしながら、

「いや、そういうことではないのだ」

と言って苦笑した。

「松任がどういう城かは聞いていた。小城であることも、時代遅れの田舎《いなか》城であることも知っていた。悪しき城だと言ったのは、まるで改善しようとした跡が見られないところだ」

長重は城郭には並々ならぬ思い入れと知識がある。一目《ひとめ》見ただけで、この城に違和感を覚えていたのだろう。防衛機能も政務機能もろくに整備されていないこの建物は、確かに城とは呼べないかもしれない。

「では、殿」

そう言ってずい、と身を進めたのは与右衛門だった。

「今こそ、この城を再建し、殿の御力を世に示すときですな」

(ほう……)

正吉は少し感心した。松任城再建は丹羽家の再興案として有用であろう。秀吉という天下人の特徴に、大規模建築を好むところがある。たとえば大坂城などはその好例だが、秀吉の異質さは治世のみならず戦略においても大いに建築を利用したことであった。

ところが、石垣などの建築術はごく一部の地域のみに伝わっている特殊技能である。秀吉も大坂城を築くにあたって優れた石工《いしく》や木工《もく》を大量に召し抱えたが、今後さらに拡大していく天下統一を支えるにはそれでも足りなかった。そこで、丹羽家が松任城を再建してみせ、技術の高さを世に示し、秀吉に売り込むのである。丹羽家には長秀が遺《のこ》した職人集団が健在であり、彼らの技術と長重の知識を合わせれば、天下に鳴り響く名城を築くことも不可能ではない。

これらのことを、与右衛門は意気揚々と説明し、

「如何《いかが》でござろう」

と、長重に迫った。ところが、若殿は妙に歯切れが悪く、「なるほど」「もっともだな」などと与右衛門の理には同調するものの、

「では、やろう」

という決断を下そうとしない。いくら説いてもそのような態度でいるので、与右衛門は焦《じ》れ、

「なにかご不満がおありか！」

と、ほとんど怒鳴《どな》るように言った。

「不満というほどではないのだが……」

「如何《いか》なることでも構いませぬゆえ、どうぞ仰せあれ。我らは主従なれば、遠慮はいり申さぬ」

与右衛門は主従と言ったが、傍《はた》から見れば二人の様子は厳格な叔父《おじ》と甥《おい》のようであった。正吉にはなにやらそのことがおかしく、つい吹き出しかけた。

「では、申すが……」

そう言って、長重がおずおずと語り始めたのは、

「我らは、他所者《よそもの》ではないか」

ということであった。

「ついこの間まで、松任の地は徳山秀現の治世下にあったのだ。他所から来た我々は前任の者と比べられる立場にある。それが、いきなり城づくりなど始めれば民はどう思う。前の領主の方がよかったなどと思われれば、治世など上手くいかぬのではないか……」

ところどころつかえながら、長重はそのような意味のことを語った。

「それは違う！」

与右衛門はなおも食い下がる。

「松任はもともと丹羽家のもの、我らはかつての領地を取り戻したのです！ほんの一時、徳山が治めたとはいえ、なんの遠慮がありましょうや！」

「いやいや、与右殿」

唾《つば》を飛ばし激昂《げきこう》する与右衛門の横から、正吉が口を挟《はさ》んだ。

「城を直す直さぬはともかく、あんたのそれはどうも甘いな」

「なんのことだ」

「松任は我らの領地」

正吉はくすりと笑い、

「それは武士の理屈だ。ほんの数年でも、民にとって殿様は殿様だ」

「知った風な口をきくな！」

「知っているからこういう口をきくのだ。俺がいずこの城代《じょうだい》をしていたか、忘れたわけではあるまい」

与右衛門は、はっとした。

国吉城。かつて丹羽家のものだったその城に、正吉が城代として任じられるまでの曲折を思い出したからだ。

丹羽家に若狭が与えられる以前、この城は粟屋勝久《あわやかつひさ》という男の居城であった。優れた武将であり民政家だった粟屋に領民の敬慕は厚く、それだけに丹羽家から派遣される城代に対しては「我らは粟屋様の民じゃ。国吉のことは粟屋様にしかわからぬ」と言って、ことごとく反抗した。

やむを得ず、丹羽家はすでに城代の任を解かれていた粟屋勝久を呼び戻し、再び国吉城を任せた。粟屋は喜び、まずは戦《いくさ》に追われ、整備する暇もなかった城下町について、抜本的な区画改造を行おうとした。

ところが、この計画は失敗した。あれほど粟屋を信奉していた城下の民が、計画に猛反発したのである。彼らはこの城の英雄を口々に非難し、「これなら前の城代の方がましであった」とさえこぼした。城下整備は早々に中止され、ほどなくして粟屋は城代を自ら辞した。

後任として城に入った正吉はさらに大変で、城代となってから一年あまりを民からの信頼を得ることに費やし、城下整備に着手するにはもう一年を説得に費やさなければならなかった。

「わかるだろう、与右殿。一度でも他人が治めれば、もう他所の領地だ。何代か前の殿様だろうが関係ない。領民は自分の生活を脅《おびや》かされないか、不安と疑いを抱えて我らを見ている」

長期的に見れば民のためになる、などというのはまさしく統治者――武士の側の理屈であろう。国吉城での城下整理に反抗したように、城の再建が国を守るために必要だと説いたところで領民は受け入れまい。

「反発するだけならよいが、それがもとで一揆《いっき》でも起これば改易《かいえき》もありえる。与右殿の案が間違っているとは言わないが、やるならそういう覚悟がいるだろうな」

一揆、改易という危険を冒してなお、今すぐに再建をするべきなのか。与右衛門は沈黙した。しかし、それは長い時間ではない。

「……わかったよ」

「ほう、なにがかな」

正吉は意地悪く笑い、与右衛門の顔を覗《のぞ》き込んだ。

与右衛門は羞恥《しゅうち》に身を震わせ、顔を紅潮させながら、

「わかったと言っておるのだ！　今は城を造り直す機ではないと！」

と、柱や壁がきしむほどの大声で怒鳴り散らした。

（ああ、やはりいい人だな）

微笑をたたえたまま、正吉はそんなことを思った。

坂井与右衛門という歴戦の武者は戦場では頑固そのものだが、それ以外の話では存外物わかりがいい。彼は自分という男の能力と使い道をよく知っている。

「では、正吉よ」

長重はそう言って水を向けた。

「お前の案も聞かせてもらおう。大方なにか考えているのだろう？」

「空論《うつろ》でござるぞ？」

正吉は不敵に笑ってみせた。

「その空論が聞きたい。申してみよ」

されば、と前置きして、正吉は懐《ふところ》から地図を取り出した。松任城とその周辺

が色付きで詳細まで描かれており、端には己の名前と花押《かおう》が記してある。

「またこんなものを作ってきたのか」

与右衛門は呆れた。十年以上前の紀伊中野城攻めの際にも見せた、この空論屋の特技である。さらに正吉は十年前と同じように地図上に指を走らせ、

「ここに川がござる」

と、やはりかつてと同じような口ぶりで言うものだから、与右衛門はますます呆れた。

この男の空論癖は十年前から治まるどころか、いよいよ酷《ひど》くなっているのではないか。

もっとも、長重はそんなことは知らない。ただ興味深そうに地図を見ながら、

「ふむ、手取川《てどりがわ》だな」

と真面目な口ぶりで言った。

松任城の南方を流れる手取川は、暴流として知られる。特に織田家では、「手取川の戦い」という合戦において散々に敗北し、退却の際に急流に巻き込まれて溺死者《できししゃ》が続出したという過去から、その流れの激しさはある種の畏怖《いふ》を伴って語り継がれてきた。

「その手取川を治めたとすれば、どうでしょう？」

正吉はにやりと笑い、長重の顔を見た。若い君主は目を丸くし、言葉を失《な》くしている。

できるとすれば、松任城の再建どころではない。丹羽家の名は一躍、天下に轟《とどろ》くであろう。しかも、治水事業は城郭などと違って民の生活に直結しているため反発も起きない。

「空論が過ぎるぞ、三右」

傍らで聞いていた与右衛門が苦りきった顔で言った。

「手取川のような大河に堤を築いて治めるとすれば、四万石の丹羽家ではとても足りぬ。これは言わば天下人の普請じゃ」

「誰も、手取川に堤を築くとは言っておらぬ」

正吉は矢立《やたて》を取り出し、地図の上に何事か書き込み始めた。線である。無数の線が、手取川から北へ伸び、そこからさらに枝分かれして絡まってゆく。

与右衛門は息を呑《の》んだ。もはや、その線の正体は誰の目にも明らかだった。

「支流か」

矢立の線は、松任城下に幾筋《いくすじ》も流れ込む、手取川の支流を表していた。実際に氾濫し、城下の民を苦しめるのは、やや離れた位置にある本流ではなく、これらの支流である。

「これらの川に残らず堤を築き、治めてみせれば、手取川を治めたと言えませぬか?」

正吉は再び不敵に笑った。種を明かせば単純なことだが、丹羽家の財力でも実現可能で、技術力を世間に宣伝することもできる妙案である。

「わからぬな」

そう言って首をひねったのは長重である。

「これのどこが空論だ」

「それは、ですな……」

正吉は急にばつが悪い顔になり、頭をかき始めた。実は、この治水には大きな穴がある。

「絵図を描く者がいないのですよ」

つまり、設計者の不在である。これほど多岐にわたり、複雑に絡まり合った、しかも急流の河川を治めるとなると、単に丈夫な堤を築くだけでは成しえない。川の流れを綿密に計算し、洪水のときには上手くその力を逸《そ》らすようにしなければならないが、正吉や与右衛門にそこまでの知識はなく、丹羽家に仕える技術者たちも同様であった。

「ゆえに空論、絵に描いた堤でござる」

正吉は自嘲《じちょう》するように言った。

ところが、長重はこの話を聞いて落ち込むどころか、声を上げて笑い出した。

「あははははっ」

長重は常に微笑を絶やさないが、こんな風に笑うところは見たことがない。正吉も与右衛門も思わずお互いの顔を見合わせた。

「正吉、空論屋のお主らしくもない。一つ、見落としておるぞ」

長重は苦しげに笑いを堪《こら》えながら、呆然《ぼうぜん》とする重臣に向かって語り始めた。

「よいか、城と申すものはな、単に大きな建物のことをいうのではないのだ。周囲の地質、地形、風土、城下、人心、そして天然の堀にも水路にもなる川。これらを全て解し、均《なら》し、築くことではじめて一つの城が建ったといえるのだ」

「まさか……」

「まさかとはなんだ。普請の名手・丹羽五郎左の名を継いだ私が、よもや治水のことを知らぬと思っていたのか」

正吉は顔に羞恥を滲《にじ》ませ、その場にひれ伏した。その姿を見て、長重は再び腹を抱えて笑った。

こうして、丹羽家の再興を懸けた治水事業が決まった。

しかし、この事業を実行に移すにはもう一つ決めなければならないことがあった。正吉が構想し、長重が設計する堤の普請を取り仕切る奉行である。

「是非、それがしに」

真っ先に名乗りを上げたのは、与右衛門であった。長重も正吉も否《いな》やはない。ただ、戦場が本職の合戦屋であることになによりも誇りを持っているこの男が、自ら普請奉行を願い出たことは少し意外だった。長重がそのことを問うと、

「わしが奉行を務める代わりに、三右には別の仕事をやらせたいのです」

そう答え、今度は正吉の方を見た。

「三右」

「うん？」

正吉は、自分の話すことは終わったとばかりに緩みきっていた。地図を開いて空論を吐いていたときとは別人のようにしまらない表情で、眠たげな目を時折こすっている。

「お主に、仕事を頼みたい。もっとも、このことは殿のご同意をいただかねばならないが」

「はあ。なんだね、それは」

まるで欠伸《あくび》でもするような調子で問い返す。しかしその答えは、正吉の眠気を一瞬で吹き飛ばすものだった。

「丹羽家の、筆頭家老だ」

二

「おお、正吉か。よく戻った」

二年前とまるで変わらない松任城の本丸では、少し背の伸びた主君が変わらない微笑《ほほえ》みをたたえていた。

（なるほど、主従だ）

長重も与右衛門と同じことを言う。正吉は呆れたとも困惑したともつかない表情で、下座に控え、拝礼した。

「本来なら家中総出で出迎えるべきだが、知っての通り普請作業でみな多忙だ。

非礼を許してくれ、筆頭家老殿」

「からかわないでくださいよ」

上体を起こし、正吉は苦笑した。

「柄《がら》でもないことは、己でわかっておりますよ」

筆頭家老といえば、家中の政治・軍事の一切を取り仕切る、ある意味では大名以上に責任が重い役目である。順序からいえば正吉などよりも、丹羽家減封前から家老を務めていた与右衛門が就任するべきであっただろう。しかし、正吉はこともあろうにその与右衛門の再興案を論破し、有効な対案まで披露してしまった。

「仕事の方はどうだ」

「たやすくはありませんな。ただでさえ慣れぬ仕事のうえ、あちこちへ駆け回らなければならない」

丹羽家が減封処置で失ったのは、単に領地や兵力だけではない。最も痛手だったのは、家中の重臣が軒並み引き抜かれてしまったことである。それは政治・軍事における指揮系統の空洞化、組織機能の破綻《はたん》にほかならない。

今の丹羽家は、ただでさえ傾いた家からほとんどの柱が抜け、残った数本でなんとか屋根だけを支えているようなものだった。

ところが、この窮地にあって、正吉が発案したのは拍子抜けするほど単純なことであった。

「前任者に教わればよいのです」

つまり、村上頼勝ら丹羽家の旧臣に、わからぬことを教わりにいく。彼らが行わなかった職務の引き継ぎを、こちらから押しかけてやってしまおうというのである。旧臣たちは、半《なか》ば裏切るような形で丹羽家を出たことに後ろめたさを感じており、訪ねていけば大抵は親切に教えてくれた。

もっとも、実際に引き継ぎを行う正吉は大変だった。軍事のことであればまだしも、算用や内政のことになると、まったくの畑違いである。田舎小城の城代としての経験しかない正吉にとってこの仕事は難渋を極め、家老や奉行を務めていた者のところへ何度も足を運ばなければならなかった。

「よくもまあ、こんな面倒な仕事を引き受けたものだと思いましたよ」

「では、やめるか？」

「まさか」

おどけるように、正吉は首をすくめた。

「難しさを知ってしまっただけに、いよいよ他人には任《まか》せられませぬ。確かに難儀で面倒な仕事ですが、なかなかに面白くもある」

いかにも上機嫌で、正吉は笑った。その顔は画題に出会った絵師や、獲物を見つけた猟師などより、遊びに夢中になっている子どもに似ていた。

「ああ、ところで」

長重はふと思い出したように、

「もう一つの用事の方は、どうであった？」

と尋ねた。

「ほぼ、間違いないかと思われます」

急に生真面目《きまじめ》な顔つきになり、正吉は声をひそめた。

「上方《かみがた》に集まってくる各地の商人たちによれば、諸国の、中でも東海道《とうかいどう》の米が騰《あ》がっているようです」

「噂《うわさ》になるほどか」

「ええ。噂になるほど急速な、誰の目にもわかる高騰《こうとう》です。密やかに進める段階は、どうやら過ぎつつあるようです」

「されば、いよいよ始まるな」

長重はいつになく深刻な面持ちで、慮《おもんぱか》るように視線を落とした。

「ときはあまりなさそうだ。急いだ方がよいかもしれんな」

「しかし、よろしいのですか？」

不安げに、正吉が尋ねる。

「この策は、一歩間違えれば御家を滅ぼしかねません。策を立てた私が言うべきではないやもしれませんが、やはり危《あや》う過ぎるかと……」

「寂しいことを言ってくれるな、正吉」

顔を上げ、長重がいつもの微笑を浮かべた。

「創るのだろう？　我らが目指す、理想の武士団を。衰退しきった丹羽家の再興は、尋常の手段ではままならぬ。お前の空論《うつろ》には、その命運を懸けるだけの価値があるのだ」

正吉は、思わず背筋を伸ばした。雷に打たれたような情動を、全身で感じていた。

かつてこれほどまで、自分の能力が必要とされたことがあっただろうか。いや、必要どころではない。丹羽家が滅ぶか栄えるかは、空論屋といわれた己の策にかかっているのだ。

「失礼致しました。急ぎ、備えを進めます」

言葉以上に慌ただしく、正吉は部屋を出た。恐ろしいほどの不安と、おびただしいまでの興奮が、血流を追い越して四肢の先まで駆け巡っている。

「……やってやるさ」

誰に言うともなく、筆頭家老は呟《つぶや》いた。

三

この都に、何度訪れたことだろう。

碁盤《ごばん》の目のような町並みを歩くたびに、正吉は同じ感慨を覚えた。かつては京奉行として、今は丹羽家の筆頭家老として、幾度となく京と領国を往還してきた。懐かしい記憶も、生々しい痛みも、この都には残り過ぎている。

(町並みの方は、こんなに変わってしまったのにな)

苦笑しつつ、顔を上げる。そこには、一面に黄金色の雲を漂わせたような輝きを放つ、この世のものとは思えない大宮殿が聳《そび》え立っていた。

――それらは疑いもなく壮大かつ華麗で、見事に建築されており、木造建築としてはこれ以上望めないように思われた。

京の中心に築かれた、大坂城に代わる秀吉の新たな政庁「聚楽第《じゅらくだい》」について、宣教師ルイス・フロイスはそのように記録している。

その前に立つ正吉の感想もまったく同様で、規模といい、大坂城以上にふんだんに使われた黄金の眩《まばゆ》さといい、これほど豪奢《ごうしゃ》な建造物は地上に二つと存在しまいと思った。

秀吉はこの聚楽第を中枢《ちゅうすう》として戦乱で荒れ果てた京を再建し、西国《さいごく》を平定した功と合わせて、朝廷から「豊臣《とよとみ》」という新たな姓を賜《たまわ》った。その権力はもはや絶頂といっていい。

豊臣家の繁栄を象徴するこの黄金の都に、かつて己が京奉行を務めていたころの面影を見出すことは難しい。それでも京を訪れるたびに、正吉は思い出してしまう。どれだけ歳月が流れようと、外観が様変わりしようと、あの鮮烈な日々は褪《あ》せることなく、自身の内側に棲《す》み続けるだろう。

（では、あの男にとっては、どうだろう）

訪ねるべき相手の屋敷に向かって歩きつつ、正吉は考えを巡らせる。だが、すぐにやめた。考えたところでわかるものではないし、わかったところで正吉のすべきことは変わらない。

「江口殿、よくぞ参られた」

約束もなく、いきなり来訪した正吉を、亭主は嫌な顔一つせずに出迎えた。それどころか、自ら茶を点《た》て、松風《まつかぜ》という流行《はやり》の菓子まで振る舞った。もてなしの手厚さといい、塵《ちり》一つなく清涼に保たれた茶室といい、まるであらかじめ来訪を知っていたかのように行き届いている。この男の抜かりなさは、正吉が京に在った七年前から変わっていない。

「突然おしかけてしまって申しわけない。京の町を歩いていたら、なんだか懐かしくなってしまってな。久々にあんたに会いたくなった」

そこで、正吉は思い出したように襟《えり》を正し、

「いや失礼、もはやかような軽々しい口はきけませぬな。数年前ならいざ知らず、今や貴殿は立派な大名で、私は陪臣《ばいしん》に過ぎぬのですから。そうでしょう、越前敦賀城主、大谷刑部《ぎょうぶ》殿」

「貴殿に言われると、どうもからかわれているようですな。今まで通りの言葉遣いで構いませんよ」

大谷刑部《ぎょうぶ》少輔吉継《のしょうよしつぐ》――かつて大谷紀之介と名乗り、石田三成と共に羽柴家の京

奉行代理を務めていた青年は、宗匠頭巾《そうしようずきん》の上から頭をかきつつ、むずがゆそうに言った。現在は、越前敦賀で五万石を領する大名である一方で、従来通り石田と共に秀吉の吏僚《りりよう》としても活躍している。

「しかし、関白殿下の側近であり、また一個の大名でもあるというのはなかなかに難儀だろう。領国や上方はおろか、役目柄、九州や東国への派遣も少なくないはずだ」

「確かに、病める身には少々こたえますな」

大谷吉継が、数年前から業病《ごうびよう》に侵されているという噂は、正吉も耳にしていた。

「一見する限りは変わりないようだが」

「上手く隠してありますからね。実のところ、この頭巾の下の髪は残らず抜け、視力は衰えてほとんど見えず、衣服の下の皮膚は剝《は》がれ落ち……」

「そんな！」

まさか、それほど悪いとは思わなかった。狼狽《ろうばい》する正吉の目の前で吉継はおもむろに袖《そで》をまくって素肌を晒《さら》した。

「……ということになるらしいですよ。いずれはね」

その腕は、かつてと変わらない、たくましく浅黒いものだった。

謀《たばか》られたことに気づいた正吉の顔が恥辱に赤くなる。吉継は柔らかく微笑みながら、そしらぬ様子で二杯目の薄茶を点てている。

「いや、申しわけない。どうも、江口殿と向き合っていると私も懐かしくなってしまいましてね。つい出来心で、京奉行のころのように、少し悪戯《いたずら》をしてしまいました」

正吉はすっかり苦りきった。吉継への怒りよりも、かつてと同じように軽々と手玉に取られた己が恥ずかしくて仕方なかった。気まずさを誤魔化《ごまか》すように、自分の前に置かれた器を慌てて口に運ぶ。その茶が、急いで飲むのにちょうどいい温《ぬる》さであることに気づき、さらに愕然《がくぜん》とした。

（やはりとんでもないな、この男は）

しかし正吉は、その吉継を相手に、これから肚《はら》の探り合いをしなければならないのだ。

「ところで、大谷殿」

何気ない世間話を装いつつ、正吉は意を決して切り出した。

「なんでしょう」

「長束《なつか》は、今どこにいるのかね」

元丹羽家蔵奉行、長束正家《まさいえ》。まだ三十にも満たない若年ながら、当代きっての算用の達人として知られ、現在はその特技を買われて、豊臣家で検地《けんち》や兵糧《ひょうろう》運搬などを取り仕切っている。

「さあ、わかりませぬな」

吉継は静かにかぶりを振った。

「わからぬということはないだろう。あんたの同僚じゃないか」

「同僚とはいえ、一挙手一投足《いっきょしゅいっとうそく》まで把握しているわけではありませんよ。江口殿は、坂井与右衛門殿の昨日の夕餉《ゆうげ》を答えられますか？」

「それもそうだな」

正吉はへらへらと軽薄な笑みを浮かべてみせた。

「大谷殿なら知っているかと思ったが、そう上手くはいかないか。実は、京に上ったのは長束に会うためでね」

「というと、例の引き継ぎですか」

「それもあるが、少し尋ねたいことがあってな。ところが、肝心のあの男はどこぞへ姿をくらませてしまった。それも、どうやら一日二日のことではなく、半月ほど前から帰っていないらしい」

「ははあ、確かに妙ですな。して、尋ねたいこととは？」

「なに、大したことではないんだが……」

正吉は急に笑みを消しさり、ささやくように声をひそめた。

「東海の米が、軒並み騰《あ》がっているらしい。そのわけを知らないか、とな」

長東は豊臣家にあって財務を司《つかさど》る立場にあり、政権の勢力圏内だけでなく、日本全国の流通経済を把握している。米価高騰について尋ねる相手としてはこれ以上の人選はない。

「しかし、そんなことを知ってどうするのです」

「知る必要はあるだろうさ。俺は丹羽家の筆頭家老として、戦に備えなければならん」

「戦……」

吉継は朗《ほが》らかな態度を崩さなかったが、声だけがわずかにこわばった。

「江口殿は、これから戦が起こるとお考えなのですか」

「戦ならもう始まっているよ。大胆に、大規模に、それでいて誰にも知られぬほど密やかに、たった今だって進められている」

「空論ですな」

「ほう、なにがかね」

「なにもかもですよ」

「それはおかしいな。たとえ俺の言葉がなにもかも空論だったとしても、騰がった米の値だけは空論ではありえない。それだけは、あんたにだって打ち消せない、動かしようのない事実じゃないか。……さて、大谷殿、なぜこんなことが起こったんだろうな。飢饉《ききん》でもないのに、東海道一帯の米が一斉《いっせい》に高騰するなんて、空論のような出来事はどうして起こったのだと思うね」

吉継は、無言でいる。答えようがなかった。子どもでもわかるような問いかけに、わざと正解から外れたことを言えば、どうあっても不自然になってしまう。

「長束たち奉行衆が、兵糧を買い占めて回っているんだろう?」

「……参りましたな」

正吉の言う通り、長束らは秀吉の命により二十万石もの兵糧を全国からかき集めている。特に東海道の米価が騰がっているのは、敵も同じく水面下で兵糧を集めており、両者の勢力圏の境で出回る米が極端に減ってしまっているためである。

「つまり、敵は東海道沿いを領している。そこで、豊臣家に敵対するであろう勢力など一つしかない」

「いかにも」吉継は、すでに抵抗を諦めたらしく、あっさりと正吉に同意した。

「江口殿が考えておられる通りです。間もなく、全国の諸大名に陣触《じんぶ》れがかかり、北条《ほうじょう》家との大戦《おおいくさ》が始まるでしょう」

北条家とは、相模小田原《さがみおだわら》を本拠とする一大勢力である。戦乱の世に忽然《こつぜん》と現れたこの大名家は、瞬く間に四方を切り取り、二百四十万石の版図《はんと》を支配する関東の覇者となった。

秀吉の天下統一にとって、東国最大の大名である北条家こそが、最後の障壁《しょうへき》であるといえた。

「しかし妙ですね。これまでの話によれば江口殿は、北条家との開戦が間近であることを、半ば断じておられた」

「それがなにか？」

大谷は微笑を浮かべたまま、両目だけを剃刀《かみそり》のように鋭く細めた。

「ではなぜ、開戦前で出費を抑えねばならぬ時分に、川堤の普請などしておられるのですか？」

今度は、正吉が黙る番だった。動揺で目がくらみそうになる。言い逃れのしようがない。気づかぬうちに、己は再び手玉に取られていた。

開戦時期を知っていながら、その直前にわざわざ少なくない資金を費やし、城下普請をするなど明らかに不自然だった。手取川がいかに暴れ川であろうと、雨期からほど遠い十一月に、急いで堤の工事を進める理由などない。あの普請にはそれでも行わなければならない意図があるのだと、正吉は白状したも同然だった。

「……わけは言えない」

思いつめたように眉を寄せ、正吉は言った。

「ただ、決して豊臣家の迷惑になるようなことはしない。それだけは、直違《すじかい》の旗に誓って確かだ」

「なら、聞きませんよ」

耳を疑いそうになるほど、吉継は即座に、軽々しく言った。

「豊臣家に害のない話であれば、もう肚の探り合いは終わりです。今、この茶室にいるのは来客と、それをもてなす亭主だけですよ」

「……敵《かな》わぬな、あんたには」

正吉は苦笑をこぼし、器の底に残った薄茶を一気に飲み干した。

四

――北条家を征伐せよ。

という陣触れが発せられたのは翌月、天正十七年十二月のことであった。

豊臣家は二十二万という途方もない大軍勢を動員し、東海道、東山道《とうざんどう》（中山道《なかせんどう》）、海路の三行路に分かれて東征を開始した。このうち東海道を進む本軍は翌年三月、箱根西麓《はこねせいろく》の黄瀬川《きせ》に陣を敷いた。

「まず、箱根を抜く」

秀吉は本陣に諸将を集め、戦略を語った。箱根峠は、その険《けわ》しさから東海道随一の難所として古くから知られ、北条家から見れば敵を塞《ふさ》ぎ止める最前線の拠点にほかならない。北条家は周辺の韮山《にらやま》城、足柄《あしがら》城、そして街道を呑み込むように抑える山中《やまなか》城に兵を籠め、豊臣軍を迎え撃とうとしている。

「この箱根峠を突破し、敵に防戦のゆとりを与えず小田原城を囲む。本拠である小田原との繋《つな》ぎさえ絶てば、孤立した方々の支城は放っておいても落ちるだろう」

秀吉の作戦は理に適《かな》っている。しかしそれを実現するには、一つだけ不合理な行動をしなくてはならない。

「山中城を、一日で落とす」

つまり、力攻めである。山中城が街道を分断している以上、一刻も早くこの城を落とさなければ小田原には辿《たど》り着けない。だが、それには損害を度外視した、不合理なまでの強行戦が必要であった。

「ここに居並ぶ者はいずれも天下に名立たる兵《つわもの》である。貴殿らが忠と武を尽くさば、かような小城はたやすく落ちよう」

秀吉は笑いながら言ったが、「一日で落ちないようでは、お主らの忠義も武勇も怪しいものだ」という底意《そこい》を含んでいる。こう言われてしまっては、諸将らは自家を守るために必死に働くしかない。

三月二十九日、未明。豊臣軍は山中城への総攻撃を開始した。割り当てられた攻城兵力は七万、これに対し城に籠る北条軍はわずか四千あまりに過ぎなかった。

だが、これだけの圧倒的な兵力差にもかかわらず、開戦から二刻（約四時間）

あまりが過ぎても、攻城軍は郭を落とすどころか城壁さえ越えられていない。

「攻めあぐねておるなあ」

正吉は、馬上で戦場を遠望しながら、他人事《ひとごと》のように独りごちた。

事実、半ば他人事ではある。なぜなら、この攻城軍の主力は豊臣家の譜代《ふだい》大名たちで、外様《とざま》で小身の丹羽家は後詰《ごづめ》に回されている。冷遇は今に始まったことではないが、此度《こたび》の戦では譜代の者たちに優先して戦功を立てさせようという、豊臣家の意図があるらしい。

しかし、城は落ちない。それどころか、これまで数多《あまた》の群雄を手もなく攻め滅ぼしてきた豊臣の兵たちは、水すら張られていない粗末な空堀《からぼり》を、ろくに乗り越えられずにいた。

「見事な縄張《なわば》りだ」

長重が、正吉の傍らに鞍《くら》を寄せながら言った。

「まず、堀が面白い」

と、この城好きの若殿が語るように、山中城の堀は特殊な構造をしていた。畝《うね》と呼ばれる土塁《どるい》によって堀内が何重にも仕切られ、碁盤の目のようになっている。

いくら大軍で攻め掛かったところで、堀の畝によって数列に区切られてしまう。しかも堀底の土壌は粘度が強いため、滑《すべ》る、足を取られるなどして満足に進退できない。そこを、城方は撃つ。将棋《しょうぎ》倒しでもするように弓矢や鉄砲で次々と撃ち倒していく。

「地勢の選び方も、よく考えられている。渓谷《けいこく》の底を通る街道を、ただ塞ぎ止めるばかりではなく、街道上に布陣する攻城軍を断崖の高所から見下ろし、ぐるりと取り囲むように郭を配している。攻城というより、これでは登攀《とうはん》だ。堀をなんとか踏み越えたとしても、遥か頭上の城壁まではあまりに遠い」

正吉は兜《かぶと》の下の目を丸くした。長重はろくに戦場で指揮をしたこともないはずだが、その口ぶりはまるで歴戦の古兵《ふるつわもの》のようで、しかも指摘はいちいち的確だった。

「私には、これしかないからなあ」

正吉の驚きを察したらしく、長重は照れ臭そうに言った。彼には正吉のような軍略も、与右衛門のような武勇もない。だからこそ、唯一の特技である城郭への知識を磨き、少しでも役立てようとしている。相変わらず威厳とはほど遠い、子どもっぽい微笑を浮かべてはいたものの、その強い決意だけは、確かに正吉にも伝わってきた。

「確か、敵の侍大将《さむらいだいしょう》には間宮豊前《まみやぶぜん》殿がいたな」

「ご存じで？」

「北条家きっての築城名人だ。あれほど老巧な城構え、味方の苦戦もうなずける」

「しかし、攻めあぐねている原因は、それだけではありません」

正吉は、眼前の戦場を指差した。

苛烈、という言葉でさえ生温《ぬる》いほど、城方の抵抗は激しく凄惨《せいさん》なものだった。堀を越え、断崖をよじ登ろうとする攻城軍にはありったけの矢玉と投石を用いて、そのことごとくを晩夏の蟬《せみ》のように打ち落とした。豊臣方が怯《ひる》んだと見れば、即座に小部隊を繰り出して強襲し、味方の死体さえ容赦なく踏み越えて狂《きょう》奔《ほん》した。

堀底は瞬《また》く間に屍《しかばね》で溢《あふ》れ、幾百幾千と折り重なるその参列には、とうとう大名の一柳直末《ひとつやなぎなおすえ》まで加わる始末だった。

「敵は強い。これほどの兵力差、滅びを避け得ぬことはわかっているでしょうに、怯むどころか嵩《かさ》に懸かって攻めかかってくる。命知らずというかなんといううか、坂東武者《ばんどうむしゃ》の勇猛さというのは噂に聞く以上ですな」

関東の武士のことをそのように呼ぶ。坂東武者は、『戦場に臨んで命を棄《す》つる事、塵芥《じんかい》よりもなお軽くす』などと称されるように、単に勇猛という言葉では足りないほどの狂気じみた荒々しさによって、武士の興《おこ》りのころより世に知られている。

城方は、手強《てごわ》い。城内の兵力が、せめて一万ほどあったとすれば、少なくとも半年は箱根を塞ぎ続けただろう。しかし、現実として、山中城に籠っているのは、わずか四千の寡兵《かへい》に過ぎない。それは、北条家がこの城の重要性に気づいていないからではない。本拠である小田原城の守りを薄くしてまで、前線を強化するという決断を下せなかったのだ。

（当主が及び腰なのか、家老衆がまとまらないのか、いずれにせよ不甲斐《ふがい》ないことだ）

正吉は、腹立たしかった。紛《まぎ》れもない勇者である城兵たちは、主家の優柔不断の代償として、この山中で残らず捨て殺されるだろう。

自分の思いが矛盾《むじゅん》しているのはわかっている。北条家首脳陣の無能と固陋《ころう》こそが、丹羽家を含む豊臣軍にとっての付け目であり、なによりの幸運であるはずだった。しかし、どうにもやりきれない。

「我らも、巡り合わせによっては、この城と同じ運命を辿っていたかもしれぬな」

その言葉に驚き、振り向いた。声の主である長重は、口を固く結んだまま、じっと城外の激戦を見据《す》えている。

（ああ、そうか）

自身の苛立《いらだ》ちの理由が、長重の言葉でようやくわかった。

正吉たちも、秀吉に逆らう機会は幾度となくあった。それでも、丹羽家は起《た》つことなく、天下の軍勢によって滅ぼされることもなく、こうして生き残っている。長重が屈辱に耐え、家を残すことを選んだからである。

長重と出会えなかったとすれば、正吉もこの山中城の将士たちと変わらず、意地と武勇を示すことだけに全てを注ぎ、激しい抵抗の末に戦死していたことだろう。

「正吉よ、なんとか、彼らに降伏を勧《すす》めることはできないだろうか。くだらぬ感傷だとはわかっている。しかし私は、できることならこの城を、あの見事な武士たちを滅ぼしたくない」

「無駄ですよ」

あえてはっきりと、強い語調で否定した。

「降伏など受け入れるようなら、はじめからこんなところに籠ったりはしません。彼らが自らの命を顧《かえり》みないことは、この場にいる誰もがわかっているはずです」

「……そうだな」

長重は、小さくうつむいた。

「お前の言う通りだ。私が、間違っていた」

「そうではありません。長重様の優しさは尊《とうと》い。人として否定されるべきものではなく、間違っているとすれば、それはこの乱世の方なのでしょう」

しかし、と正吉はさらに言葉を続ける。

「長重様がこの先も、その生来《せいらい》の優しさを持ち続けるのなら、この戦のように、あるいはそれ以上に、現実との狭間《はざま》で苦しむことになる。……長重様、その覚悟がおありですか」

「ある」

片時も迷うことなく、長重は返答した。正吉は満足そうに、頬《ほお》を吊《つ》り上げて微笑した。

「それこそが、武士と畜生を分かつものです。……では、私もそろそろ動きましょう。どうやら、活《い》きのいいのが釣れたらしい」

段だらの旗を指した物見《ものみ》の者がこちらに駆けてきた。正吉はその報告を聞き終わると、戦闘が展開されている前線とはまるで違う方向へ、素早く馬を駆けさせた。

渡辺勘兵衛《わたなべかんべえ》、という武将がいる。

豊臣軍に属する大名・中村式部《なかむらしきぶ》の家臣であり、「槍《やり》の勘兵衛」の異名を取る若くして高名な猛将である。この山中城攻めにも従軍していたが、彼の姿は街道に展開する攻城軍の中にはない。街道側を郭の表とするならば、この男は裏側にその身を潜めていた。

「……ふうむ」

南蛮鉄《なんばんてつ》の具足《ぐそく》に身を固め、羽毛半月《うもうはんげつ》の指物を背に差した渡辺勘兵衛は、木陰に隠れながら、岱崎出丸《だいさきでまる》と呼ばれる街道沿いの郭を見上げた。

数多の戦場を渡り歩いた勘兵衛の目から見ても、実に見事な城郭である。しかし、その岱崎出丸にも隙がある。それがこの裏側、すなわち出丸の東だった。

街道沿いの西側は深く広い堀とそそり立つ山壁によって守られているが、東側の備えは改修の暇がなかったのか目に見えて甘く、辛うじて小さな堀がある程度だった。もっとも、そのことは城方にとってさほどの懸念ではなかった。東側の城壁近くには細い間道があるだけで、すぐ後ろは急な峡谷である。しかも山肌には杉や檜《ひのき》が生い茂っており、大軍の配置も進退も不可能だった。

しかし、勘兵衛が見たところ、岱崎出丸に収容できる人数はせいぜい二百人である。そしていかに多勢を入れたところで、出丸の構造上、実際に戦働きができるのは百人程度であろう。あれほど見事な働きをする城方が、無駄な人数を入れるとは思えない。

（恐らく、出丸の中には百人かそこらしかおらん。寡兵で東側より奇襲を仕掛け、次々と人数を送り込めば、こないな出丸はすぐに落ちる）

勘兵衛はそう見立てた。その観測を主人の中村式部にも提言した。ところが主は「抜け駆けは他家に恨まれる」と言って、その考えをはねのけた。

「ふうむ」

勘兵衛は濃い髭《ひげ》の生えた顎を撫《な》で、再び唸《うな》った。

（やはり、わしがやるか）

今、引き連れている手勢で落とすしかない。出丸を勘兵衛が落としたとなれば、主もさすがに援軍を送るだろう。とはいえ、勘兵衛の本来の任務は斥候《せっこう》であり、同行させている兵は三十人に満たない。百人はいると思われる岱崎出丸を落とすのは無謀であった。

「しかし、やるしかないな」

「なにをやるって？」

その声に勘兵衛は、はっとして振り返った。そこには、妙にしまらない顔をした長身の武者が立っていた。

「なんやお前はァ！」

勘兵衛は槍を手に取り、腰を低くして構えた。

「そういきり立つなよ。俺も攻城軍だ」

そう言って、武者はこんこんと自分の胴丸を叩《たた》いた。鉄錆《てつさび》地の無骨な胴丸には、白い直違《すじかい》の合《あ》い印《じるし》が描かれている。かつて陪臣《ばいしん》とはいえ織田軍に属していた勘兵衛は、この風変わりな紋のことを知っていた。

「……丹羽家のモンか」

勘兵衛は小さく舌打ちし、槍を収めた。

「槍の勘兵衛殿とお見受けする」

「だったらなんや」

「あんたの抜け駆けを手伝いたい」

「なに？」

勘兵衛は目の前の武者を睨《にら》みつけた。

「われ、何者や」

武者はくっくと低く笑い、「丹羽家臣、坂井兵右衛門《さかいひょうえもん》」と名乗った。

無論、そんな男は丹羽家にはいない。有り様は江口正吉である。

正吉は昨年の十一月、大谷吉継を訪ね、北条家征討の確信を得たときから行動を開始していた。箱根周辺の城や砦の情報を隈《くま》なく集め、さらには長重の見解を仰ぎ、城の縄張りを予想した。三月に黄瀬川に布陣してからは高所から何度も山中城を検分し、予想通り東側の防備が甘いことを知った。

しかし、正吉はその情報によって丹羽軍自ら奇襲をしようとは考えなかった。下手に単独で抜け駆けをして諸将に恨まれ、秀吉に讒言《ざんげん》でもされてはたまらない。

そこで一計を巡らした。黄瀬川の諸将の陣に、「山中城の出丸は東側が脆《もろ》い」と噂を流したのである。情報で抜け駆けを誘発し、他家の人間を共犯者として巻き込んでしまおうという策だった。

(しかし、まさか「槍の勘兵衛」が釣れるとはついている)

坂井兵右衛門、いや正吉はほくそ笑みそうになるのを堪えた。

「……隠し事は好かん」

勘兵衛はあっさりと、自分が主命を無視して抜け駆けをしようとしている旨を明かした。その潔さに、

(まだこういう男がいたのか)

と、正吉は目の覚める思いだった。それだけに名を偽っている自分が心苦しかったが、空論屋三右《うつろやさんえ》の名を出せば勘兵衛は信用しないだろう。

「では、共に攻めようぞ渡辺殿。我が手勢は三十ばかりだが、力を合わせれば落とせぬことはあるまい」

「こんなことはあまり言いたくないが」

勘兵衛はこの不審な友軍武将を一瞥《いちべつ》し、

「わしの手柄を横取りするつもりやないやろな」

と、凄《すご》みのある声で言った。己の身一つで世を渡ってきた男だけに、世間ずれしていて猜疑心《さいぎしん》が強い。

「もっともなことだ」

そう言って正吉は、木陰に伏せていた配下の一人を呼んだ。配下は旗と長柄《ながえ》を担いで出てきた。旗には胴丸と同じ直違の紋があしらわれ、長柄の先には茜色《あかね》の弓袋がついている。

「丹羽家の旗と、俺の指物だ」

正吉はにやりと笑い、

「あんたに預ける。俺は二番槍で構わない」

と言った。このことは、武士にとって命を預けたことと同義である。勘兵衛はうなずいたが、旗と指物は受け取らなかった。

「これを受け取ってしまえば、わしの男に関わるわい」

そう言ってからっと笑った。

勘兵衛は「大黒《おおぐろ》」と名付けた愛用の巨馬に跨《また》がり、どっ、と突風のように駆けた。そして堀を飛び越えながら馬を乗り捨て、瞬く間に城壁に取り付いた。

城壁をよじ登ると、城兵が街道側に向かって散々に鉄砲や弓矢を打ち掛けているのが見えた。あらかじめ見立てた通り、その人数は百人に満たない。

勘兵衛はすうっと息を吸い込み、

「中村式部少輔《しきぶのしょう》家来、渡辺勘兵衛推参《すいさん》なり！　一槍《ひとやり》仕《つかまつ》り候《そうら》わん！」

と大音声《だいおんじょう》で吼《ほ》えた。

忽然と現れた敵兵に、城兵たちは呆気《あっけ》にとられた。その隙を勘兵衛は見逃さず、一瞬の内に距離を詰め、電光のように槍を振るった。たちまち二、三人を突き殺し、「渡辺勘兵衛、一番槍！」と、街道側の味方に向かって喚《わめ》いた。

正吉らも続々と城壁を越え、戦闘に加わった。城兵たちはまさか敵が六十人程度とは思わず、虚《きょ》を衝《つ》かれたこともあり、意外なほど呆気なく崩れ去った。あれほど堅牢《けんろう》だった岱崎出丸は、たった六十人の奇襲部隊によって制圧された。

「渡辺殿」

正吉は勘兵衛に声をかけた。

「出丸は落とした。ここで援軍を待つか」

「まさか」

勘兵衛は、せせら笑った。

「せっかく切り開いた戦功の種を、麓の能無しどもに奪われては詮《せん》がない。この先の三の丸も攻め落とし、本丸まで攻め上るわい」

「よくぞ申した」

正吉も、からからと笑った。浅ましさと爽やかさが同居したような勘兵衛の挙《きょ》止《し》は、共に戦う者の心を躍らせるなにかがあった。

「されば、参ろうか」

二人は笑い合い、すぐに三の丸へ向かって駆け出した。

出丸から追われた兵と何度か槍を合わせながら、正吉たちは駆けた。やがて、三の丸らしき城門が見えてきたが、門までの道は身の丈ほどの木柵によって阻《はば》まれていた。

「よくぞ参った、上方《かみがた》の木端《こっぱ》武者《むしゃ》どもよ！」

しわがれた叫び声が通路に響く。よくよく見ると、三の丸門の前には骨董品《こっとうひん》のような大鎧《おおよろい》を着込んだ、痩《や》せた老武者が一人で立ち塞がっている。

「上方者にしては腰が据わっていると見えるが、猿関白に尾を振るようではその程度も知れたものよ。悪いことは言わぬ、坂東武者の荒槍にかかる前に帰るがよい」

「なにを！」

勘兵衛配下の一人が、思わず木柵によじ登った。

「逸《はや》るな！　伏兵がおるかもしれんぞ！」

勘兵衛は叫んだが、興奮している配下は聞き入れない。ほかにも三人ほどが後に続き、次々と木柵に取りついた。

銃声。

耳をつんざく轟音《ごうおん》が響き、四人の配下は血を噴き散らしながら倒れた。見ると、三の丸の郭の上で十人ほどの兵が鉄砲を構えている。

（やってくれる）

騙し討ちに怒るよりも、正吉はこの巧緻《こうち》な仕掛けに舌を巻いた。柵などその気になればよじ登れるが、その間は無防備になり、絶好の的になる。城方は侵入を防ぐためではなく、侵入者を残らず討ち取るためにこの障害物を置いた。

（だが）

不意に、正吉は駆けた。木柵に取り付くと、ほとんど飛び越えるようにして登った。

「放てえっ！」

老武者が叫び、郭の上から一発の銃弾が放たれる。柵の上にいた正吉は前のめりに倒れ込んだ。

「見事……」

老武者が褒《ほ》めたのは、配下の鉄砲のことではない。正吉はよろよろと立ち上がり、槍を構えた。銃弾は、兜の前立《まえだ》てを吹き飛ばしただけに過ぎない。

「雑賀衆じゃああるまいし、動く的はそう当てられないだろう」

正吉は歯を見せて笑った。柵の仕掛けは見事だが、この障害物の存在は同時に、動く敵を狙撃する難しさを如実に表している。ましてや、身体《からだ》のほとんどが具足で覆われている武士の急所を狙うことなど容易ではない。

「わかっていても、できるものではない。鉄砲で狙われれば誰でも恐ろしいからな」

老武者の言う通り、柵の隙が明らかになっても、誰も正吉の後に続こうとしない。——ただ一人を除いて。

再び、一発の銃声が響く。黒い影が一つ、転げ落ちるようにして柵を越えた。

「坂井殿、手柄を横取りせぬと誓ったのは嘘《うそ》かえ」

勘兵衛は苦笑まじりに言い、老武者を見据えながら槍をしごいた。銃弾はわずかに、具足の草摺《くさずり》を掠《かす》めただけだった。

老武者は目を瞠《みは》った。そして、老いた顔をさらにしわくちゃにしながら、歓喜に満ちた高笑いを上げた。殺人狂は他人の命を征服することに興奮を覚えるが、戦闘狂は自分の命に踏み込んでくる者こそを渇望する。この老武者は紛れもなく後者の、度しがたいほどの戦狂いだった。

「者ども！」

老武者は、配下の鉄砲隊に叫んだ。

「こやつらはわしが相手をする。お主らは柵周りの敵だけを狙え」

そう言って正吉たちに向き直ると、「やあやあ我こそは……」と、まるで古《いにしえ》の源平《げんぺい》武者のような口上《こうじょう》を叫び始めた。

「権現山《ごんげんやま》の合戦に先駆けし坂東の勇士、間宮新左衛門信冬《しんざえもんのぶふゆ》が後裔《こうえい》、間宮豊前守康俊《やすとし》なり！　いざ尋常に勝負致せ！」

間宮豊前は皺ばんだ顔を歪ませ、心底嬉しそうな笑みを浮かべた。

飢《う》えた獣。三の丸の門前で槍を構える間宮豊前を見て、そんな月並みな印象を正吉は覚えた。しかし、すぐに頭に浮かんだそれを打ち消す。本当に獣であればどれだけたやすいか。

目の前にいるのは、武士だ。飢えを満たすために戦うのではなく、生命を守るために戦うのでもなく、ただ戦うためだけに戦う。獣などよりよほど度しがたい、理性のままに狂気を弄《もてあそ》ぶ人間がそこにいる。

「坂井殿」

爛々《らんらん》と輝く瞳で間宮を見据えたまま、渡辺勘兵衛が嬉しそうに声をかけてきた。

「一番槍はわしに譲る、そういう約定《やくじょう》やったな?」

「まあ、そうだな」

「では、お先に」

言いきるが早いか、勘兵衛は地を蹴って駆けた。野犬のような敏捷《びんしょう》さで間宮との距離を詰めると、

「槍の勘兵衛、参る!」

と叫びながら、鋭く槍を突き出した。その異名に違《たが》わぬ、目にも止まらぬ練達《れんたつ》の突きが老いた痩せ腹に一直線に迫る。

だが、その見事な突きが老武者を貫くことはなかった。

「かあああっ――――!」

間宮豊前は、その痩せ細った身体から出たとは思えない凄まじい気合と共に、己が槍で勘兵衛の突きを叩き落とした。勘兵衛が呆気に取られていると、

ぐわっ

と、右足を高々と上げ、踏み込むと同時に凄まじい刺突《しとつ》を繰り出した。勘兵衛は胴を突かれ、三間(約五・四メートル)近くもはね飛ばされた。

「どうした、槍の勘兵衛とやら。そんなものか」

うずくまる勘兵衛を見据えながら、間宮は言った。幸い、勘兵衛の具足は南蛮鉄でできた頑丈なもので貫通はしていなかったが、

(これほどの男が、こんな片田舎に眠っとったのか……)

愕然とする思いで、勘兵衛は間宮を見た。槍の達人であるだけに、一合わせしただけで目の前の老武者の実力がありありとわかった。そして、呑まれた。彼の戦意は、ただ一突きで貫かれてしまった。

「どうした、首を取ってしまうぞ」

言うなり、間宮は飛ぶように勘兵衛との距離を詰めた。

「勘兵衛！」

正吉は間宮の側面に回り込み、槍を繰り出した。だが、間宮はその槍を避けようともしない。立ち止まろうとさえせず、駆けながら強引に左手で太刀《たち》を抜き放った。

「――っ！」

正吉は驚愕した。切り落とされたのだ。己が繰り出した槍が、枝でも切るように。

ようやくそう認識したときには、

びゅおっ

と風を巻きながら間宮の槍が旋回し、正吉の胴を横殴りに打ち据えていた。悲鳴でもうめきでもなく、ただ肺の空気が無理やり押し出された音が漏《も》れる。骨に響く激痛と共に、正吉の長身は弾き飛ばされた。

間宮は一瞥もくれない。蠅《はえ》を払ったほどの頓着《とんちゃく》も見せず平然と駆け、勘兵衛に襲いかかった。勘兵衛は慌てて跳ね起き、二、三度は間宮の攻撃を防いだが、やがて身体ごと地面に叩き伏せられた。

うつ伏せに倒れる勘兵衛を見下ろしながら、間宮はその首筋に穂先を突きつけ

た。しかし、急に槍を引き、

「手ぬるい」

と、にべもなく言った。

「柵を越えたときはもしやと思ったが、所詮《しょせん》は上方の侍じゃな。お主らでは相手にならぬゆえ、三の丸を落としたくば、もそっと大軍を引き連れて参れ」

そう言って、間宮は背を向けた。温情などではなく、この老武者は自分の末期の相手が思いのほか未熟であることに心から落胆したらしい。

勘兵衛は、憤慨した。初陣《ういじん》以来槍働きで一度も不覚を取ったことのないこの男は、かつてない屈辱に腸《はらわた》が煮える思いだった。だが、それ以上に許せないことがある。

(怯えていやがる)

背が冷たいのだ。間欠泉《かんけつせん》のように汗が吹き出し、勘兵衛の背中を容赦なく濡《ぬ》らしている。挑みかかれば、間違いなく死ぬ。そのことを思考以上に本能で理解してしまっていた。

(くそ、早《はよ》う立たんか！　わしを誰やと思うとる！)

そう己を叱りつけるが、もはや勘兵衛には立ち上がることさえできなかった。

背中の冷たさは四肢に移り、まるで木石《ぼくせき》のように微動だにしない。

「勘兵衛！」

不意にかけられた大声に、我に返った。見ると正吉がよろよろと立ち上がり、抜刀していた。

「一番槍は譲ったゆえ、二番槍は貰《もら》うぞ。援《たす》けよ」

剣先を間宮に向け、正吉は口の端を吊り上げて笑った。死ぬことの恐怖など忘れてしまったかのように、ただ笑いながら剣を撫《ぶ》す。強い日射しが中天《ちゅうてん》から照りつけ、影になった顔の中で二つの瞳が不気味なほどぎらついている。

気がつくと、勘兵衛の汗はひいていた。身体は沸き立つほどの熱を帯び始めている。四肢は痛いくらいに熱く、血を送る音が聞こえる気さえする。勘兵衛はゆらめくように立ち上がった。

（こいつはわしだ）

狂気に憑《つ》かれたかのような正吉の振る舞いを見ながら、勘兵衛はようやく己が何者かを思い出した。

「よかろう、槍の勘兵衛が馳走《ちそう》つかわす」

「頼りにするぞ」

正吉は笑みを消し、地を蹴った。左から回り込むようにして、間宮に襲いかかる。

「小僧がぁっ！」

しわがれ声で叫ぶと、間宮は振り向き様に凄まじい刺突を繰り出した。風を捻じ曲げるような勢いで槍が襲う。錆一つない鋼《はがね》の穂先は、正吉の身体に吸い込まれるように突き刺さった。

だが、正吉は死んではいない。

「とったぞ」

顔をひきつらせながら、なおも正吉は不敵に笑った。左肩に深々と突き刺さった槍を、彼は両手で握りしめていた。

（こいつ、狂人か！）

間宮は戦《おのの》いた。躱《かわ》すでもなく、防ぐでもなく、自ら槍に向かって突っ込んでくるなど、狂人か自殺者の所業《しょぎょう》である。

「今ぞ、勘兵衛！」

その言葉に、間宮ははっと気づいた。己の右側から、渡辺勘兵衛が槍を引き絞って迫っていた。左手に持った刀では勘兵衛に届かない。右手の槍は目の前の正吉が握りしめて放そうとしない。しかし迂闊《うかつ》に槍から手を放せば、柄《え》で足や胴を打たれるだろう。

勘兵衛の突きを防ぐには、その突きを槍ごと斬り落とすしかない。

そう決意したのとほぼ同時に、勘兵衛は間宮の真横に回り込み、差し違えるほどの踏み込みで槍を繰り出してきた。

（斬り落とす！）

三尺の刃が弧《こ》を描く。

間宮の一太刀は見事に勘兵衛の槍を斬った。ただ、誤算だったのは、槍の勘兵衛の異名を取るこの若武者の捨て身の突きが、あまりに速く、鋭かったことである。

「うぐ……」

唇の隙間から苦悶《くもん》のうめきが漏れる。柄から斬り離された槍先が、老武者の胸を具足ごと貫き通していた。

「見事……」

槍がまるで質量を持った光のように、瞬く間に突き刺さった。暗くなっていく視界の中で、その残像だけがはっきりと間宮の網膜に焼きついた。

呼吸と呼ぶにはあまりにか細い、隙間風のような息を二、三度つくと、間宮の老いた体軀《たいく》は重心を失って前のめりに傾いた。すでに意識は恍惚《こうこつ》に近く、死がそこまでやって来ている。

だが、老武者はなおも己に倒れることを許さなかった。朦朧《もうろう》とする意識の中で刀を地面に突き刺し、片膝を立てて踏みとどまった。

間宮豊前は、そのまま倒れることなく息絶えた。


「坂井殿、大将首やな」

正吉の肩の手当てをしながら、勘兵衛が言った。

「討ったのはあんたじゃないか」

「わしは二番槍を手伝っただけや」

そう言って勘兵衛はぷい、と顔を背けた。手当たり次第に戦功を欲しているというのではなく、彼なりの流儀があるらしい。

「なら、貰っておくか」

正吉はふらつきながら立ち上がり、間宮の屍《しかばね》に近づこうとした。

そのとき、三の丸の門が開いた。同時に十数人の将士たちがわっと飛び出し、刀槍を携えて一斉に襲いかかってきた。正吉と勘兵衛は慌てて武器を取り、配下の者たちも柵を乗り越えて応戦した。城方の将士たちも勇戦したが、多勢に無勢であり間もなく全滅した。

戦闘が終わってみると、妙なことに気づいた。一つは間宮の死体から首が消えていたことである。恐らく大将の首を敵に渡さぬため、間宮の配下の者がどさくさに紛れて持ち去ったのだろう。

そしてもう一つは、三の丸内にはほかの将士はおろか、矢も弾丸も一つとして残っていなかったことである。未明から続く激しい防戦によって、この郭ではそれらを使いきってしまったらしい。

間宮はたった数発の銃弾と己の武勇一つで十分すぎるほど時間を稼いだ。三の丸の兵力はほぼ無傷で退却し、正吉たちは六十人の配下を抱えながら見事に足止めされた。

「まずいことになりよった」

勘兵衛は、腹立たしさを隠さずに言った。三の丸の兵がそのまま撤退したとなれば、本丸の兵力はまず一千に達する。いくら強襲を仕掛けたとしても、手勢六十では突き崩せまい。

「援軍を待つしかない」

不本意ながら、勘兵衛はそう決断したようだ。ほぼ単独で岱崎出丸や三の丸を落としただけでも戦功は十分過ぎるように思えるが、この男はそれでも悔しくて仕方がないらしく、ぎりぎりと歯を鳴らしている。

「なら、あんたは援軍を待つがいいさ」

苦笑しつつ、正吉は身を翻した。

「お、おい、坂井殿！　どうするつもりや！」

「総大将の首級を取りに行く」

この言葉には、怖いもの知らずの勘兵衛も仰天した。まさか、たった三十やそこらの配下を率いて、本丸に奇襲でも仕掛けるつもりか。

「無茶や！」

「いや、違うな」

正吉はにやりと不敵に笑った。

「これは無茶じゃない。ただの空論《うつろ》さ」

正吉は三の丸で手に入れた馬に跨り、配下数名のみを引き連れて城外を駆けた。

　間宮豊前は、見事に戦った。だが、あまりに見事過ぎた。

　――飛び道具を失った三の丸の兵力を、せめて無傷で後退させる。そのために己の身一つで敵を斬り防ぐ。

　一見、理屈が通っているように思えなくもないが、空論屋の異名をとるほど想像力が豊か過ぎる正吉には、微《かす》かな違和感を無視することができなかった。

（なぜ、兵を本丸に退かせたのか）

　矢玉が底を突こうとも、あくまで三の丸を防衛し、本丸に敵を向かわせぬために最後の一兵まで抵抗するという目的は変わらないはずだった。間宮の配下が全軍、死を決して抗ったとすれば、こうもたやすく三の丸は落ちなかったに違いない。

　理屈は単純である。三の丸の防備を極端に薄くしてまで兵を本丸に送ったのは、本丸で兵力が必要となったからにほかならない。自分の命を的にしてまで、間宮は本丸にあるなにものかを守ろうとしたのだ。

（だとすれば……）

　しばらく馬を駆けさせていると、城の後方から北方へ向かう、三、四十騎ほどの騎馬武者の集団が見えた。

「紛れもない！　あれこそ北条氏勝《うじかつ》の軍勢だ！」

どうだ、俺の読み通りだっただろう。渡辺勘兵衛がそばにいれば、そう誇ってやりたいところだった。

間宮豊前が、己の武勇と命の全てを懸けて、最期に守ろうとしたもの。それが、北条氏勝である。北条家の分家筋である玉縄《たまなわ》北条家の当主であり、絶望的な山中城の防衛戦を自らかって出た総大将であり、そしてあの老武者が死ぬまで奉じ続けた主であった。

岱崎出丸を落とされた時点で、山中城の陥落は決定的となった。城内への侵入路を確保されたことで、あれほど堅固だった堀や城壁はなんの意味もなさなくなった。

落城寸前となった城から、家臣たちが総大将を落ちのびさせようとすることは珍しくない。だが、総勢七万の豊臣軍の追撃を防ぎ止めるとなれば、おびただしい兵力がいる。それこそ、三の丸を空にして、各郭の兵力を一ヶ所にかき集めなければならないほどの。

それが、間宮の異常なまでの奮戦から正吉が導き出した答えだった。

「弓を出せ」と、正吉は配下の一人に命じた。

「無謀な」

別の配下は慌ててこの筆頭家老を諫《いさ》めた。敵将までの距離は三十間（約五四メートル）以上ある。的当てならともかく、動く敵を、馬上で、しかも手負いで射抜けるような距離ではない。

「大将首の一つもなしに帰れるかよ。それに俺も弓は不得手《ふえて》ではないわ」

正吉がまだ元服したてのころ、当代屈指の弓名人・大島光義《おおしまみつよし》が丹羽家に仕えており、家中で調練を行っていた。正吉は同年代では最も筋がよく、大島から印可《いんか》代わりに弓袋を譲られ、それを指物にしているほどである。

正吉は改めて弓を構えた。

「うっ……」

左肩の痛みに、思わずうめく。間宮との戦いで負った傷は決して浅くない。腱《けん》こそ切れていないものの、左腕はろくに上がらず、それでも上げようとすれば肉を引き裂くような激痛が走った。

（負けるかよ！）

無理やり上げた左肩の痛みに何度か気絶しそうになったが、歯を食いしばりながらなんとか耐えた。北条氏勝らしき朽《く》ち葉《ば》色の陣羽織《じんばおり》を着た男に狙いを定め、きりきりと右手で弦《つる》を絞っていく。

（今こそ！）

ひょうっ、と放たれた矢はわずかに弧を描き、氏勝らしき男の首筋めがけて飛んでいった。

ところが、急に突風が吹いた。矢は横に流れ、氏勝の傍らにいた赤具足の武者の頬に刺さった。

「しくじったか！」

正吉は再び矢を射ようとしたが、肩の痛みに体勢を崩して馬から転げ落ちた。その間に敵は遠く逃げおおせてしまい、この追撃は失敗した。

その後、本丸が激戦の末に陥落し、山中城の戦いは終結した。要害を謳《うた》われたこの最前線の城塞《じょうさい》は、七万もの大軍によってわずか一日で落城した。とはいえ攻城軍の被害は決して少なくなく、死傷者は二千とも三千ともいわれる。特にその中に大名が含まれていたことは異例であり、城方の抵抗の激しさを如実に物語っている。

その夜、秀吉は密かに正吉を本陣に呼び寄せた。

「なぜ呼ばれたか、わかっておるな？」

秀吉はそう言って凄んだが、正吉はへらへらと気の抜けた笑いを浮かべている。

「はて、なんのことでございましょう」

「とぼけるな。その腕はなんだ」

正吉は晒《さらし》で左腕を吊っている。後方に位置された丹羽軍でそんな傷を負うはずがない。

「渡辺勘兵衛から全て聞いたわ」

山中城落城後、秀吉は一番槍の功を上げた渡辺勘兵衛に興味を持ち本陣へ招いた。ところが彼は、

「一番槍はともかく、岱崎出丸や三の丸を落としたのは手前だけの功ではありませぬ」

と言って、坂井兵右衛門なる奇妙な丹羽家家臣の活躍について語り出した。秀吉はすぐに正吉と直感し、風貌《ふうぼう》などを勘兵衛に尋ねてみると果たしてその通りだった。

「なんにせよ、褒美《ほうび》をくれてやらねばならぬな」

秀吉は、きょろきょろと本陣の中を見回した。領地や金子《きんす》など正式な褒賞は後で与えるにせよ、ここはひとまず手近な刀や羽織などで名誉を形にしてやろうと思った。

しかし、正吉は「恐れながら」と言って、褒賞を辞退した。

「それがしは一つの首も持ちかえっておりませぬ。褒美など恐れ多くていただけませぬ」

というのがその理由だった。

「もしお許し願えるならば、代わりにお願いしたき儀がございます」

「申してみよ」

「されば」

正吉は急に声を落とし、

「小田原の付城《つけじろ》のお手伝いを承《うけたまわ》りたく……」

と、ささやくように言った。

秀吉はさっと血相を変え、刀の柄に手をかけた。

「誰に聞いた」

なるほど、そういう作戦はある。秀吉は小田原城に対する壮大な付城を築き、北条家を威圧する計画を立てていた。しかしそれは、豊臣家でも一部の人間しか知らない極秘の作戦だった。

「滅相もない。ただの当て推量、空論でございます」

正吉の語るところによれば、秀吉の率いる豊臣軍本隊の陣容を見ると、木工《もく》・石工《いしく》と思しき者たちが大勢従軍している。秀吉は水攻めなどを好んで用いるからこういった連中が従軍すること自体は珍しくないが、その数があまりにも多く、しかも調べてみると石工の割合が妙に高い。石垣……つまり付城、またその規模から見ても支城ではなく本城である小田原に対して建設しようとしているのではないかと推察したわけである。

「なるほどな。しかし、手伝いといってもなにをしようというのだ」

「石垣のお手伝いをさせていただきたく存じます」

「空論屋め」

秀吉は哄笑《こうしよう》した。丹羽家の国許《くにもと》ならともかく、ここは陣中である。石垣を積む石工などいないではないか。

「ところが、これだけは空論ではございませぬ」

正吉はにやりと笑った。

「丹羽家は御触れに従い、七百の人数で参陣致しました。しかし、その内訳までは問われておりませぬゆえ、当家の陣法に基づいてご用意致しました」

正吉は、悪びれもせず明かした。現在、丹羽軍七百人のうち百人は木工と石工である。しかも怪しまれぬようにわざわざ足軽の恰好《かっこう》をさせ、槍まで持たせて従軍させていた。

「三右、よくも抜けぬけと……」

秀吉はじろりと正吉を睨みつけた。

当時、工兵などという兵科思想はまだなく、これらの技術者は武士ではなく人夫の延長とされ、兵数には計上しないのが常識だった。兵数を偽ったとなれば重大な軍令違反である。ところが、当の正吉は平然とした様子で、

「他家では存じませぬが、丹羽家では彼《か》の者らを兵として遇し、禄をもって召し抱えております。それに戦となれば彼らが鉄砲や騎馬武者に劣らぬ役割を担うことは、殿下が一番ご存じかと」

と言ってのけた。

確かに、この戦乱で誰よりもこれらの技術者を効果的に運用してきたのはほか

でもない秀吉である。正吉の言うことにもまるで理がないわけではない。

秀吉は、今回の付城には工期短縮のため、「野面積《のづらづ》み」という自然石をそのままの形で積み上げる石垣を用いるつもりだった。しかし、現在石垣造りは「切込《きりこ》み接《は》ぎ」や「打込《うちこ》み接ぎ」など石を加工して積み上げる方法が主流となっており、野面積みの技術を受け継いでいる石工が少なくなっていた。

しかし、丹羽家の石工はそれができる。というのも、彼らが近ごろ松任城下に築いた石堤というのが、この野面積みの技術を応用したものだった。

秀吉はしばらく思案をし、

「此度《こたび》だけぞ」

と、拗《す》ねたような調子で言った。正吉は満面の笑みを浮かべ、「ありがたき幸せにございます」と言って恭《うやうや》しく拝礼した。

（なんという強《したた》かさだ）

ひれ伏す正吉を見下ろしながら、秀吉は改めて驚嘆する思いがした。

山中城での正吉の奮戦は、それによって褒賞を得ることが目的ではなかった。たかだか六、七百の兵力で大きな功など立てられるはずもなく、かといって一番槍に固執すれば他家から恨みを買いかねない。正吉の目的は戦功そのものではなく、それに値するほどの活躍をして秀吉の興味をひくことだった。つまりこうして本陣に招かれることこそが、正吉の真の目的であり最重要の作戦だったのだ。

「妙なことばかり考える男よ。空論屋《うつろや》と呼ばれるだけはある」

秀吉はつい苦笑を漏らした。どの大名もいかに戦功を立てるか張り合っている中で、この男だけはまるで違う視点でこの合戦を見ているらしい。

「それがしばかり変人のように言われるのは心外ですな」

正吉は顔を上げ、苦笑混じりに首筋をかいた。

「その空論屋を筆頭家老に据える主こそ、妙なお方と呼ぶべきでしょう。つまり妙な主従ということで」

「なるほど、確かに妙じゃな」

妙という言葉には変わっているというほかに優れているという意味もある。正吉の言葉は、その二つをかけた諧謔《かいぎゃく》である。

――では、お前たちはどちらだ？

と問い質《ただ》すほど、秀吉は野暮《やぼ》ではない。己の役に立つならば、それはどちらでも構わない。

「大儀であった。小田原では存分に働くよう、妙な主に伝えておけ」

「御意のままに」

妙な男は再び平伏し、本陣を後にした。

山中城を突破した豊臣軍は四月六日には小田原に到着し、水軍と合流して十四万の大軍で包囲した。北条家は城に籠ったままなにもできず、各地の支城は次々と落城していった。

そして合戦開始から三ヶ月後。豊臣軍は本陣を敷いていた笠懸山《かさがけやま》の木々を一斉に伐《き》り倒した。そこには、見事な石垣が積まれ、一面に漆喰《しっくい》が塗り施された巨城が聳えていた。

小田原城では、まるで突如として城が現れたように錯覚《さっかく》し（実際、約八十日という驚異的な速さで築かれた城だった）、とうとう降伏を決意したという。

天正十八年（一五九〇）七月五日、五代にわたって栄華を誇った北条家は滅亡した。

丹羽家はこの戦をきっかけに豊臣家の普請に携《たずさ》わるようになり、伏見《ふしみ》城の月見《つきみ》矢倉《やぐら》や名護屋《なごや》城の三階鐘楼《さんがいしょうろう》など様々な建造物を築いた。その後、松任に加えて新たに加賀小松を与えられ十二万五千石に加増されたが、世間では「丹羽家にそれほどの戦功があっただろうか」と不思議がったという。

北条家の滅亡は、秀吉による天下統一の完遂を意味していた。以降、東国にはこの巨大な政権に逆らおうという大名は現れず、彼らは先を争うようにして臣従し、秀吉は間もなく天下を平定させた。

しかし、その天下が飴細工《あめざいく》のように脆《もろ》いものであることに、気づいていた者はいなかった。

砕け散るものの中の平和

一

耳鳴りがしている。頭の中でなにかが次々と砕け散るような不快な耳鳴りがしている。

喉《のど》がやけに渇いている。息はずっと詰《つ》まっている。視界も思考も靄《もや》に包まれて、ぐにゃりぐにゃりと歪《ゆが》んでぼやける。不快だった。彼が苦痛と朦朧《もうろう》の中で辛《かろ》うじてまだ自我を保っていられたのは、己に対しての不快感のためであった。

（みじめなものだ……）

丸い石を積み上げるような纏《まと》まらない思考の中で、秀吉は自嘲《じちよう》した。天下を平定したころの面影はもはやどこにもない。そこにいるのはただ、居城で臥《ふ》せて死を待つだけの枯れ細った老人でしかなかった。

（これが天下人か）

秀吉は再び己のみじめさを嘲笑《あざわら》った。この命はもうじき尽きる。そして、一度は手に入れたこの国の全てを漏《も》れなく失うことになるのだ。

豊臣家。戦乱の時代に忽然《こつぜん》と、幻灯《げんとう》のような輝きを持って生まれたこの政権には実質的な後継者がいない。子はいる。豊臣秀頼《ひでより》と名乗るわずか六歳の幼童が唯一の形式的な後継候補であった。

秀吉はこの実子を溺愛した。なんとしても秀頼に政権を継がせたいと考え、ほかの後継候補はみな枝を間引《まび》くように相続権を剝奪《はくだつ》した。結果、継承の座にはただ一人、なんら主体性をもたない幼君が就《つ》くという、信長の死後と瓜《うり》二つの状態になった。

老いて耄碌《もうろく》したのか、子への妄執《もうしゅう》に囚《とら》われたためか、いずれにせよ秀吉は見落とし、失策した。そして死に瀕《ひん》している今になって、ようやくそのことを思い知り愕然《がくぜん》としていた。

自分が織田家にしたことを――幼君を大義名分として担《かつ》いだ政権の簒奪《さんだつ》を、今度は別の誰かがやるに違いない。犬の如《ごと》く飼いならされた群雄たちは、主が死ねば再び豺《やまいぬ》に戻るだろう。

（みじめなものだ。全てを手に入れたわしは、今やその全てを奪われるためだけに生きている）

滑稽《こっけい》だった。高笑いの一つもしたいほどにおかしかったが、その声すら出すことができない。

瞼《まぶた》を閉じる。すでに目を開け続ける力もなくなっていた。頭の中の靄はどんどん濃さを増していき、海中にいるような息苦しい闇が身体の内を侵していく。

瞼の裏の闇の中で、見知った顔が浮かび上がる。今の自分と同じように、死を目前にして、抗《あらが》いようもない現実に全てを奪われようとしていたあの男が、相変わらず童臭の抜けない、穏やかな笑みを浮かべている。

お前ならどうする、と秀吉は声もなく問いかける。お前が同じ立場なら、遺した我が子を生かすために、天下さえ自ら捨てられるのか。あの日、百二十三万石もの大封《たいほう》を、全て返すと言ってみせたように。

「……五郎左、わしは」

秀吉は薄れゆく意識の中で、その一言だけをうめくように漏らした。声に気づいた御典医《ごてんい》たちが慌《あわ》てて駆け寄る。しかし、すでに言葉の続きは彼の生命と共に霧散してしまっていた。

慶長《けいちょう》三年（一五九八）八月十八日、豊臣秀吉という名の奇傑《きけつ》が生涯を終えた。そしてその肉体の死と共に、この巨大な政権もまた呼吸を失い、生命を持たないただの肉塊になった。北条征伐から八年後のことである。

二

「どういうつもりだ、あの男は」

坂井与右衛門は、松任城に代わり新たに丹羽家の本城となった加賀小松城の一室で、怒りを込めて呟《つぶや》いた。

「あの老人は天下人にでもなったつもりか」

「なったつもり、というわけではないだろうさ」

与右衛門の正面に座る江口正吉が、ゆったりとした調子で言った。

「実際に天下人になろうとしているのだ。徳川様は、これからな」

徳川家康。かつて秀吉の天下に公然と立ち塞がり、窮地にまで追いつめた男。

その後は豺が飼い犬と化したかのように、いかなるときでも律儀かつ従順な姿勢を貫いてきた、豊臣政権下第一の大名。

だが、秀吉という飼い主の死により、老将は豺の本性に立ち戻りつつある。

「多少なりとも政《まつりごと》に敏《さと》い人間なら、徳川の野心に気づいていよう。まして、あのこすっからい伊達《だて》や、食わせ者の蜂須賀《はちすか》にわからぬはずがない」

「黒田《くろだ》もか」

「さあ、倅《せがれ》はどうかな。ただ、御隠居《ごいんきょ》の方は当然わかっていよう。肚《はら》は見せまいがね」

秀吉は生前、大名たちが私的な婚姻や同盟によって派閥を作ることを禁じた。ところが、家康はこの法令を、秀吉が死んで半年と経《た》たないうちに公然と破り始めた。伊達、蜂須賀、黒田など複数の大名家と婚姻関係を結ぼうとしたのである。

秀吉が健在なら、即座に攻め滅ぼされるに相違ない、白昼堂々の叛逆《はんぎゃく》である。しかし現在の豊臣家は家康の力を恐れて強い態度に出ることができず、結局は全て不問となった。この一事を見ても、政権としての豊臣家が限界にあることがわかる。

「簒奪だな」

与右衛門は苛立《いらだ》たしげに唸《うな》った。家康は婚姻によって露骨に勢力を広げ、豊臣政権の要所を押さえようとしている。そして婚姻を結んだ大名たちも、ほとんどが家康の野心を知ったうえで与《くみ》しているに違いない。

「気に食わぬ顔だな、与右殿《よえ》」

「まあな。徳川のやり口も、大名どもの賢《さか》しらぶりも、俺は好かぬ。天下が欲しくば、正面から堂々と兵を挙げればよいのだ」

「あんたらしい」

与右衛門は豊臣家のために怒っているのではなく、彼自身の美意識に照らして、徳川方のやり方があまりに浅ましいと憤慨しているのだろう。正吉は、この朋輩《ほうばい》の単純明快な豪傑振りが大好きだった。

「だが、与右殿、俺たちには家老として丹羽家の舵《かじ》を取る責がある。たとえ好かぬことであっても、呑《の》み込んでもらわなくては困るぞ」

「わかっておるわ。して、これからどうなる」

「さあねえ」

正吉はとぼけるように言った。

「どうなるかなど、当の徳川にもわかるまい。投げられた賽《さい》の目を知るには、壺《つぼ》

「では聞き方を変えよう。天下を取るために、お前が徳川ならどう動く?」

「敵を斃す」

はじめから用意していた言葉を取り出すように、正吉は即座に口を開いた。与す

「天下取りなどというと大層だが、突きつめてしまえばそれだけのことだ。与す

る味方は厚く遇し、壁となる敵はことごとく攻め滅ぼす。それこそ、どんな言い

がかりをつけてでもな」

「徳川の、敵となり得る大名か」

となれば、限られている。徳川家康は、関東に二百五十万石を領する天下一の

大大名である。しかも家康自身が百戦錬磨の古兵であり、配下の三河武士団の

類稀なる精強さは世に鳴り響いている。その徳川家の政敵になり得るほどの勢

力を持った大名など、天下広しといえども数えるほどしかいない。与右衛門は指

を折りながら、一つ一つ名前を挙げ始めた。

「会津の上杉家、中国の毛利家、それに北陸の前田家……」

「まあ、まずそんなところだろう。大大名の中ではな」

「うん?」

含みのある正吉の物言いに、与右衛門は目をしばたたかせた。まるで、大大名以外に、徳川に対抗し得る者がいるような口ぶりだった。

「それが、いるのさ」

正吉はにやりと笑ってみせた。

「少なくとも一人、俺は知っている。必ず、あの男は起《た》ち上がることになるだろう。それどころか、あの男の働き次第では、徳川は眼前の天下をとりこぼすかもしれない」

正吉の脳裏に、見知った一人の男の面影が浮かんでいる。あの権謀術数《けんぼうじゅっすう》の化身《けしん》のような、それでいて誰よりも誠実な稀代《きたい》の策謀家は、すでに動き始めているに違いない。今にも砕け散る飴細工《あめざいく》のような天下の、その脆《もろ》さを誰よりも知っていながら、それでも見捨てることなどできはしないのだろう。正吉が、今もこうして丹羽家を支え続けているように。

一人の男が文机《ふづくえ》の前で、途方にくれたように頭を抱えていた。机の上には真っ白な半紙が一枚、硯《すずり》と共に据《す》え置かれている。

男は奇妙な装《よそお》いをしていた。白い頭巾《ずきん》を頭からすっぽりと被《かぶ》り、さらに顔を同色の布で覆い隠している。彼は、業病《ごうびょう》を患《わずら》っていた。数年前から皮膚が崩れ、頭髪が抜け、さらには目もほとんど見えぬほどに病んでしまっていた。

この病によって、武将としての彼の生涯は半ば閉じたといっていい。

「……やはり、どうにもならぬ」

越前敦賀城主、大谷刑部少輔吉継は、居城の自室で力なく呟いた。

だがその言葉は、己の病を嘆いたものではない。むしろ吉継は、このような状況に陥っても決して絶望したり捨て鉢になるということがなかった。大名を隠居することもなく、輿《こし》や駕籠《かご》に乗って領国と上方を往復し、豊臣政権の補佐を精力的に続けた。

吉継が絶望を感じるとすれば、その理由は一つしかない。

「もはや、豊臣の世も終わりか」

再び呟く。もはや豊臣家は、天下の権を失いつつある。秀吉という頭を失い、中央政権としての権威も衰《おとろ》えきったこの家が、徳川家康による簒奪を防ぐことなどできるはずがない。

曇った古鏡を覗《のぞ》くような、判然としない視界の中に、天を焦《こ》がしながら燃え落ちる大坂城が浮かび上がる。

（それでも、佐吉は起つのだろうな）

吉継が佐吉と呼ぶ石田治部少輔三成、豊臣家の奉行として辣腕《らつわん》を振るってきたあの親友だけは、徳川の非を高々と鳴らし、その天下に立ち塞がろうとするだろう。そして項羽《こうう》が劉邦《りゅうほう》に敗れたように、石田の才智は家康の持つ兵力と声望と時勢の前に粉微塵《こなみじん》と砕かれるに違いない。

そのときこそ、豊臣家は本当に終わりを迎えることだろう。

「……いや、まだ終わらぬ」

脳裏によぎった言葉をすぐに撤回する。終わっただの負けただのという贅沢《ぜいたく》な言葉を味わうのは、あらゆる手を尽くし、それでもなお敗れて頸《くび》を討たれてからでいい。たとえ結末が火を見るより明らかだとしても、吉継はそれをたやすく受け入れる気にはどうしてもなれなかった。

（わかりきった結末に、抗ってはならんという決まりもあるまい）

そう思い顔を上げた瞬間から、大谷刑部という稀代の策謀家の抵抗は始まった。彼はすぐに祐筆《ゆうひつ》を呼び、一枚の書状をしたためさせた。

「宛名はそうだな、うつろや殿、とでもしておくがよい」

霞《かす》んだ目の中に浮かぶ大坂城下では、石田三成が生前と変わらぬ不機嫌そうな顔つきのまま、逆賊として首級を晒《さら》されている。まったく、いやなものばかりよく見える目玉だ、と吉継は覆面の奥で苦笑した。彼は誰よりも豊臣家の滅びを正確に予見しながら、実にいきいきと主家を、そして親友を泥濘《でいねい》に沈めぬために動き始めた。

まだ豊臣家には、大谷吉継がいる。あの男は必ず、徳川の天下を阻《はば》もうと決起するだろう。正吉はらしくもなく真剣な口ぶりで語ったが、与右衛門は素直に賛同しかねているようだった。無理もないことで、吉継との面識がさほどない与右衛門にしてみれば、豊臣家の吏僚《りりょう》を兼ねる小大名としての印象しかないのだろう。

「たかが五万石の分際でなにができる」

「さあ、なにができるのか、なにをする気なのか、どうもあの男だけは計り知れない。いずれにせよ、大谷殿がいる限り、豊臣家を侮《あなど》ることはできんよ」

そう言うと、正吉はおもむろに立ち上がり、部屋の窓から首を伸ばした。

「それゆえ、俺たちはこうして守りを固めているのだ。砕け散る天下の中で、生き残るためにな」

与右衛門も、正吉の脇から顔を出す。彼らの眼下では、丹羽家の番匠《ばんじょう》や、普請のために雇われた人夫《にんぷ》たちが、堀を穿《うが》ち、土塁を盛り、石垣を積み上げ、城壁や郭を着々と築き、整備を進めている。

その中心には、自ら声を上げて下知《げじ》を飛ばす、彼らの主君の姿があった。

「考えてみれば、はじめてのことだな」与右衛門が、神妙な顔つきで言う。「長重様が、自ら縄張《なわば》りをお考えになり、城構えの改修を行われるのは」

「不安かね?」

「ではないが……」

「殿の顔を見てみろよ、与右殿」

そう正吉が言ったのとほぼ同時に、長重がこちらに気づいたらしく、顔を上げて軽く手を振った。その表情は、いつも以上に童じみた、顔いっぱいに喜びが満ち溢《あふ》れているような笑顔だった。

「あの方は楽しんでおられる。ああいう顔をした人の造るものが、つまらぬものであるはずがない」

「相変わらず空論《うつろ》を抜かすわ」

理も非もあったものではない。与右衛門は苦笑したが、その横顔にもはや神妙さや不安の色は見られなかった。

「ああ、空論といえば」

　正吉はふと、含むような顔つきを作った。

「大筒《おおづつ》はきちんと揃《そろ》いそうかね」

「おう、あれか」

　与右衛門もにやりと悪童のように笑う。

「そちらは、まずまずよ。だが、贅沢をいえばもっと玉薬《たまぐすり》（火薬）が欲しいところだな」

「玉薬か……」

　少しうつむき、正吉は考え込む。玉薬はその材料の一つである硝石《しょうせき》がほとんど国内で産出しないことから、明《みん》や南蛮《なんばん》からの輸入に頼るところが大きい。つまりは、金で買う以外に手に入れる方法がないのだが、今の丹羽家に余分な予算などない。

「いや、一つあるな」

「なにがじゃ、三右《さんえ》」

「金がなくとも玉薬を得る方法だよ」

「そうか。ならば任《まか》せた」

与右衛門があまりにあっさりとそう言ったので、正吉は拍子抜けしてしまった。

「なんだよ、もう少し驚いてくれてもいいじゃないか」

「今さら驚くか、空論屋め。まったく、何年経ってもその癖だけは変わらぬな」

与右衛門は丸太のような腕を組み、懐かしむように目を細めた。そして、天井の隅《すみ》や窓の外になんとはなしに視線を漂わせながら、おもむろに口を開いた。

「しかし、変わらぬものばかりではない。加賀小松、十二万五千石……百二十三万石を領していたころからすれば、目も当てられぬほどすり減ったものよな。今にも天下が割れ、大乱が起こらんとするこの時勢では、打つ手を一つ間違えれば、丹羽家の如き小大名は跡形もなく消し飛んでしまおう」

だがな、と与右衛門は言葉を続ける。

「三右、わしは憂《うれ》えてなどおらぬ」

「そりゃそうだろう」

天が崩れようと地が覆《くつがえ》ろうと関係ない。周りがどうなろうと、そこに己がいる限りは、灰になるまで槍《やり》を振るうのが与右衛門の流儀のはずだった。

「違う」

与右衛門は、そんな正吉の考えを察したらしく、激しく頭を横に振って否定を示した。

「確かに丹羽家は小大名、その石高はわずかに十二万五千石、世間の誰もがこの衰え様を嘲笑うやもしれぬ。しかし、一時は四万石まで削られたこの家を、ここまで建て直したのは誰だ。崩れかけた丹羽家が、それでも崩れずにいられたのは誰の力だ」

与右衛門は、真っ直《す》ぐに正吉を見つめた。揺らぐことのない双眸《そうぼう》は、老いや衰えとはほど遠いぎらついた輝きを宿している。まるで怜悧《れいり》な刃のようでさえあった。

「三右よ、お前は紛れもなくこの家の柱石だ。信用し、行く先を託《たく》すに足る、代わる者のいない筆頭家老だ。それゆえ、わしはなに一つ憂えておらぬ。お前が考え抜いた策であれば、たとえどれほど奇異な空論であろうと、任せる価値のあるものだろう。ゆえに、驚く必要もない」

どこまでも真っ直ぐなその言葉に、正吉は思わず顔を伏せそうになった。なぜ、この朋輩はこんなことを正面から、少しも照れずに言えるのだろう。気恥ずかしさを誤魔化《ごまか》すように、正吉はことさらに渋面を作った。

「前から聞こうと思っていたんだが、あんた自分の言葉に恥ずかしくなったりしないのか」

「くだらぬことを。己の言動を恥じるのは、それが偽《いつわ》りだからだ」

そんなことを聞きたかったわけではないのだが、目の前で闊達《かったつ》に笑う与右衛門にはどれほど言葉を尽くしたところで無駄であろう。苦笑しつつ、正吉は立ち上がった。

「では、俺がこれからどこに行くと言っても、与右殿は驚かぬというわけだな」

「なんじゃ、出かけるのか」

「というほど、遠いところではない。まず、今日中には行って戻れる場所さ。もっとも、誰が敵か味方かもわからぬこの時勢だ。他所《よそ》の大名の城である以上は、必ず生きて帰れるとも言いきれないがな」

そこで、与右衛門ははっとした。この小松城からそれほど近い他大名の城など、ただ一つしかない。

「三右、まさかお前の行き先は……」

「和田山《わだやま》城さ」

その言葉を口にした途端、正吉は自身の胸中に苦いものが広がるのを感じた。

和田山城は丹羽家と封土を隣接する大名家、加賀金沢で百万石を領する北陸の太《たい》守《しゅ》、前田家の城である。

その城代を、正吉はよく知っている。いや、知っているどころか、その男は正吉だけでなく、丹羽家にとって因縁《いんねん》のあり過ぎる人間だった。


「まったく、面白いことだ」

和田山の城代を務めるその男は、薄い唇を冷笑に歪《ゆが》め、本丸から城外に広がる水田を遠望しながら呟いた。

この城には「前田の飛び石」という別名がある。丹羽家の領土の真ん中にぽつんと孤立して築かれていることから、庭（丹羽）の中に置かれた飛び石に喩《たと》えてそう呼ばれていた。

大名領の飛び地自体は、さほど珍しいことではない。ただ、前田家としては、こういう特殊な立地である以上、人選の配慮が必要だった。それゆえ、家中で最も丹羽家の事情に通じた重臣であるこの男が、城代として任命された。

「まったく、面白い」

和田山城代、徳山秀現はこみ上げる笑いに身体《からだ》を震わせながら、再び呟いた。まさか己が、家中を内部から散々にかき乱し、重臣たちを離反させ、謀叛《むほん》という大減封のための恰好《かっこう》の大義名分さえこしらえた、丹羽家衰退の張本人だとは、前田家は夢にも思うまい。

真実を知ればどう思うだろう、と徳山は美酒をじっくりと味わうように想像を脳裏に巡らせる。元丹羽家臣の徳山を城代として置くことで、言わば丹羽家に好意を示してやったつもりが、それがまったくの裏目であったことを知れば、前田家の当主や人選に携わった重臣たちはどう思うことだろう。

(決まっている)

徳山は、ほくそ笑んだ。考えるまでもない。彼らは、徳山を蔑《さげす》むだろう。自らの思慮の浅さを棚に上げ、問題を道徳に転嫁し、責任を押しつけようとする。悪いのは全て一人の奸臣《かんしん》であったと、徳山の人格と生き様を蔑み、憎み、否定することで、自分たちの判断の誤りをなかったことにする。

(蔑むがよかろう。俺は確かに奸臣だ。しかし無能な奸臣ではなかったはずだ)

自負する通り、徳山は有能だった。彼の歴代の主人たちは、この男を信用ならぬと思いながらその才を必要とし、頼らざるを得なかった。

（乱世を渡るのに必要なのは善悪などではなく、力だ。己の無能を棚に上げて俺を蔑みたい者は、そのようにすればよかろうよ）

道徳は無能者のための拠《よ》り所である。この男はそう頭から決めつけていた。

そんな上機嫌な冷笑に水を差すように、近習《きんじゅう》が来客を知らせた。

「小松宰相《こまつさいしょう》様の？」

丹羽長重の異名である。長重が従三位参議《じゅさんみさんぎ》（宰相）兼加賀守《かがのかみ》という官位であることと、小松城主であることからそう呼ばれている。

その丹羽家から、使者が来ているという。恐らくは、前田家の意向を探りにきたのであろう。

小大名に過ぎない丹羽家は、いまにも天下が覆ろうとしている情勢下で、隣接する大勢力である前田家に従う以外、生き残る道はない。

（もっとも、その前田家とてどうなるかわからぬがな）

意地の悪い嗜虐心《しぎゃくしん》が鎌首《かまくび》をもたげる。会ってやろう、と徳山は決めた。会って、前田家に従っておけばなにもかも安心だと思い込ませてやろう。

（そうして、共に沈むがよい）

間もなく、徳山の前にその使者は現れた。

「ずいぶんと久しゅうございますなあ、徳山殿」

その顔は徳山のよく見知ったものだった。厳密にいえば彼が知っているころより幾分か老けてはいたが、気の抜けたような独特の表情は忘れようもない。

「誰かと思えば……」

徳山は露骨に眉をひそめた。

「あなたでしたか、江口三郎右衛門殿」

「おいおい、そんな顔をするなよ。旧知が、実に十四年ぶりに訪ねてきたというのに」

正吉は、かつてと変わらずへらへらと締まらない顔で笑っている。

「それに、今は三郎右衛門じゃない。近ごろ、俺も官位というやつを賜《たまわ》ってね。これからは江口石見守《いわみのかみ》と呼んでもらおうか」

「……これは失礼致しました」

胃の底から言い知れぬ不快感がせり上がる。徳山にとって、この江口正吉ほど腹立たしい男はいない。かつて互いに京奉行であったころ、徳山は外交や調略といった自分の特技を喜ばない柴田勝家という上役を持ったために、地位を確立するのにどれほどの苦渋を味わってきたことか。

一方、正吉はたまたま丹羽長秀という主と出会い、気に入られたために重用され、なんの苦労もせずに出世を重ねてきたうえ、いまは筆頭家老の地位にあるという。さしたる思惑もなく、手を汚し泥に塗《まみ》れる覚悟もなく、ただ幸運だけで呑《のん》気《き》に世を渡っているその様は、徳山にとって反吐《へど》が出るほど不快なものであった。

「それで、ご用件はなんですか」

「玉薬をもらいにきた」正吉は、声をひそめた。「この城のありったけの玉薬、ついでに矢玉と兵糧《ひょうろう》も丹羽家にくれ。どうせ、お前には不要のものだろう」

「空論屋三右」

軽蔑を隠しもせず、徳山は嘲笑した。

「などと呼ばれていた時分から、少しはお変わりになったのではないかと思っておりましたが、いや恐れ入りますな、江口殿。十四年ぶりというのに、あなたはいつまでもあのころのままだ」

「相変わらずといえば」

徳山の皮肉に眉一つ動かさず、正吉は涼しい顔で語り出した。

「俺の空論癖と同じく、お前の癖もずいぶん根が深いようだな」

「なに？」

「先日、領内の関所でおかしな旅商人が引っかかった。その男、変装はしていたものの明らかに武士の風体、しかも妙な書状を持っていてなあ」

徳山は表情を変えない。だが、饒舌《じょうぜつ》だった軽口はぴたりと止まった。その変化をゆっくりと確認し、正吉は再び口を開いた。

「いや、中身を見て俺もひっくり返ったよ。差し出し人はわからないが、前田家の重臣が、自ら主家を売ろうとしているようなのだ。重臣同士の不和を煽《あお》り、防戦もままならぬほど家中を散々にかき乱した揚句、世間には前田家謀叛との流言を撒《ま》いて征伐の大義名分を与える……書状には、その工作の進み具合が事細かに記されていたよ」

そこまで言い終えたときには、さすがの徳山も真っ青になっていた。

「もちろん、丹羽家としてもこんな一大事は無視できんさ。一刻も早く前田家に報《しら》せ、この裏切り者を見つけ出すために、筆跡をよく知る重臣たちにも書状を見てもらわなくてはならない。だから、一番手近な城主であるお主に伝えにきたんだ。よかったなあ、徳山殿。危うくお主の主家は、とんでもない奸計に巻き込まれるところだったぞ」

「え、江口、お前よくも……！」

「丹羽領はただの通り道、そう侮ったのは、お前らしくもない手抜かりだったな。化《ば》け狐《ぎつね》も老いたか、五兵衛よ」

まったく、この男も老いた。ぶるぶると小刻みに身を震わす徳山を見ながら、正吉は思った。それとも、丹羽家を侮《あなど》るあまり、自慢の政略眼が曇っているのだろうか。まさか正吉が自分を謀《たばか》っているとは、露ほども考えていないらしい。

正吉は、徳山の書状など一枚も押さえていない。だが、この男のやり口を彼は知り過ぎているし、和田山城から徳川家へ密使を送るなら、当然、丹羽領を通過せざるを得ない。

つまり全ては空論、想像力の限りを働かせて披露したはったりに過ぎない。しかし、正吉は確信していた。このような緊迫した情勢下になれば、徳山秀現という男がどう動くのかを。

（わかっていたことだが、こうも想像通りとはな。やり口も昔と相変わらず、同じ場所から動けずにいるのはどっちだか）

軽蔑と憐《あわ》れみの混じった視線を、うなだれる徳山に向ける。かつて長重にこの男を「憎むな」と命じられたものだが、今の正吉には憎しみすら湧いてきそうになかった。

「なにが望みだ、江口」

徳山はようやく顔を持ち上げ、恨みがましい目つきを正吉に向けた。

「だから玉薬だよ。どうせ徳川に逃げ込むお前には不要のものだろう。素直に寄《よ》越《こ》せば、書状のことは黙っておいてやる」

「そうではない。お前は、なにを始めるつもりなのだ」

正吉は金品ではなく、軍備だけを要求した。それも槍や騎馬などは望まず、飛び道具と兵糧だけを指定した。まるで、籠城《ろうじょう》の準備であった。

「十四年前と同じさ」

正吉は笑みを消し、射るような目つきで徳山を見据えた。

「丹羽家を守る。今度はあのときのようにはいかぬぞ、五兵衛」


その後、徳山秀現の工作により、前田家には謀叛の疑いがかけられた。徳川家康はこれを大義名分とし、諸大名に征伐令を発し、陣割りまでも公示した。

しかし、前田家はこの謀略にかからなかった。当主の生母を人質として徳川家に送りつけ、即座に降伏してしまったのである。家康は、拳《こぶし》を振り下ろす名目を失った。

それは同時に、加賀百万石の太守である前田家が、そのまま徳川家の傘下に入ったことも意味していた。

「されば、まず我らがすべきことは一つだな」

小松城で報《しら》せを受けた長重は、正吉を招きよせて密《ひそ》やかに言った。正吉も、静かにうなずく。前田家が徳川家に与したというのなら、隣国である丹羽家もそれに対して動かなければならない。

「では、行って参ります。前田家に、降伏をしにね」

正吉のその一言が、この主従が仕組んだ最大の空論の始まりだった。

踵《かかと》鳴る

一

「絶景というべきか、壮観というべきか」

正吉は、呆《あき》れと感心を同じだけ混ぜたような声音を漏《も》らした。世に景勝の地は数多くあれど、彼がたったいま小松城の物見矢倉《ものみやぐら》から見渡す城外ほど鮮烈な景色はあるまい。

視界の端から端に至るまで、無数の将兵によって埋め尽くされている。城外城下の野も山も全て、敵軍の旗のなびかぬところはない。

小松城は、包囲されていた。それも、数万に及ぶ兵によって。

「ご家老よ、前田の軍勢は幾人おろうかい」

男が一人、正吉の横から身を乗り出しつつ、品のない胴間声《どうまごえ》で言った。年の頃は五十絡み、口元に無精髭《ぶしょうひげ》を生やし、髪を高々と茶筅髷《ちゃせんまげ》に結い上げている様はまるで無頼漢《ぶらいかん》のようだったが、服装にはずいぶんとこだわりがあるらしく、緋色《ひいろ》の天鵞絨《ビロード》で仕立てた南蛮《なんばん》風の陣羽織《じんばおり》を纏《まと》い、襟元《えりもと》には金鎖《かなぐさり》の首飾りをかけていた。異装といっていい。

「二万五千、連中はそう触れながら進軍しているそうだ」

正吉は気だるげに答えた。城外の大軍勢をいちいち数えたわけではないが、ほぼ実数と見ていいだろう。加賀金沢百万石という途方もない大封を領する前田家なら、それほどの兵力を優に動員できる。片や、小松城に籠る丹羽軍などは三千余りに過ぎない。

「北陸の大名は災難じゃな」

異装の男が他人事《ひとごと》のような口ぶりで言う。

慶長五年（一六〇〇）七月十七日、大谷吉継と石田三成は、諸大名を糾合《きゅうごう》し、反徳川連合（西軍）を組織し、大坂城で挙兵した。すでに徳川家の傘下となっていた前田家は、この西軍の本営を攻めるべく、同月二十六日、大坂城を目指して南進を開始した。

「その通り道にあるというだけで、丹羽家をはじめ北陸の大名らは、あの大軍に攻められ、踏み潰され、残らず滅ぼされるというんじゃろう」

「降伏すればいい」

正吉は平然と言った。

「たかが数千の兵力であのような大軍に歯向かおうとすれば、そりゃあ攻め滅ぼされるだろうさ。それを知りながらあえて戦《いくさ》を挑《いど》むなど、狂気の沙汰《さた》だ。もとより、俺たちのとるべき道は決まりきっている」

すでに正吉は手を打ってある。彼の目的は、あくまで丹羽家を守ることにあり、そのために手段を問うつもりなど毛頭なかった。

——開戦前、江口正吉が小松城より出向き、前田家の重臣たちと交渉を行った。

という意味の記述が、『袂草《たもとぐさ》』『山口軍記《やまぐちぐんき》』などに残されている。そこで彼が「交渉」した内容とは、

——密《ひそ》かに、我らは東軍（徳川方）へ内通したい。

というものであった。

前田領以南の北陸道（南加賀、越前、若狭）は、大谷刑部の恐るべき暗躍と調

略によって、九割九分まで西軍に取り込まれてしまった。そのような情勢の中で、丹羽家も西軍に与《くみ》せざるを得なかった。

しかし丹羽家の領地は東軍である前田家と隣接しており、開戦すれば真っ先に攻略されてしまうのは明白だった。このためすぐにでも東軍に入りたいが、あからさまに寝返りをすれば今度は西軍諸大名に攻め立てられてしまう。

——かくなるうえは、一応は抵抗したという面目《めんもく》が立つように空鉄砲を撃ち合い、一日二日なりゆるゆると戦ったふりをし、そのうえで前田家に降伏したい。

正吉の申し出を、前田家はすぐに受け入れた。この提案は決して突飛なものではなく、両家の力の差を比べれば当然の判断といえた。前田家としても潰す城が一つでも減るに越したことはなく、降伏した丹羽家に先陣を命じれば、自軍の消耗を多少なりとも防ぐこともできる。

その前田軍が、小松城を三方から取り囲み、無数の銃口をずらりとこちらに揃《そろ》え、今にも斉射を行おうとしている。ただし、正吉と事前に約した通り、それらは全て鉛弾の代わりに紙を詰めた空砲だった。

「放てえっ！」

鉄砲頭が采《さい》を振るうと同時に、数千の銃口が火を噴いた。それに応じるように、城方からも射撃がなされる。全ては茶番、戦の形を模しただけの狂言である。

しかし、変事が起こった。

丹羽軍の発砲音と共に、前田軍のうち数十人が、血をまき散らしながら次々と倒れたのである。

「そう、とるべき道は決まりきっている」

矢倉で戦況を見下ろしながら、正吉は微《かす》かに口元を歪《ゆが》めた。

それは宣戦だった。わずか三千の兵力で前田軍二万五千に歯向かうという、狂気すら孕《はら》んだ無謀の確かな通牒《つうちょう》だった。正吉は平然と密約を破り、実弾を込めて応射させたのである。

「武士の嘘《うそ》は武略、とはよく言ったものじゃな」

異装の男が痛快そうに言う。

「そして仏の嘘は方便《ほうべん》か」

正吉も答える。僧侶の嘘が、ときに仏道を説くための方便として許されるように、戦乱の世を生きる武士にとって、戦場での敵への謀略、騙《だま》し討ちは武略として当然のように肯定される。

（しかし、前田家は恨むだろうな）

だからこそ、正吉は内通を申し出た際、主君である長重の名を一度として出さなかった。全ては、筆頭家老江口石見守《いわみのかみ》の独断であると、いざというとき言い逃れる余地を残すためである。彼は、この戦によってはね散る全ての泥を、残らず己が被《かぶ》ると決めていた。

「しかし、ご家老よ、お主のは武略でも方便でもなかろう」

異装の男は愉快そうに、正吉の肩を強く叩《たた》いた。

「お主のは空論《うつろ》じゃ。愚にもつかぬ絵空事《えそらごと》ゆえ、真に受けた者が馬鹿を見るのは当然のことよ」

「ひどい言われようだ」

正吉は肩をさすりながら苦りきった。この男は戦場では頼りになるのだが、ずけずけとものを言い過ぎる。

「だが、正しい。然《しか》らば気の毒ではあるが、前田軍二万五千には揃って馬鹿を見てもらおうか」

そう言って采配を手に取り、

「弓衆、構え」

と、城の東側、掛橋口《かけはし》の防備についている部隊に命じた。

小松城は、周辺を囲むように流れる川を水堀として縄張りに組み込んでいる。ところが、正吉の守る掛橋口だけは、すぐ近くの川から水を引かず、空堀のまま晒《さら》してある。わずかに堀底が土塁で仕切られているなどの工夫が見られるが、前田家の金沢城のような巨城に比べれば実に貧相な備えである。

眼下では烈火の如《ごと》く怒った前田軍が群がるように堀へ飛び込み、猛然と城壁に向かってきている。

（さもあろう）

前田家ほどの大大名が、丹羽家如きに謀《たばか》られたとあっては恥辱の極みであろう。その怒りこそ、正吉が求めたものだった。

「射掛《いか》けよ」

命と同時に、次々と矢が放たれる。堀の中で何十人かは倒れたが、よほど深く刺さるか急所にでも達しない限りそうそう死ぬものではない。前田軍は怯《ひる》まず、むしろさらに勢いを増して堀底を進んでくる。ところが、一つの悲鳴によってその勇進は急に鈍った。

「武田《たけ》鏃《だやじり》じゃ！」

そう叫んだ一人の兵から、恐怖が全軍に広がっていく。その怯みを衝《つ》くように、城方はさらに矢の雨を降らせた。

武田鏃は、甲斐の武田家が好んで用いたことからそう呼ばれる。原理はいたって単純で、矢の鏃の部分だけが弛《ゆる》めてある。ゆえに矢を抜いても鏃は抜けず、傷は膿《う》み、肉は腐り、敵兵は必ず死に至る。そのあまりの惨《むご》たらしさから、武田家滅亡以降、どの大名もこの武装を採用しなかった。

「退《ひ》けえっ！」

前田軍の武将たちは、慌てて配下に後退を命じた。だが、逃げられない。堀底ではまるで沼にいるように足が取られ、滑り、後退などままならなかった。

それは、十年前の北条征伐の際に豊臣軍を散々苦しめた、あの箱根の山中城と同じ畝堀《うねぼり》であった。山中城が山岳地帯特有の粘土質を利用していたように、小松城もその土壌の特質を防備に組み込んだ。

――安宅《あたか》川ノ岸迄《まで》ハ七八町モ有リヌベキ泥地ナリ。……浅井《あさい》ト云《いわれ》ル在所マデ深《しん》田《でん》ニ続《つづい》テ湖水ノ如シ。

と『小松軍記』にもあるように、この城の周囲は川から浸み出した水気によって見渡す限りの湿地帯となっているのである。堀の中を進めば進むほど、泥濘《でいねい》が足枷《あしかせ》のように絡みつき身体《からだ》の自由を奪う。まして大軍が入り乱れ無統制に陥れば、後退などおよそ不可能に近い。

「嘗《な》められたものだな」

采配を振るう正吉の口から、自然とそんな言葉が漏れた。

前田方でも、小松城周辺がひどい湿地帯であることくらいは知っていたはずである。おおまかな縄張りについても、出陣前に斥候《せっこう》を放って調べさせていたことだろう。しかし、彼らは逃げ惑う背中に矢の雨を降り注がれる瞬間まで、この城を障壁として捉《とら》えることができなかった。彼らの傲慢《ごうまん》と先入観が、二万五千の兵の目玉をことごとく節穴に変えてしまった。

(たとえば、あの男のように)

頭の中で空想が走り出す。一月《ひと》ほど前、小松城を訪れたあの男のように、前田家が丹羽家を見通すことができていたとすれば、戦況は違ったものになっていたかもしれない。

あの日、小松城を訪れた大谷刑部少輔吉継は、視力がほとんど利かないため、湯浅五助《ゆあさごすけ》という近臣《きんしん》に介添《かいぞ》えをさせていた。もっとも、彼は湯浅に手を引かれるというよりむしろ自分が先導するかの如く、城門をくぐり、廊下を渡り、ほとんど一度も立ち止まることなく城内の茶室に入った。

「よくぞ参られた、大谷殿」

通常より広めに造られた四畳の草庵《そうあん》の奥に、正吉は座っていた。

「江口殿、お久しゅうございます」

吉継は、陪臣《ばいしん》相手には丁寧過ぎるほどに深々と頭を下げた。

「互いに歳《とし》をとりましたが、お声を聞く限りは昔とお変わりなき様子。いや、若々しくて羨《うらや》ましゅうござる」

「はは、子どもっぽさが四十を過ぎても抜けなくてね。実のところ、二番家老の坂井にいつも怒られてばかりいる」

正吉は微笑し、

「茶の湯好きの大谷殿を如何《いか》にもてなしたものかと考えたが、俺にはどうも数寄《すき》心《ごころ》というのが乏《とぼ》しいらしい。いっそ開き直り、今日は料理をご用意した」

言うなり、手を叩《たた》いて家人に合図した。襖《ふすま》が開き、吉継たちの前に膳《ぜん》が運ばれる。微かに鼻腔《びこう》をくすぐる独特の香りに、吉継は覚えがあった。

「鯉《こい》ですな」

膳の上に乗っているのは湯漬け、香の物、そして鯉の洗いである。

「大谷殿に精をつけてもらおうと思ってな。脂がきつくならぬよう冷水で締め、骨も抜いてある」

「これは痛み入る」

吉継は目が見えないとは思えない器用な箸《はし》使いで鯉の身を口に運んだ。花弁のような薄桃色の身を口に含むと、まず酢味噌《すみそ》の爽やかな風味が広がり、口の中には新鮮な旨みと心地よい食感が残る。

「うん、美味《うま》い」

吉継は皿上の鯉を残らず平らげ、湯漬けは三杯も食べた。

「口に合ったようでなによりだ。大谷殿は近江の出身と聞いていたから、熟《な》れ鮨《ずし》というのも考えたのだが……」

魚と米を発酵させた日本古来の食品である。小松をはじめ北陸の漁村地域でよく作られているが、近江でも非常に盛んであり、鮒《ふな》を発酵させた鮒鮨は名物となっている。

「ああ、それは助かりました。実は私はあれが苦手でしてね。殿下の小姓として近江にいたころは、めでたいことがあるとすぐ鮒鮨が出て閉口したものです」

「はは、それは災難だ。あれは臭いがきついからな」

「佐吉などは、ああ見えて鮒鮨に目がないのですがね。幼いころ、出されれば私の分まで食べていましたよ」

「へえ、それは意外だ。あの石田にそんなところがあったとは」

「今でこそ倹約のために我慢しているようですが、たまに上方の祝いの席などで出るとそれはもう……」

「はは、それは見てみたいな」

楽しげに談笑をする吉継の傍《かたわ》らで、湯浅五助はもどかしがっているようだった。焦《じ》れもするだろうな、と正吉は少々意地悪くこの近臣の様子を横目で見ている。彼らが小松に来たのは、そのような雑談をするためではなかったはずである。

「さて」

そんな湯浅の思いを察したかのように、吉継は急に笑いを止めた。瞼《まぶた》を薄っすらと持ち上げ、

「売った茶器はなにに換えたのですかな、江口殿」

と、見えない両眼で覗《のぞ》き込むように言った。

正吉は黙った。顔つきは少しも変えぬまま、腹の底で吐き出すべき言葉を練り上げる。やがて、おもむろに口を開き、

「今日の鯉、あとは米だよ」

と、にこりともせずに言った。

「米は何俵、いや何千石ほど？」

吉継は声音こそ穏やかだったが、ほとんど畳み掛けるような勢いで言った。

正吉は再び沈黙したが、やがて観念したように、

「……敵《かな》わぬな、あんたには」

と苦笑しながら足を崩した。

「料理を出すなら書院《しょいん》に通すべきでしたな」

「それはそれで、いかにも茶室が使えぬ理由があるようではないか。俺如きには、とても大谷刑部は欺《あざむ》けぬよ」

茶室に招いておきながら、料理だけで済ますようなもてなしはありえない。いかに正吉が茶の湯に疎《うと》くとも、筆頭家老としてその程度の作法は十分に心得ているはずである。吉継はその不自然さから即座に推察し、看破した。

「で、起《た》つのか、あんたと石田は」

正吉は胡坐《あぐら》のまま少し上体を傾け、声をひそめて言った。こんな時期に吉継がわざわざ小松城に来る理由など、ほかに思いつかない。正吉は彼らが決起し、上方に乱が起こることを予想し、早くから様々な手を用いて兵糧《ひょうろう》、矢玉、弾薬などをかき集めていた。

「ええ、起ちます」

吉継は取り繕《つくろ》いもせず、あっさりとこの密謀を明かした。

「味方は？」

「上杉、宇喜多《うきた》、佐竹《さたけ》、小西《こにし》、それに……」

吉継は覆面の中でくすりと笑い、

「安芸中納言《あきちゅうなごん》……毛利輝元《てるもと》」

と悪戯《いたずら》の相談でもするようにささやいた。中国地方に百二十万石の大封を持つ毛利家の当主である。分家や家臣と合わせればその石高は百六十万を超え、兵力は四万人にも及ぶ。

「なるほど、さすがは大谷殿。まさか毛利家を引っ張り出すとは」

「なんの、私は大したことはしていませんよ。とにかく、これでようやく徳川と戦い得る兵力が手に入りました」

「ああ、日《ひ》ノ本《もと》の大名は真っ二つに割れるだろうな」

すでに毛利、上杉という天下で五指に入る大大名が味方についており、かつ大坂で挙兵するとなれば豊臣家当主である豊臣秀頼をも手中にできる。この兵力と大義名分があれば、吉継たちに与する大名もよほど多くなるだろう。

「是非、丹羽家には我が方に加わっていただきたい」

「勝てるのか？」

「勝つか負けるかは、丹羽家がどちらに付くかにかかっております」

「たかが十二万五千石だぞ」

「しかし、空論屋三右《うつろやさんえ》がいる」

「そう買い被るものではないよ。俺など大谷刑部に比べれば赤子のようなものだ」

謙遜《けんそん》ではなく、心からそう思っていた。正吉は吉継のような超人的な謀才も、徳川家康のような大兵力も持っていない。あるとすれば空論屋と呼ばれる所以《ゆえん》の想像力だが、それがこのような大戦《おおいくさ》にどれほど役に立つのか。

「まあ、そうだな。仮に味方するとしても条件がある。それを呑《の》むというなら、殿に進言してもいい」

「聞かせていただきましょう」

「まず、加賀半国」

正吉は指折り数え始めた。

「次に若狭、越前も貰《もら》っておこうか。それに近江高島、志賀……ああ、佐和山《さわやま》も欲しいところだが、あれは石田の城だからな。勝ってから取り上げるのも可哀想だ」

暴論である。褒賞としてそれらを寄越《よこ》せというのなら、強欲どころの話ではない。大谷の傍らで話を聞いていた湯浅は耐えきれず戦慄《せんりつ》した。

「それでは、現在の石高の十倍ではないですか！」

「そうさ」

悲鳴にも似た湯浅の叫びを、正吉は鼻で笑い飛ばした。

「丹羽家の旧領、百二十三万石。これを味方勝利の際に回復してくれるというなら、我らは死力を尽くして前田軍を食い止めよう」

丹羽家と領土を隣する前田家は、すでに家康に人質を差し出しており、徳川方に与するのは明らかである。この大軍勢の上方への侵攻を防ぐことができるというのなら、確かに百二十三万石もの褒賞も過大ではない。

しかし、丹羽家はたった十二万五千石の身上《しんじょう》に過ぎない。その程度の規模で、天下有数の大名である前田家を斬り防ぐというのは、轟々《ごうごう》と流れ落ちる滝を茶碗で受け止めるようなものである。空論という語ですら不足なほど、その言葉は現実離れしている。

ところが正吉は、

(大谷殿なら呑むはずだ)

と、微塵《みじん》も疑うことなく確信していた。

大谷吉継の領する敦賀五万石、加えて彼の与力や親族衆、豊臣家の直轄《ちょっかつ》領を抜かせば、前田領以南の北陸道は六十万石ほどの石高になる。そのうち二十六万八千石、半分近くの大名が丹羽家の親族や旧臣などの関係者であった。

正吉は減封後、丹羽家を立て直すために旧臣の間を駆け回った。つまり、彼らと丹羽家は未《いま》だに繋《つな》がりがある。そのような糸口のあるなしで、調略の結果はまるで違ってくる。

糸口さえあれば、腰の定まらない小大名たちを引き込むことなど、吉継ほどの男にとって造作もない。そして半分近い大名が西軍となれば、後は勢いというものであろう。もう半分の連中もたやすく引き込める。丹羽家の石高はわずか十二万五千石だが、実際には六十万石ほどの価値を持った大名というわけであった。六十万石で百万石を堰《せ》き止める。賭けには違いないが、もはや空論などではない。上方に集結する味方の軍勢を加味すれば、勝機はさらに現実味を帯びてくる。

「いいでしょう」

吉継は平然と、微笑さえ交えながら言った。その態度は、まるではじめから正吉の要求を予想していたかのようであった。

「恩賞のこと、必ず石田に守らせます」

「決まりだな」

正吉は、くっくと低く笑った。

大谷刑部と丹羽家の一ヶ月前の密約。小松城下で激しい攻防を繰り広げている前田軍の中に、それを知る者はいない。まんまと怒りのまま引き込まれ、矢の斉射を受けた掛橋口の軍はもちろんのこと、城の西方にあたる安宅《あたか》口でも同様であった。

この方面の防備は掛橋口とは対照的にいかにも堅牢《けんろう》で、広く深い堀には川から引いた水がなみなみと貯《た》められていた。郭《くるわ》では、総大将である丹羽長重が自ら陣頭に立ち、守りを固めている。

戦況は膠着《こうちゃく》している。両軍、弓矢や鉄砲を遠間に撃ち続けているだけでさしたる戦果も被害もない。

（そろそろ、動かしてやるか）

とでも思ったのだろうか。それまでじっと押し黙り、瞬《まばた》きすらせず敵軍を見つめていた長重は、右手に握られた軍配《ぐんばい》を高々と掲げた。

「大筒《おおづつ》用意！」

外見の印象通りに柔らかく、しかし意外にもよく通る声で、長重はそう叫んだ。

その声は彼の配下の兵だけでなく、堀の向こうで攻囲を続ける前田軍にも届いていた。

——聞き違いか？

前田軍の将士たちは、誰もが己の耳を疑った。大筒が、小松城にあるはずはない。その価値は小城の二つ三つなら優に買えるほどであり、丹羽家程度の小大名が持ち得るものではない。

そんな前田軍の冷静かつ常識的な観測はすぐに打ち砕かれた。

大きな音を立てながら、城壁の際になにかが曳《ひ》かれてくる。六人がかりで運ばれる、黒々とした逞《たくま》しい円筒——それはまさしく大筒だった。それも一門ではない。城壁に次々と据え付けられた大筒は全部で七門だった。

「放てえっ！」

長重は叫び、軍配を振り下ろした。唸《うな》りにも咆哮《ほうこう》にも似た爆発音が地を揺るがし、七つの砲門から盛大に硝煙《しょうえん》が吹き出した。その煙を突き破り、人間の頭ほどの大きさの砲弾が次々と降り注ぐ。砲弾は着弾と同時に炸裂《さくれつ》し、雲霞《うんか》のような攻囲軍を散り散りに吹き飛ばした。

——なぜ、丹羽家にあれほどの大筒が？

などと考える余裕は兵士たちにはない。また考えても仕方がないことであった。現にその兵器は彼らの眼前にずらりと並び、砲弾を容赦《ようしゃ》なく吐き出してきているのである。蜘蛛《くも》の子を散らすようにして、前田軍は退却した。

「順調なようですな」

硝煙が立ち込める中から、正吉がひょっこりと顔を出した。

「正吉、掛橋口の方はよいのか？」

「武田鍍に怯《おび》えてろくに近づいてきませんからね。……しかし、よくもまあ大筒などと」

「用意したのはお前じゃないか」

長重は呆れとも苦笑ともつかない曖昧《あいまい》な表情を浮かべた。

丹羽家に大筒など手に入れられるはずがない。七門の大筒の有り様は、ただ丸太を削り出して形をしつらえ、金具によって補強し、墨で黒く塗っただけのはりぼてである。

丸太は中身を刳《く》り抜いてあり、そこに砲身が割れない程度の玉薬と、紙や木屑《きくず》でこしらえた空包を詰めて点火する。砲門から吹き出した硝煙の後ろから焙烙玉《ほうろくだま》（陶器に玉薬を詰めた兵器）を投擲《とうてき》すれば、遠目には大筒を発射したように見えなくもない。それが七門も向けられたとなれば、撃ち込まれる以前に、前田軍の兵たちの大半は腰砕けとなってしまうだろう。

策自体は稚拙《ちせつ》なほど単純である。そもそも大筒の砲弾というものは、焙烙玉と違って炸裂したりしない。少し勘の冴えた者なら、この違和感にすぐ気づくだろう。

（しかし、それを伝える手立てはない）

兵の恐慌と、焙烙玉の爆発音で、軍中の意思の疎通はほぼ不可能になる。軍勢は単なる群衆に成り下がり、結局は逃げる味方に引きずられる。

「さて、頃合いですな」

散り散りに逃げていく敵軍を眺めながら、正吉は意味ありげに微笑した。

「そろそろ、この空論も仕上げと参りましょう」

安宅口の前田軍は、ただの焙烙玉を大筒と思い込んで動揺し、逃げるように退却した。彼らは大筒の射程距離から離れようとする一心で、城の南方・浅井《あさい》口になだれ込んだ。

それが、正吉の言う「仕上げ」の始まりだった。

――なんだあれは。

兵士の一人が思わず指差した。小松城内から、一筋の細く長い煙がするすると天に昇っていく。

――狼煙《のろし》だ。

彼らが煙の正体に気づいたのとほぼ同時に、後方で喚声が上がった。五百人ほどの部隊が木陰から飛び出し、背後から猛然と突っ込んできたのである。

「どけえっ！　坂井与右衛門が押し通る！」

先頭を駆ける牛角兜《うしづのかぶと》の大将が吼《ほ》えた名に、前田軍は戦慄した。

六条表《ろくじようおもて》の花槍《はなやり》、坂井与右衛門。その武名の高さは丹羽家でも随一であり、その働きの凄《すさ》まじさは天下に隠れもない。

与右衛門は自ら馬上で槍を振るい、配下と共に颶風《ぐふう》となって敵を薙《な》ぎ倒しながら道を切り開いた。

配下は一様に足半《あしなか》を履いている。踵《かかと》のない草履《ぞうり》ともいうべき履物で、漁民や鵜《う》飼《か》いが用い、古くは武士も愛用した。長距離の進軍には向かないが、水中や泥中においても抵抗が少なく、足を取られずに敏捷《びんしよう》に行動できる。

彼らは剽悍《ひようかん》に戦場を駆け、雲霞のような軍勢の真っただ中を突き進んだ。

「開門！」

包囲軍を突っ切り、堀に架けられた橋を踏み越えると、与右衛門は城門の前で怒鳴った。門は重々しく軋《きし》みながら開き、彼らは敵を嘲《あざけ》るように悠々とその中に入っていく。

前田軍は激昂《げきこう》した。彼らは明らかになぶられていた。

「逃がすな！」

数千数万の大軍が蠢動《しゅんどう》する。我先にと橋の上で押し合いながら、城門に向かって疾駆《しっく》する。

そのとき、雷鳴のような凄まじい轟音《ごうおん》が上空から降り注ぎ、橋の上を駆けていた兵たちは一人残らずその場に倒れ伏した。

なにが起こったのか、前田軍の将兵は誰一人として理解できないまま、混乱と恐怖の入り混じった眼差《まなざ》しを上方へ一斉に向けた。城門の上には、血と硝煙の臭いが溶け込んだ風に吹かれながら、真っ赤な大幟旗《おおのぼりばた》が高々と掲げられている。

旗に染め抜かれた意匠《いしょう》は、三本脚の八咫烏《やたがらす》。

それは、上代《じょうだい》においては帝《みかど》を助けた太陽神の化身《けしん》であり、この乱世においては鉄砲の化身を表す、最強の傭兵《ようへい》集団の旗印だった。

「放てえい！」

大幟の前に傲然と立つ、緋色の南蛮羽織を纏った異装の男が大音声《だいおんじょう》で命じると、再びおびただしい銃声が鳴り響き、音と同数の屍《しかばね》が築かれた。流れ弾は一つもない。こんな技能を持つ集団は、この世にただ一つしかない。

「我は雑賀衆の宮本兵部なり！　雑賀の鉄砲の前に立ち、生きておれると思うたか！」

異装の男は瓦《かわら》が震えるほどの大声で吼え叫び、からからと豪放に笑った。

元・紀伊中野城守将、宮本兵部。

この男は二十三年前の雑賀征伐で織田軍に敗れた。しかし、死んではいなかった。

逃亡も自害もせず落城寸前まで指揮を続けた兵部は、織田軍に捕らえられ捕虜となった。本来は晒《さら》し首《くび》となるはずだったが、間もなく織田家と雑賀衆が和睦したために解放されたのである。やがて秀吉の天下統一により傭兵集団としての雑賀衆が滅ぶと、兵部は各地を放浪した。

その後、丹羽家に招かれ、他家の水準を遥《はる》かに超える鉄砲隊を練り上げた。

――あの若殿は、俺のような男の扱いを知っている。

丹羽家の招きに応じた理由を人に問われると、兵部は決まってそのように言った。俺のような男、というのはどうやら技術者、技能者、職人ということらしく、長重が木工《もく》や石工《いしく》といった城郭建築のための技術者たちを手厚く遇しているというところに、鉄砲の技術一つで世を渡ってきた兵部はなにか感じ入るものがあったらしい。

もっとも、その身分はこの男たっての希望で「客将《きやくしよう》」ということにされ、給与も米や土地ではなく金で支給された。つまり、宮本兵部はたった一人の雑賀衆として、丹羽家に仕えているのではなく雇われているのである。

家中では雑賀ノ兵部、あるいは雑賀兵部と呼ばれ、『長家譜《ちようかふ》』『大領村藤右衛門家伝書《だいりようむら》』など諸史料にもこの名で記録されている。

前田軍はこの浅井口でさらに痛手を負った。全ては丹羽家の、そして江口正吉の策略である。偽りの内通で相手を怒らせ、冷静さを失わせる。東の掛橋口では引き込んで逃げまどわせ、西の安宅口では追い払って川に沿って誘導する。そうして南の浅井口に集まった兵を後方から伏兵で奇襲し、鉄砲の射程範囲まで押し込め、一斉射撃を喰らわせる。

東に声して西より撃つ。陽動によって敵を誘導し突き崩すという、兵法《へいほう》で言うところの声東撃西《せいとうげきせい》の計《けい》である。まさか、丹羽家が二万五千もの大軍を相手に戦うはずがない。そう思い込んだ前田軍はまんまと策にはまった。

しかし、目論《もくろ》み通りにいったのはそこまでだった。

「三右！　どういうことじゃ！」

声を荒らげ、与右衛門は正吉が守備する郭に駆け込んできた。前田軍は兵を纏め、北方に撤退を開始させていた。

「こちらの狙いに気づかれたかね」

正吉は面白くなさそうに言った。

丹羽軍は前田軍にそれなりに痛手を負わせはしたが、二万五千という敵の膨大な規模から見れば小競《こぜ》り合いの域を出ない。前田軍が撤退しているのは、被害が甚大で戦闘が不可能になったからでも恐れをなしたからでもない。——転進である。小松城には抑えを置き、本来の任務である上方への進軍を続行するつもりであろう。眼前の撤退が、小松の北方にある前田家の拠点、三道山《さんどうやま》城に兵を収め、全軍の再編と軍議を行うためだとしても不自然ではない。

「加賀中納言は敏《さと》いと聞くからな。なにせ、徳川の横車《よこぐるま》をひょいと躱《かわ》すような男だ」

前田家当主、前田利長《としなが》。加賀中納言という通称で知られるこの百万石の総帥《そうすい》は、聡明さや判断力においては、名将と名高い父・利家以上とさえ世間ではいわれている。

「前田家が、徳川から謀叛《むほん》などと言いがかりをつけられたとき、加賀中納言は自分の母親を人質として送りつけ、さっさと降伏してしまったそうだ。俺たちの敵は、そんな常人離れした方策を即座に思いつき、平然と行える大将というわけだ」

　正吉は事前にあらゆる手を尽くして状況を望む形に導こうと策を立てるが、前田利長は起こった状況に対して瞬時に適切な方策を判断するような能力に長《た》けているらしい。才能の違いだけでなく、失ったものを取り戻すために策を用いてきた正吉と、父の代で築かれた百万石を守るために知恵を尽くしてきた利長との環境の違いであるかもしれない。

「敵に感心しておる場合か！」

「確かに、敵でなくてもそんな場合ではないな」

　鼻息を荒くする与右衛門をなだめつつ、正吉は思案する。

　前田軍が小松城を放置するとすれば、丹羽軍では手も足も出ない。丹羽軍はこの堅城に拠《よ》ればこそ、八倍以上の相手と互角に近い戦いを演じられているが、迂《う》闊《かつ》に野戦で挑めばあっという間に粉砕されてしまうだろう。

「どうする」

　与右衛門が不安げに尋ねる。正吉は顎をさすりながら何度か唸り、

「……まあ、いま少し怒らせてみるか。与右殿、兵部に伝令を頼む」

と言った。

——前田家の臆病を罵《ののし》ってやれ。中野城のときのように。

与右衛門からそう伝えられた兵部は、つい渋面を作った。

「古い話を持ち出すのう」

二十年以上も前の話を今さら持ち出されるのは、なにやら若気の至りを指摘されるようで気分がよいものではない。まして、中野城の戦いは兵部にとって、圧倒的な兵力差でありながら十分過ぎる抵抗をみせたとはいえ、思い出したくもない負け戦だった。

「わしは戦のために雇われたんじゃがな……」

「そう腐るな。これも戦のうちだ」

与右衛門はそう言って、からっと笑いかけた。この歴戦の将は、味方の戦意を焚《た》きつける呼吸を熟知している。正吉が同じことを言っても、兵部は恐らく承知しないだろう。

「やれやれ、仕方がない。仕事に手を抜けば雑賀衆の名折れだ」

兵部はやや大袈裟《おおげさ》に肩を回し、首を揉《も》み、気だるげな足取りで物見矢倉を登っていった。そうして矢倉上で大きく息を吸い込み、

「やい、前田の腰抜けども！」

と、耳をつんざくほどの大音声で叫び散らした。

「加賀百万石、二万五千の軍とはいうが、武士は一人もおらぬと見える！　案山子《かかし》を何千何万引き連れようと、戦には勝てぬぞよ！　父祖《ふそ》の威光を汚したくなくば、おとなしく金沢に引き籠っておることじゃな！」

元来、紀州者は口が悪い。この土地では不思議なことに敬語がほとんど発達せず、勝手気ままな地侍《じざむらい》たちが割拠する雑賀荘《さいかのしょう》は特にその傾向が強かった。まして、それを兵部の大声で聞かされてはたまらない。前田軍は怒りと恥辱に身を震わせ、今にも小松城に向かって駆け出そうとする者さえいた。

（もう一押しか）

兵部が再び息を吸い、罵声を浴びせようとしたそのとき、群衆をかき分けるようにして一人の武者が城に向かって歩いてきた。

武者は僧形である。弁慶《べんけい》のような白麻《はくま》の袈裟《けさ》で顔を包み、裳付《もつけ》と呼ばれる黒い僧服を具足の上から纏い、肩から大数珠《おおじゅず》を提《さ》げている。右手に槍を握っているものの、その足取りに怒りのまま駆けてくるような猛々《たけだけ》しさはなく、ただ悠然と、それこそ修験《しゅげん》の道《みち》を往《ゆ》く山伏《やまぶし》のように歩いてくる。

やがて、武者は止まった。場所は掛橋口の堀のすぐ近く、武田鏃の射程間際である。武者はその場で大きく上体を捻《ひね》り、

ずおっ――

と、風を切り裂き、凄まじい力で槍を投げた。

豪胆な兵部でさえ、思わず息を呑んだ。兵部だけでなく正吉も、丹羽軍も前田軍も、この場の誰もが驚愕に言葉を失った。

繰り出された槍は矢のようにきりきりきりと飛び、堀も城壁も軽く越え、物見矢倉の屋根に突き刺さったのである。

――お前たちなど、いつでも殺せる。

どんな言葉よりも雄弁に、一本の槍がそう語っていた。投げ槍で敵を討ち取ることは、「犬槍《いぬやり》」と呼ばれて卑しい行為とされており、戦功には数えられないことになっている。

――だから、殺さぬだけだ。しかしその気になれば、いつでもやれる。

ただ一つの投げ槍が、それを証明した。このことにより、前田軍の撤退も転進も肯定された。恐れて小松城を避けるのではなく、そもそも恐れる理由がないことを誰の目にもわかるように表したのである。武者は己の腕力一つで二万五千人

を救った。

「あれが前田の夜叉坊主《やしやぼうず》、長九郎左衛門《ちようくろうざえもん》か」

向かってきたときと同じ、悠然とした歩みで自軍に戻っていく僧形の武者の背を、正吉は固唾《かたず》を呑んで見つめていた。

二

三道山城へ撤退した前田軍は態勢を整えるために三日ほど留《とど》まった。そして四日目の八月一日、三道山城に抑えを残し、小松城を放置して進軍を開始した。

丹羽家では対策を講ずるため、小松城の本丸、主殿《しゆでん》の間《ま》と呼ばれる一室に重臣たちが集められた。

上段には丹羽長重が座り、その傍らには坂井与右衛門、雑賀兵部などが控えている。ほかに主だった者は、槍一筋で諸家を渡り歩いた武辺者の南部無右衛門《なんぶぶえもん》、軍配者《ぐんばいしや》の永原松雲《ながはらしよううん》、先代以来の老臣である大谷与兵衛《おおやよへえ》、安養寺猪之助、種橋宗兵衛《たねはしそうべえ》、長重の叔父にあたる丹羽九兵衛《くへえ》などである。ずらりと居並ぶ彼らの中心には小松周辺の地図がある。

「戻ったか、正吉」

長重は顔を上げて言った。江口正吉が、慌ただしく駆け込んできたのである。

「どうであった」

「うまくないですな」

正吉は苦い顔をして言った。

彼は木場潟《きばがた》という街道沿いの潟湖《せきこ》に船を浮かべ、湖上より銃撃を仕掛けて前田軍の進軍を妨害した。しかし、敵が三倍以上の鉄砲隊で応射してきたため、為《な》す術《すべ》もなく撤退してきたのである。

「やはり数が違い過ぎる。情けないことを言うようですが、野戦で止めるのはよほど難しい」

「いっそ」

それまで黙然として地図を眺めていた兵部が、不意に口を開き、

「大聖寺城《だいしょうじ》を見捨てればよいのではないか」

と言った。

「兵部、お主……」

与右衛門がじろりと睨みを飛ばす。

大聖寺城は、小松城の南方に位置している街道沿いの拠点である。この地を領する山口玄蕃《やまぐちげんば》という大名は、丹羽家と共に西軍に属していた。

前田家が北陸街道を南下するなら、次の攻撃目標は大聖寺城になるだろう。山口家の石高はわずか六万石、しかも二年前に取り立てられたばかりの、言わばにわか大名であった。防戦の備えはおろか、組織の統制もろくにとれてはいまい。当然、独力での拠点防衛などできるはずもなく、丹羽家など周囲の大名家が援軍を出さなければならない。

その大聖寺城を、兵部は見捨てろと言う。

「我らを卑怯者《ひきょう》にするつもりか！」

立ち上がって叫んだのは、武辺者の南部無右衛門である。この男は歴戦の兵部を競争相手とみなしているらしく、日ごろからなにかにつけて食ってかかる。このときも摑《つか》みかからんばかりの剣幕で詰め寄ったが、兵部は平然とした態度で、

「愚か者になるよりは、ましじゃろうが」

と、冷ややかに言い放った。地図上に、兵棋《へいぎ》として将棋《しょうぎ》の駒がいくつか置いてある。兵部はその一つをひょいとつまみ上げると、

「大聖寺などというのは、つまり歩《ふ》じゃ。この歩を救うために」

と言って、ほかの駒も次から次へと摑みとり、山盛りになったそれらをじゃらりと掌《てのひら》の上で鳴らしてみせた。

「金《きん》や銀《ぎん》、ついには玉《ぎょく》まで差し出すつもりか？　お主らが申すのはそういうことよ。まさか、こんな愚策を正気で採《と》る気かえ」

大聖寺城は所詮《しょせん》、戦略的な重要度は将棋でいう歩に過ぎない。そもそも援軍を出したところで城を救えるわけでもなく、野外に身を晒した丹羽軍が返り討ちに遭うだけのことだ、というのだ。

重臣たちはこの理屈になにも言えず、ただ唸りやうめきを漏らしながら兵部を睨みつけた。

与右衛門のみはなおも譲らず、

「我が身可愛《かわい》さに大聖寺を見捨て、どうして弓矢《きゅうし》の面目が立とう」

と、重臣たちの意見を代表するように、静かながら迫力の籠った声で言った。

「兵部よ。それとも、武士の誇りはいらぬと申すか」

「いらぬとは言わん。じゃが、誇りのために家を滅ぼすような愚には付き合いきれんわ。端武者《はむしゃ》なら名誉のために戦うのもよかろうが、将たる者はそうではあるまい」

「おのれ、端武者と抜かしたか！」

重臣たちは激昂し、南部無右衛門などは今にも兵部に跳びかかりそうになった。

「やめろやめろ、馬鹿ばかしい」

そう言って間に入ったのは正吉である。

「与右殿や無右衛門は武士の矜持《きょうじ》について語っておる。兵部は兵部で、戦の話だけをしている。このようなずれた議論は百年続けても嚙《か》み合わず、お互いを不和にするだけでなんの益もない」

「ではお主はどうすべきだというのだ、石見守よ」

与右衛門は三右という常の通称ではなく、あえて官名で呼んだ。空論屋三右ではなく筆頭家老としての考えを示せというのであろう。

「まず、策で言えば兵部の申すことに理がある。大聖寺に兵を出したとて城を救えるとも限らず、危険ばかりが大きい。悪手《あくしゅ》と言えばこれほどの悪手はないな」

そう言いながら正吉は兵部のそばに近づき、掌の上の駒をひょいと取り上げた。

「だが、その悪手を打たねばならぬ」

それは与右衛門たちの言う矜持のためではない。正吉が言いたいのはそのような感情や観念の話ではなく、もっと実際的な戦略上の問題のことであった。

「ここで大聖寺を捨て殺しにすれば、北陸の構えは崩壊する」

盤上の戦いとの最も大きな違いであろう。駒ならばいくら取られようが玉さえ守れば負けぬものだが、人が寄り集まった現実の戦場ではそうはいかない。丹羽家が援軍も出さずに、ただ大聖寺城を見殺しにすればどうなるか。北陸の西軍諸大名は丹羽家に不信感を抱き、ただでさえ脆弱《ぜいじやく》な防衛線は決壊してしまうに違いない。

「では、援軍を出すべきというのか」

「それを決めるのは俺たちではない」

そう言って、正吉は上段に視線をやった。そこには、彼らの主君が善良そうな微笑を浮かべている。

「正直なところを申そうか」

長重はいつものように人の好《よ》さが滲《にじ》み出たような笑みをたたえながら言った。もう三十になるというのに、笑うと幼少のころより童じみた顔になる。

「私は、大聖寺城を救ってやりたい。この点では与右衛門らと同じだ」

しかし、とさらに言葉を紡《つむ》ぎ、

「兵部の申すことも正しい。この援軍はあまりに無謀で、無益ですらある。だから、援軍には私自身がゆく」

と、この深刻な決断を、相変わらず微笑まじりに言った。

「もとより、私が決めた戦いだ。お前たちにばかり苦労を押しつけられぬ」

長重はこういう場で冗談をさらりと言えるほど洒脱《しゃだつ》な人間ではない。すでに彼は、この無謀な作戦のために屍を晒す覚悟を決めていた。丹羽家の侍たちは、その悲壮な決意に言葉を失った。

「殿、困りますな」

やや間の抜けた声で、苦笑いを浮かべながら正吉が言った。

「殿はただ往《ゆ》け、と命じられるだけでよろしいのです。駆けるのは我ら臣下の役目なれば、それを奪われてはいよいよ面目が立ち申さぬ」

正吉は珍しく顔つきを引き締め、「援軍には、この正吉が参りましょう」と言った。その一言の後は、またすぐにしまりのない顔に戻り、

「もとより、この戦の軍略を立てたのは私です。もう若くないとは申せ、自分の尻はまだ拭ける歳ですよ」

と、笑いながら語った。

「わかった」

長重は拒まなかった。かつてなら、正吉の申し出を許さなかっただろう。自分の身代わりに家臣を死地に放り込むなど、この若い主君にとって容易に受け入れられることではない。

しかし、今は違う。彼はこの重臣を信頼していた。といっても、正吉ならこの難事を乗り越えて大聖寺城を救うであろうといった、無知で無邪気で一方的な期待をかけていたわけではない。彼が正吉について信じていたのは、その奇抜な発想力以上に、十年もの間、筆頭家老として丹羽家を支えてきた判断力だった。その意味では信頼より理解の方が適切であったかもしれない。

「大聖寺城救援の件、石見守に任す」

「承《うけたまわ》り申した」

正吉はかしこまって拝礼した。

軍議が終わり、重臣たちが次々と退出していく。主殿の間には、長重と正吉だけが残った。

「嫌な役目を押しつけるな」

襖の向こうに誰もいないことを確認すると、長重は笑みを消し、浮かない顔で言った。

長重はこの重臣を理解していた。正吉が、本気で大聖寺城を救おうとするはずがない。そのような無益な戦力の損失を、この筆頭家老は決して選ばないだろう。

つまり、正吉は大聖寺城を見捨てる。丹羽家の面目を立たせ、諸大名の信頼も失わず、前田軍にも大聖寺城の軍にも援軍を本気で信じ込ませながら見捨てる気でいるのだ。この惨《むご》いまでの悪謀《あくぼう》を迷わず実行できるのは、正吉をおいてほかにいない。

敵に対する謀《はかりごと》は武略である。しかし味方に対する詭計《きけい》は、いかに戦乱の世であっても、悪徳以外のなにものでもない。

「確かに、汚い役目ですがね」

正吉は苦笑した。

「しかし、嫌な役目ではありませんよ。主人が押しつけられ甲斐《がい》のある方ですからね」

「お前一人の悪謀と思わないでくれ。これは、私が背負うべきものだ」

「困りますな」

正吉は眉尻を下げ、

「生憎《あいにく》、悪謀を背負うのはこの正吉の役目ゆえ、殿といえども譲れませんよ。これは筆頭家老の特権ですからな」

と言ってにやりと笑った。

あらゆる組織の崩壊は大将への不信から始まる。ゆえに、長重の代わりに手を汚し、全ての怨恨《えんこん》と悪徳を引き受けるのは己の役目であると、正吉は決意していた。


数刻後、正吉は出陣した。「三道山城に敵軍の抑えがいるため、小松城からむやみに大軍を出せない」という建前により、率いている人数はわずか五百であった。

「兵部」

進軍中、正吉は馬上の雑賀兵部に鞍《くら》を寄せた。この援軍の内訳は半分が正吉の手勢、もう半分は兵部が率いる鉄砲隊である。

「先ほど伝えた通りだ。頼んだぞ」

すでに、正吉は兵部にだけ策を打ち明けていた。

援軍は見せかけで、大聖寺城を救うつもりはない。斥候を小まめに放ちながらゆるゆると進軍し、間に合えば遠巻きに鉄砲や弓矢を放って牽制するだけに止め、到着前に落城したのならすぐに引き返すよう言い含めてある。

兵部はこの悪謀を聞いても特に文句は言わなかった。傭兵集団雑賀衆としての彼の矜持は、与右衛門や南部無右衛門のような主持《しゅうも》ちの侍とは違う。仕事を確実にこなすこと、己の技量一つで世に立っていることだけがこの男の唯一の誇りだった。

ただ、そんな兵部にも一つだけ気になることがあった。

「なんの用があるんじゃ、あのような荒れ寺に」

正吉はこの後、兵部に軍を任せて自身は密かに抜け出し、街道からやや外れた寺院に行く手はずになっていた。寺の名は、那谷《なた》寺。奈良時代より続く由緒ある寺院だが、このころは戦乱の影響で兵部が言うように荒れ果てている。

「人が待っている」

正吉は、ぽつりと口にした。そのすぐ後で自分の言葉に首を捻《ひね》り、

「いや、人というより兵器だな」

と言い直した。

「大筒などより遥かに恐ろしい、この戦の有り様を一気に覆す切り札だ」

「ほう、誰じゃな」

正吉は兵部の耳元に口を寄せ、声をひそめてその名を告げた。

「――大谷刑部」

三

前田軍が大聖寺城に辿《たど》り着いたのは、小松城を置き捨てて出陣した翌日、八月二日のことである。利長はすぐ近くの松山《まつやま》城を本営とし、大聖寺城の山口玄蕃に降伏を勧告する使者を遣わした。

（所詮は年老いた、文官上がりのにわか大名だ。すぐにでも降伏するだろう）

利長だけでなく前田軍の誰もがそう考えていた。ところが、その見解は大きく外れた。

山口玄蕃は前田軍の先鋒《せんぽう》を務めること自体は不本意ではないとしつつ、丹羽家すを差し置いて先鋒を務めることは「武士の本意に非《あら》ず」と、暗に「なぜ丹羽家すら降《くだ》せない前田軍に従わねばならないのか」という底意《そこい》を込めて伝え、降伏勧告をはねのけた。

そして、この老城主は強烈な言葉で宣戦をした。

——此上《このうえ》は所詮《しょせん》御人数《ごにんずう》を引請《ひきうけ》、討死致《うちじにいたす》より外無《ほかなく》御《ご》座《ざ》候《そうろう》（『山口軍記』）

翌日、前田軍は大聖寺城を遠巻きに包囲し、間もなく攻城を開始した。先鋒隊は東方から進軍し、城下の川に架かる橋を渡ろうとした。

そのとき、横合いから銃弾が、次いで矢の雨が降り注いだ。伏兵であった。狭い橋上で側面を急襲されてはたまったものではなく、先鋒隊は散々に突き崩された。

「そうか」

本陣で報告を受けた利長は、さして動じた様子も見せず、後詰の投入と先鋒隊の救援を手短に命じた後、顎に手を当てて深く沈黙した。貴種らしく色白で上品な、しかし目元だけは武辺者だった父に似て異様に鋭い、その顔つきの裏で静かに思索を巡らせる。

戦況は、予測の域を出ていない。大聖寺城主山口玄蕃は文官上がりとはいえ、もとを正せば甲賀乱破《こうがらっぱ》の一族であり、そのお家芸である伏兵や奇襲によって先鋒が多少かき乱されることもあるだろうが、大局への影響は皆無に近い。

また山口は、あの宣戦と激しい抗戦を見る限り、よほど誇り高い男らしい。力に屈さず、死しても意地を貫く。その矜持と勇気は敵ながら見事だが、驚嘆に値するほどではない。

全ては掌上《しょうじょう》を運《めぐ》っている。驕《おご》りではなく冷厳な事実として、利長は戦況をそう規定した。

しかし、ただ一つ、解《げ》せないことがある。それは、大聖寺城に籠る兵たちのことである。これほど敗亡の明らかな、圧倒的な敵勢の前に晒されれば、城主の士気が衰えずとも、配下の兵たちは怯え竦《すく》み、下手をすれば半日足らずで逃げ散ってしまう。少なくとも、にわか大名の山口玄蕃にそれを繋ぎとめる術はない。

だが、利長の許《もと》に続々と報じられる戦況をどう眺めてみても、士気の衰えを見出すことはできない。それどころか、城方はいよいよ戦意を強め、奇襲隊を次々と繰り出し、将兵一体となって前田軍に抵抗を続けた。

――この城を守り続ければ、丹羽軍が援《たす》けにくる。

彼らがそう信じて戦っていたことを利長が知ったのは、奇襲隊を繰り出す隙間もないほどに城下が前田軍で埋め尽くされたころだった。

——筆頭家老の江口石見守殿が、援軍を率いてすぐそこまで来ている。

それがまったくの欺瞞《ぎまん》であり、虚言《きよげん》であり、空論に過ぎないことに彼らはいつ気づいたのだろう。あるいは、最期まで気づかなかったかもしれない。

城下の制圧から間もなくして、二万近い大軍が怒濤《どとう》のように城内になだれ込み、全ての命をあまさず刈り取った。大聖寺城は一日で落城した。

その後、前田軍は南下を続け、八月五日には加賀を越えて越前に差し掛かった。大聖寺落城の報はすでにこの地にも届いているだろう。北陸の西軍諸大名は震え上がっているに違いない。進軍は全て順調だった。

その前田軍が、突如として総反転した。あの聡明《そうめい》で落ち着きはらった利長が顔を蒼白《そうはく》にし、

「反転せよ！　ええい、急がぬか！」

と、唾を飛ばして全軍を叱咤《しった》した。前田軍二万は、砂煙を巻くような慌ただしさで街道を北上し始めた。

——大谷刑部少輔吉継、兵四万を率いて越前に入る。

という急報が前田軍にもたらされたのだ。

大谷軍四万のうち、一万は街道の防備に充てられる。そして、もう三万は……。

——海路より、前田家の本拠、金沢を衝《つ》く。

四

これより四日前、八月一日の夜半。

正吉は大谷吉継に会うために、那谷寺の境内を歩いていた。

朽《く》ちかけた石灯籠《いしどうろう》に灯《とも》った火が、辺りをわずかに照らしている。闇の中に浮かび上がるのは、屹立《きつりつ》する石山と、染まりはじめの紅葉、そして、荒れ果てた本殿である。

「荒れ寺と聞いていたが、なかなか雰囲気があるじゃないか」

傾きかけた戸を開き、正吉は本殿に身を入れた。

「あんたがそこに座っているからかな、大谷殿」

「化生《けしょう》にでも見えましたか」

吉継は薄明かりの中で笑った。

堂内を照らすのは一本の灯台《とうだい》だけである。その火影が揺れるたびに、白い覆面に包まれた人影も揺らめいた。場所が場所だけに、吉継が自称するような化生に見えなくもないし、あるいはもっと神秘的なものを感じなくもない。

（いっそ本当に化生なら、どんなにたやすいだろう）

目の前の男は人間である。人間でありながら、化生と紛《まが》うような芸当を平気でやってみせる。だからこそ、この男は恐ろしい。正吉はそんなことを考えながら、吉継の前に座った。

「前田軍は、大聖寺城に向かったそうですよ」

「知っている……」

どころではない。正吉は本来、その城を救うために援軍に向かっているはずだった。

「大聖寺城方は丹羽家の援軍を信じ、死力を尽くして戦うだろう。士気は下がらず、途中で降伏もするまい」

普通ならすぐに降伏するか、兵が逃げ散って半日すらもたないところを、まず丸一日はもつ。前田軍の兵も矢玉も糧秣《りょうまつ》も、その分だけ余計に消費される。

「そしてその後は皆殺し」

正吉は気だるげに自嘲《じちょう》を浮かべた。

「つまりは、俺やあんたの望み通りになる」

全ては、この二人の謀将の筋書きだった。小松での戦闘があまりに長引けば、前田軍が城を捨て置いて南下することは十分に考えられた。さすがにたった一日で戦闘をやめられてしまったのは計算外だったが、とるべき方策が変わるわけではない。正吉と吉継は、あの小松城での密談であらかじめ、偽りの援軍で大聖寺城の士気を保たせ、城兵の全滅と引き換えに落城を少しでも遅らせることを示し合わせた。彼らが謀《はか》った通り、大聖寺城は二日後に一人残らず玉砕することになる。

「とんだ悪人ですね。江口殿も、私も」

「まったくだ。だがな、大谷殿」

正吉はうつむき、

「俺はあんたと悪謀の罪を分かつつもりはないし、山口殿に謝るつもりもない。この罪は俺だけのものだ。大聖寺城を謀り、死に追いやるのは、紛れもなくこの江口石見だ」

と、努めて感情を抑えて言ったが、言葉の端は震えていた。謝るということは、許しを乞《こ》うことだ。正吉は自分にそんな資格があるとは思っていなかったし、許しを乞うなら最初から謀《はかりごと》などするべきではないことも理解していた。

吉継はなにか言葉をかけようとしたが、やめた。どういう言葉を選んだところで、すでに背負うと決めている罪を肩代わりすることはできない。それに、彼らには己の行いを悔いている猶予《ゆうよ》などなかった。こうしている間にも、前田軍の南下侵攻は続いている。

「正直なところ、厳しいですね」

吉継は包み隠さずに上方の情勢を伝えた。戦況自体は悪くない。徳川家臣が守る伏見《ふしみ》城を石田三成が攻め落とすなど戦闘は順調であったし、諸大名の取り込みも進んでいる。

しかし、主戦力であり名目上の総大将でもある毛利家の動きが鈍く、大坂の防備や海上の封鎖などには協力するのだが、それ以外の出兵には常に消極的であった。このため吉継が動かせるのは自前の兵だけであり、その数はわずか二千にも満たない。

「北陸が灰になるまで抗ったところで、この兵数ではとても……」

「本当にそう思うか？」

正吉は含むように言った。

「とは？」

「前田軍は、どうあっても止められぬと思うか？」

正吉は懐から紙を取り出し、床に広げた。北陸道の地図である。いつもの通り自作のものだが、絵の具は売って矢玉に変えてしまったため色は付いていない。

「少し、手を貸してくれ」

そう言うと、正吉は吉継の右手を取り、地図の上に置いた。

「この手が前田軍だ」

吉継は目がほとんど見えないため、このようにして説明するのが一番手っ取り早い。

「兵力は二万五千、いや、小松の抑えに数千は残したようだし、戦闘での消耗を考えれば二万ほどか」

そう言って、今度は吉継の左手も摑んだ。

「こちらは水軍」

「水軍？」

「この水軍を、こうするのだ」

左手をぐいと引っ張る。吉継は危うく体勢を崩しかけた。地図上の左手――水軍は、海路を大廻りに進み、再び陸地に上陸した。

すでに、吉継の脳裏にも地図がある。左手が辿り着いた場所がどこかはすぐにわかった。前田家の本拠、金沢城である。

「面白い」

両手を解放された吉継は姿勢を正し、感心するというよりはおかしがった様子で言った。

「さしもの前田軍も、泡を食って引き返しましょう。それだけで十日は稼げますな」

「それだけではない」

正吉の軍略は、まだ終わっていない。彼の構想は、単に前田軍を追い返して時間稼ぎをするだけに止《とど》まらなかった。

「その前田軍を叩くのだ。金沢へと逃げ戻る背中を、逃げ場のない場所で、思いきり殴りつける」

戦は九割まで数で決まるが、例外もある。要害に拠《よ》ったとき、虚を衝いたとき、そして退却中の軍を追撃したときだけは兵の多寡《たか》は関係ない。正吉はその三つを全てやり、前田軍がしばらく挙兵できないほどの損害を与えるつもりでいた。

「慧眼《けいがん》」

吉継はそういう言葉でこの軍略家を褒めた。この策が実行されれば、北陸の戦況は一気にひっくり返るだろう。

「しかし、残念ながら空論ですな」

正吉の策は妙案ではあったが、その実現は不可能に近い。なぜなら、この策の要である水軍が足りない。

毛利家の村上《むらかみ》水軍は瀬戸内海と大坂湾、石田三成の近江湖《おうみこ》軍は琵琶湖の封鎖でそれぞれ手一杯であった。唯一、吉継配下の敦賀水軍のみは手が空いていたが、水夫まで入れても百人程度の小部隊でしかなく、金沢を襲撃するにはまるで足りない。結局、正吉の策は机上の空論に過ぎない。吉継はそのことを気の毒そうに説明した。

「大谷殿」

正吉は、まるではじめて会ったように吉継の顔をまじまじと見た。

「あんたはいい人だな」

「は？」

「いや、あんたは凄まじい策謀家だが、どこか性根が素直だということさ。変に捻《ね》じ曲がったり、ひねくれたりしていない」

正吉は、落胆していなかった。彼は口の端を大きく歪め、不敵な笑みを形作った。

「あんたでさえそうだ。前田家の連中は、もっと素直だと思わないか」

「一体、なんの話をしておられるのですか」

「亡者船《もうじゃぶね》だよ。――大谷殿、水軍を借りる必要なんて最初からないのさ。大坂からはありったけの兵力を出してもらうが、生きた兵は一人もいらない」

吉継は少し考え込んだ。そして、この稀代《きたい》の政略家はすぐにある答えにいきつき、息を呑んだ。

「江口殿、あなたは……」

「わかっただろう？」

正吉は、袂《たもと》から将棋の駒を取り出した。小松城での軍議の際、雑賀兵部から取り上げたものである。駒は金将《きんしょう》。それを地図上の、先ほどまで吉継の左手があった場所に置き、裏返した。

「空論の水軍で、金沢を衝く」

金将の裏は無地である。顔のない駒が、金沢城を睨んでいる。実際に兵や船を動かす必要などない。偽の情報によって幻の水軍を仕立て、前田軍を陥れればいい。

「だが、このままではそれこそ空論だ」

正吉は駒を持ち上げ、吉継に握らせた。

「俺にはあんたのような謀才はない。聡明な加賀中納言はとても騙せぬだろう。この策が空論で終わるか、捲土重来《けんどちょうらい》の鬼策《きさく》と成るかは、大谷殿に懸かっている」

吉継は、少しうつむいて考え込んだ。その思案の内容は、返答の如何《いかん》ではない。彼がこのとき考えていたのは、前田利長をどう騙し、謀り、陥れるかということだけだった。

「いいでしょう」

吉継はそう言って微笑し、掌《てのひら》の中の駒を強く握りしめた。

「この大谷刑部の名に懸け、必ずや前田軍を謀ってみせます」

五

八月八日、夜は半ばを過ぎ、未明に差しかかっている。

すでに前田家の本軍は、丹羽家の勢力圏を抜け、金沢城へ向かっていた。その間、丹羽家からの出兵を牽制《けんせい》するため、小松城から南方一里（約四キロ）の古城、御幸塚《ごこうづか》城に抑えの部隊が残された。同時に、この部隊は最後尾で追撃を防ぐ殿軍《しんがり》という役目も担っている。

この部隊の大将を任されたのは、前田家筆頭家老、太田但馬《おおたたじま》である。太田は、家中で兵を纏《まと》めるのが最も上手い男であり、戦の中でも最も困難とされる殿軍《しんがり》の指揮をこなすのに、これほどの適任者はいない。

そして、その太田隊も御幸塚城を発《た》つときがきた。

死人の肌のような青白い月が、ぼんやりと夜空に浮かんでいる。そのあまりに頼りない薄明かりだけが、地上の闇に浸《し》み出している。やがて、その光も絶えた。間もなく、低く重い墨色の雲が空を覆い尽くし、車軸《しゃじく》を流すような豪雨を降らせ始めた。彼らは消え入りそうなわずかな松明《たいまつ》の火をかばいながら進み、浅井《あさい》畷《なわて》と呼ばれる地域に差しかかった。

畷とは、縄のように細い道のことである。周辺は桑《くわ》畑に囲まれ、その間を縫うように細い畔道《あぜみち》が通っている。悪路である。少なくとも、数千からなる大軍が通るのに適した道ではない。

しかし、小松城下に敷かれた北陸街道を通れば丹羽軍は攻撃を仕掛けてくるやもしれず、無用な交戦で本軍への合流を遅らせるわけにはいかない以上、この道を使わざるをえなかった。

そんな悪条件の中、太田但馬は主君の期待に応え、兵をよく励まし、乱さず、油断なく行軍を続けた。激しい雨に具足を打たれながら、彼らは浅井畷を半ばまで通り過ぎた。

そのとき、一発の銃声が鳴った。

「どうした！」

そう太田但馬が声を上げるよりも早く、細い畔道に伸びきった彼の部隊は次々と横倒しに薙ぎ倒された。

万雷《ばんらい》の拍手のように地を叩く雨の中、それをかき消すほどの銃声が鳴り響く。

のちに北陸の関ヶ原《せきがはら》と呼ばれる「浅井畷の戦い」の幕が、おびただしい銃弾の斉射によって上がった。

彼らは、豺《やまいぬ》の庭に踏み込んだ。


滝のように落ちる土砂降りの雨を、鉛の雨が真横に引き裂き、前田軍に向かって降りかかる。銃声が響く。豪雨が地を叩く。それよりさらに大きな多重の叫喚《きようかん》が、浅井畷に反響した。

「狼狽《うろた》えるな！　固まらず、散りながら畷を抜けよ！」

兵を指揮する太田の声は、味方の悲鳴に虚《むな》しくかき消された。そもそも、一人、二人通るのがやっとの幅しかない畔道では進退などままならず、雨で泥沼のようになった畑地に足を踏み込めばそれこそ鉄砲の的だった。

（なぜ、敵は鉄砲が使える？）

太田は歴戦の将だけあって、混乱の渦中にいながらそのような疑問を持つ冷静さがあった。雨中で火縄銃は使えない。玉薬も火縄もほんの少しの水気で使い物にならなくなる。それが仕組みで、すなわち原理だ。覆ることはありえない。

（では、これはなんだ）

太田は唇を噛んだ。雨中で鉄砲が使えないというなら、この斉射はなんだ。彼らの肉をずたずたに食い破って、血と生命をざぶざぶとぶちまけるこの鉛弾《なまりだま》はなにものだ。

この戦いを記録した史料はいくつか残っているが、そのどれにも漏れることなく、前田軍が一発の銃弾も撃てなかったことと、そんな彼らが襲撃軍によって一方的に撃ちすくめられたことが記されている。

不可思議なことなどなにもない。襲撃軍には雑賀衆がいた。この世で最も鉄砲の扱いに長けた集団の生き残りが従軍していたのだ。

奇術の種は「雨火筒《あまほづつ》」という雑賀の秘伝である。木綿《もめん》の火縄を硝石《しょうせき》で煮込み、次いで五倍子《ふし》という虫こぶの粉末を混ぜた汁に浸《つ》け込み、表面を漆《うるし》で塗り固める。火皿には獣皮《じゅうひ》製の、やはり漆を塗りほどこした箱型の笠を被せる。襲撃軍は全ての鉄砲に雨火筒の仕掛けをほどこしており、倍近い兵力差でありながら、戦況は圧倒的に優勢だった。

「やめろ」

襲撃軍の大将——正吉は、全軍に射撃の中止を命じた。次の命令はない。射撃を止めた後の行動は、すでに配下の隅々まで行き渡っている。

左右の桑畑の中で、静かに影が蠢《うごめ》く。影は群れである。一様に足半《あしなか》を履き、白《はく》刃《じん》を携え、そして具足の胴丸に合《あ》い印《じるし》が描かれていた。もちろん、直違紋《すじかい》である。

丹羽軍は声も上げず、暗がりを軽捷《けいしょう》に駆け、左右から黒い霧のように襲いかかった。そして、まるでずっと以前からこのような戦を想定し、訓練していたかのような手際のよさで容赦なく首を刈った。

前田軍はますます混乱に陥り、泥濘は屍で溢《あふ》れた。

前田軍の誰一人として、こんな光景を予想した者はいなかった。

――たかが、丹羽家如き。

そう嘲《あざけ》りたくなるような印象を全ての将士が持っていた。

前田家百万石の前には、数にもならない小大名に過ぎない。大封の主から転落し、重臣たちには見限られ、ただ豊臣家に取り入って辛《かろ》うじて生かされているだけの武士団ではないか。

しかし、彼らはもっと敵について知るべきであった。その崩れかけの家が今まで崩れずにきたのはなぜか。戦略と指揮運用という武士団に不可欠の機能を一手に担ってきたのは誰だったのか。

江口正吉とは、空論屋三右という異名の通り、ただ机上の空論ばかり考えている若者に過ぎなかった。しかし、没落によって彼は筆頭家老になった。机上ではなく実際に数千の軍勢を配置、運用、指揮しなければならない立場になった。彼は、頭の中の絵図を形にする紙と筆を得て、その表現能力を必要に駆られて研鑽《けんさん》し続けた。

十五年前の大減封から始まった丹羽家の没落は、一匹の化け物を生み出した。空論のような策を形にできる男が生まれてしまったのである。そして丹羽家を弱めようと様々な手を打った当の豊臣家は、今その化け物に守られていた。悪謀が巡り巡って家を守るなど、こんな皮肉な話はない。

その化け物は、配下と共に泥濘を駆けていた。

(太田は、どこだ)

薄闇と豪雨の中で目を凝《こ》らす。正吉の標的は、太田但馬ただ一人だった。いかに奇襲を仕掛けても、前田軍二万を鏖殺《おうさつ》できるわけではない。また、前田利長を討ち取れば進軍が止まるかといえば、そうではない。大名は、いざとなれば頭のすげ替えが利く。

では、前田軍を立ち上がれなくするためにはどうするべきか。——筆頭家老を殺せばいい。かつて丹羽家が経験したように、筆頭家老を失えばその立て直しは容易ではない。前田軍でもそのことは理解しているだろうが、利長を無事に撤退させるという目的のためには、戦上手な太田を殿軍《しんがり》に充てざるを得ない。

そこが、圧倒的な優勢を誇る前田軍の唯一の弱みであり、丹羽軍にとっては無二の突破口だった。太田但馬を討ちとるほかに、二万の軍勢を押し止め、滅びを免れる道はない。

窮鼠《きゅうそ》の群れは猫の尾に嚙みつくだけでは飽き足らず、その喉頸《のどくび》を食い破ろうとしていた。

(見つけた)

わずか二十間（約三六メートル）ほど先に、正吉はその姿を確かに認めた。

騎馬武者が、馬廻《うままわり》数名のみを引き連れている。武者は猩々緋《しょうじょうひ》の陣羽織を纏い、兜は銀箔《ぎんぱく》が施された烏帽子形《えぼしなり》のもので後立《うしろだて》に鳥尾《とりお》、前立《まえだて》には日輪《にちりん》が備えられていた。太田は洒落者《しゃれもの》として知られ、その華美で意匠を凝らした軍装も有名であった。見紛うはずもない。

だが、正吉より早く突出した者がいた。丹羽軍の拝郷治太夫《はいごうじだゆう》という武者である。拝郷は野獣のように駆け、あっという間に太田との距離を縮めた。

「覚悟！」

白刃を掲げ、踏み込んだ。

その刹那《せつな》、拝郷は死んだ。一閃《いっせん》と呼ぶにはあまりに静かに、大身の刃が上から下へ、拝郷の頭から股下まで移動した。豆腐を切るよりたやすく、艦褸《ぼろき》切れを千切るより呆気《あっけ》なく、具足も身体もぱっくりと割れた。拝郷はそのまま仰向けに倒れ、泥と血に塗れた屍から白い肋骨が突き出した。

拝郷が立っていた場所に、一人の騎馬武者がいる。

正吉の脳裏に突然、幼少の記憶がよぎった。幼いころに見た絵物語と、眼前の光景が交錯する。

「太田殿、退かれよ。ここは九郎左衛門が承《うけたまわ》った」

長九郎左衛門は——かつて投げ槍一つで二万五千の軍勢を救ってみせた、前田家随一の侍大将は、頭に巻いていた白麻《はくま》の袈裟を解き、血のついた薙刀《なぎなた》を丹念に拭《ぬぐ》ってから、再びそれで顔を覆った。その姿は、まさに弁慶だった。

殿軍《しんがり》を任されるのは、前田家中で最もその役目に適した太田但馬以外にありえない。そう予測した正吉たちの判断は誤ってはいない。しかし、前田利長はさらに周到だった。

――この退却に乗じ、丹羽軍がなにか仕掛けてくるやもしれぬ。されど、大谷刑部率いる三万もの水軍から金沢を守るためには、背後の防ぎに多くの兵は割《さ》けん。

そう考えた利長は、長九郎左衛門という前田家随一の猛将を殿軍に同行させた。

前田軍にとって幸いだったのは、道が細いために戦列が縦に長く、しかも九郎左衛門の部隊は前方に位置しており、後方で襲撃を受けた太田隊と違ってほぼ無傷であることだった。

正吉は即座に兵を纏め、桑畑の陰に後退させた。

（あの夜叉坊主め）

僧形の武者を睨みつけながら、思わず歯噛みする。すでに、太田但馬はぬかるみに馬脚を取られながらも浅井畷から脱出した。正吉はなんとしても太田を追って討ちたかったが、前方では九郎左衛門が立ち塞がって追撃を阻んでいる。

奇襲を知られた以上、虚は衝けない。であれば、銃撃は好ましくない。火縄の灯りでこちらの位置が露見すれば、前田軍は容赦なくなだれ込んでくる。銃撃では前列は倒せてもその後が防げない。

正吉は決断した。

「掛かれ！」

全軍に、突撃を命じた。九郎左衛門を討ち取る以外に、太田但馬への追撃を続ける術はない。

壮絶な乱戦になった。浴びたのが誰の血か、踏んだのが誰の屍かわからぬほどに敵味方入り混じり、泥に塗れ、鉄粉を飛ばし、肉と命をおびただしい速さで万《まん》遍《べん》なくすり潰していく。その有り様は焦熱《しょうねつ》の釜の底となにも変わらない。

ふと、音がやんだ。鋼《はがね》がぶつかる音も、肉が裂ける音も、叫喚も、咆哮も、全て消えた。

だが、それは正吉の錯覚であった。音は消えたのではなく、恐るべき速さで向かってくる馬蹄《ばてい》の音にかき消されたのだ。

そう気づいたときには、九郎左衛門が目前で薙刀を振りかざしていた。鉄が嚙み合う音が響き、火花が散る。正吉は太刀でその斬り込みを受けた。

しかし、受けただけだった。腕が千切れるような凄まじい力に、正吉の身体ははね飛ばされた。

「うっ」

泥中に、仰向《あおむ》けに倒れ込む。背中を強《したた》かに打ち、思わず声が漏れた。

その痛みを味わう暇さえ、九郎左衛門は許さなかった。

（まずい――）

群がる丹羽軍を雑草でも刈るように斬り伏せながら、僧形の侍大将が猛然と迫り来る。逃れるどころか、立ち上がる間すらない。

九郎左衛門は瞬時に肉薄し、正吉めがけて再び薙刀を振り上げた。

鮮血が舞い、白麻の袈裟を濡《ぬ》らす。肉片が飛び散って、ぬかるみに落ちた。

しかしそれは、いずれも正吉のものではなかった。

「ぐうっ……」

九郎左衛門は、苦痛に満ちたうめきを上げた。右肩の肉が抉《えぐ》られている。薙刀を振り上げた直後、一発の銃弾がこの男を襲ったのである。

「討ち取れえっ！」

正吉が叫ぶと、丹羽軍は一斉に馬上の九郎左衛門に群がった。それらを必死に振り払いながら九郎左衛門は後退し、やがて全軍に退却を命じた。退きどきとみたらしい。

九郎左衛門の部隊は蜘蛛《くも》の子を散らすように逃げた。

丹羽軍はすぐさま追撃をするべきであったが、激戦の影響で隊形が乱れ、すぐには動けない。そして、正吉にはそれをできないもっと大きな事情があった。

「兵部……」

背後の桑畑の中で、泥に塗れ、雑賀兵部が仰向けに倒れていた。正吉は慌てて駆け寄った。兵部の右手には鉄砲が握られ、そしてその脇腹には薙刀が突き刺さっていた。

正吉が九郎左衛門に討たれかけたのとほぼ同時に、雑賀兵部は銃撃を仕掛けた。

しかし、九郎左衛門が気づく方が早かった。この男は兵部が引き金を引く寸前、薙刀を投擲した。刀身が兵部の腹に突き刺さり、銃弾はわずかに逸《そ》れて九郎左衛門の肩を抉るだけに止まった。

「しごと……」

荒く、それでいて消え入りそうな吐息の中で、兵部は漏らした。

——仕事に手を抜けば雑賀衆の名折れだ。

それが、丹羽家に来てからのこの男の口癖だった。その言葉を言い切ることなく、兵部は死んだ。

（……雑賀衆として死ねたか、兵部）

雑賀衆は百年近く、主というものを持たなかった。自らの技術を諸大名に売り込み、傭兵という対等な契約関係にこだわった。仕官にせよ、帰農にせよ、誰かを殿様として仰ぐことになる。兵部はそれが嫌だったのだろう。この男は、雑賀衆としての死に場所を求めていたのではないかとさえ思える。

そこまで思考して、正吉ははっとした。自分でも恐ろしいことに、兵部を看取《みと》る瞬間でさえ考えることをやめられなかった。

兵部の死を悲しむ気持ちはある。死なせてしまったことへの後悔もある。それらの感情を胸中に溢れさせながら、一方でその脳髄は冷静に状況を分析し、次に打つ手を考えていた。

「者ども！」

正吉は配下を集め、奮い立たせるように言った。

「兵部たちの仇討《あだう》ちだ。長九郎左衛門と太田但馬、必ず討ち取るぞ！」

半分は本音だった。しかしもう半分は士気高揚のための策だった。たったいま死んだ兵部の命は、血も乾かぬうちに軍略に組み込まれて利用された。

（いよいよ、俺は悪人だな）

正吉は兵部に命を救われた。あの銃撃がなければ、自分も同じように泥の中で空を仰いでいただろう。

（だが、本当に――）

自分には救うほどの価値があったのか。そう問いかけようにも、兵部はもういない。

丹羽軍は追撃を開始した。あれほど激しかった雨は、いつの間にか止んでいた。

やがて、正吉たちは山代《やましろ》橋という川橋に至った。橋といっても長さ二間半（約四・五メートル）、幅四尺（約一・二メートル）の板を三枚架けただけのごく簡素なもので、さして時間もかけず全軍が渡りきった。

すぐ正面に、蓮代寺《れんだいじ》山（蓮台寺山）がある。山というよりは丘陵に近い。かつて一向宗《いっこうしゅう》の砦《とりで》があったといわれているが、今はなんでもないただの小山である。

その山麓から、鬨《とき》声が起こった。

一つや二つではない。

溢れ返るような鯨波《げいは》と共に、四方にびっしりと馬標《うまじるし》が掲げられた。金の熨斗《のし》と梅鉢《うめばち》の幟《のぼり》が見渡す限りに翻《ひるがえ》る。その下で数えきれぬほどの人間の群れが、槍をしごきながら蠢いている。

その中心には銀の烏帽子《えぼし》形兜を被った騎馬武者がいる。華美で意匠を凝らした軍装は、よもや見紛いようもない。

「太田、但馬……」

全てを理解した正吉の相貌から、一瞬で血の気が失《う》せていく。

前田家で兵を纏めるのが最も上手い将である太田は、士気が乱れ、怯えきった部隊を収拾し、立て直したのだ。同時に、先発していた前田軍の一部も異変を察知し、引き返して合流したのだろう。

丹羽軍は、敵で満ちた山麓の野にいた。

「全軍、総掛かりに掛かれや！　一兵たりとも逃がすでないぞ！」

太田が采を振るった。人海と称するに相応《ふさわ》しい軍勢が、荒れ騒ぐ怒濤《どとう》のように襲いかかる。

「退け！」

という言葉を、正吉は半ば口にしかけた。将として当然の命令である。だが、気づいたときにはその当然を奥歯で嚙み砕き、真逆の言葉を口にしていた。

「掛かれ！　太田但馬の首を取れ！」

言い終わるより早く、正吉自身も前田軍に向かって突撃した。


丹羽長重が浅井畷を目前にしたとき、すでにそこには屍しかなかった。

「正吉は、どうしたのだ」

父から受け継いだ金花猫の兜の下で、視線を左右に巡らせる。しかし、目に映るのは路上に溢れ返る敵味方の死骸ばかりだった。

前田軍が通る行路は二つ考えられた。小松城の南東の浅井畷か、それよりやや北方の北浅井と呼ばれる地点である。長重は前者を江口正吉、後者を坂井与右衛門に任せ、それぞれ七百の兵を与えて伏せさせていた。

やがて、浅井畷で戦闘が始まったとの報せを受け、長重は小松城から援軍を率いて出陣した。しかし、豪雨のため進軍が遅滞し、ようやく辿り着いたとき、そこに正吉たちの姿はなかった。

「いったい、どうなっている」

呆然とする長重の許に、物見の者が青い顔をして飛び込んできた。

——江口石見守様、浅井畷を越え蓮代寺まで進軍。深入りし、前田軍の包囲を受けた模様。

長重は顔をこわばらせ、ほとんど反射的に手綱《たづな》を引き絞った。

「正吉を救う。者ども、参るぞ」

「お待ちください！」

配下の者たちは慌てて長重の前に立ち塞がり、馬の口を取り押さえ、必死にこの主君を諌《いさ》めようとした。この兵数では、前田の軍勢を追い払い、正吉を救うことなど到底できるはずもない。下手をすれば、長重の命まで危うくなる。

「そこを退《の》け」

「なにとぞ、思い止まりください」

配下たちは退かず、異口同音に直言した。長重は、彼らがその言葉を言い終わるまで待たず、佩刀《はいとう》を抜き放った。

「退けと言っておるのだ！　その首を斬り落とされたいか！」

兵たちが見たことのない顔で、長重は吼えた。いや、彼らだけでなく丹羽家の誰一人として、ここまで激しく猛《たけ》る長重は見たことがなかったであろう。

「お待ちあれ、殿！」

家臣団の中から、与右衛門のよく響く野太い声が上がった。この男は北浅井に敵が来ないと知り、部隊を転進させて長重の軍に合流していた。

「この者らの言葉も、丹羽家を思えばこそ。なにとぞご容赦を」

「与右衛門……」

長重は血走った目で重臣を睨みつけた。

「お前まで、正吉を見捨てろと抜かすのか！」

「いや」

与右衛門は静かにかぶりを振った。

「あの男の言葉を借りれば、殿はただ命じられるだけでよろしゅうござる。駆けるのは、我ら臣下の役目ゆえ」

そう言うと与右衛門はその場に膝を突き、

「それでもあなたが押し通ると仰せなら、首を斬り落とされようとも、ここは退《ひ》けませぬ」

と言って、背筋を伸ばして瞑目《めいもく》した。

長重は、鞍から下りた。険しい表情にはわずかな緩みもない。だらりと垂らされた右手には、未《いま》だに抜き身の佩刀――名工孫六兼元《まごろくかねもと》の最高傑作といわれる真柄《まがら》切《ぎり》が、曇り一つない輝きを放っている。

「覚悟はできているな」

その声色と似通った、氷のように怜悧《れいり》な白刃を長重は与右衛門に突きつけた。

六

狂飆《きょうひょう》のように襲いくる前田の大軍勢に、丹羽軍は瞬く間に呑み込まれ、次々と薙ぎ倒されていった。浅井畷で奇襲を仕掛けたときには七百いた兵も、とうにその半分を割り込んでいる。

（かまうものか！）

自身も無数の手傷を負いながら、正吉は血刀を振るって剣林《けんりん》をかき分けた。すでに現況は軍略どころではない。抗いようのない窮地の中で彼は指揮官からも、武将からも、家老からも解放された。もはや正吉はただの刺客でしかない。太田但馬と刺し違える以外の行動原理を、今の彼は持ち合わせていない。

（ここで太田を討てなければ、丹羽家は終わりだ！）

やがて、手を伸ばせば届くほどの距離に、眩《まばゆ》い銀の兜を見た。

躍り出る。四面から刃が迫る。数えきれぬほどの殺意が身を貫こうとする。正吉はそれを一切かわそうとせず、太田但馬に向かって飛びかかった。

そのとき、声が聞こえた。聞き覚えのある、懐かしい、地を震わすような咆哮。

光が揺れ、風が巻いた。鉄粉と鮮血が散り、叫喚が響く。閃電《せんでん》の如き太刀筋によって、正吉の周りに群がっていた前田軍は軒並み薙ぎ倒された。

「坂井与右衛門直政《なおまさ》、推参なり！」

与右衛門は、天を割るほどの大音で己が名を呼ばわった。

その声に応じるように、後方から無数の銃声が鳴り響く。雑賀兵部の遺した丹羽鉄砲隊の銃弾から逃れられる者はいない。完全に虚を衝いた襲撃に、前田軍の士気は大きく乱れた。

与右衛門は手近にいた不幸な騎馬武者を、長重から借り受けた真柄切兼元で斬り落とし、馬を奪った。そして正吉を抱え上げると、背後の山代橋に向かって駆け出した。

「丹羽軍、退けや！」

与右衛門が叫んだ言葉に、前田軍も我に返った。

「追え！　逃がすな！」

尻をからげて逃げていく丹羽軍に、慌てて追いすがる。だが、狭い橋上では兵の多寡は関係ない。まして、丹羽軍は一方的に鉄砲が使えるのである。両軍は激しい攻防を繰り返したが、前田軍は丹羽軍をついに捉えきれず、退却を許した。


「なぜ、退かせたのです」

長重の前に立った正吉は、恨みがましい目つきで主人を見た。

太田を討ち取れなければ、この戦闘は無意味である。金沢に戻り、大谷吉継の襲撃が詐略《さりやく》だと知った前田軍はすぐに軍備を整え、再出陣するだろう。山口玄蕃も、雑賀兵部も、この戦の犠牲者は全て無意味に死んだことになる。その原因を作ったのは、ほかならぬ正吉だった。

「いま少しで、私の太刀は太田但馬まで届いたのに！」

正吉は、真っ赤な顔をして叫んだ。筆頭家老として口にするべき言葉ではなく、即座に斬り捨てられても仕方がないほどの発言である。むしろ彼は、失策の報いとして、この場で斬られることを望んでさえいた。

しかし、長重は抜刀するどころか、怒りさえしなかった。ただ、寂しげな表情を浮かべ、

「江口正吉と引き換えにか？」

と、ぽつりと言った。

長重は、顔を逸《そ》らすようにして後方に振り返った。視線の先には丹羽の軍団がいる。泥に塗れ、血に塗れた、彼の誇るべき武士団がいる。

「皆、よく戦った。小松に戻るぞ」

長重はそう言うと、うつむいている正吉の方に顔を向け、

「正吉、私は命じた。早く動け」

と声をかけた。正吉はしばし黙った後、

「……お供致します」

と言って主の傍らに立った。

「うん、ついてきなさい」

呟くように言い、長重はこの日はじめて笑った。

気づけば夜が明けている。雲の向こうから陽光を透かしたように、辺りは淡い明かりに満ちている。

丹羽軍は光と屍臭《ししゅう》に満ちた泥の中を歩き、彼らの城に戻っていった。

こうして浅井畷の激戦は、勝者も敗者も定かでないまま、曖昧な決着を迎えた。

わかっているのは、全ての策は水泡に帰したということ、十数年前の大減封からここまで立て直した丹羽家が、再び泥濘に沈もうとしていることだけだった。

七

丹羽領からの退却を無事に成功させた前田軍は、すぐに金沢城へ帰還した。そして、金沢襲撃計画などまったくの虚言に過ぎないことを知るや、利長はすぐに家中に再出陣を命じた。

ところが、ここで奇妙な事態が発生した。前田家の重臣の半分近くが、再出陣に反対したのである。

「聞けば、伏見城はすでに落城したという。いや、伏見のみならず、東は美濃、伊勢、西は四国に至るまで、今やことごとく西軍の手に落ちたとのこと」

出陣反対派はそのような戦況をつらつらと挙げ、

「この体《てい》では東軍の勝利も覚束《おぼつか》なし。いっそ西軍に鞍替えし、北陸諸大名と手を結んでは如何でありましょう」

と、利長に主張した。しかし彼らの出陣反対運動の根源は、そのような細々とした戦況のためではなかった。要するに、開戦前から前田家に蔓延《まんえん》していた家中対立が、このときになって表面化したのである。

たとえば、二番家老の横山大膳《よこやまだいぜん》という男は昔から家康と親しく、開戦前から徳川家との交渉などに奔走した。一方、筆頭家老の太田但馬は大谷吉継や石田三成ら吏僚衆と懇意《こんい》である。しかも横山と仲が悪く、東軍参加についても不本意に感じていた。前田家にはこのような細かい対立が無数にあり、ほかの重臣も巻き込んで複雑な派閥を成していた。

そして開戦より遥か前、その対立を煽《あお》った者がいる。――徳山秀現である。この男は徳川による前田征伐の際に防戦が滞るように、知謀と悪意の限りを尽くして重臣たちを対立せしめ、家中を乱麻《らんま》の如く滅茶苦茶にもつれさせてから出奔《しゅっぽん》した。

その工作が、全く意図しない形で実を結んでしまっていた。複雑な人間関係のもつれに後押しされ、前田家の方針は真っ二つに割れてしまった。

結局、前田家はこの後ひと月もの間、上方への進軍はおろか出陣さえできずに金沢に止まることになる。軍略でも政略でもない、天の配剤としか表現しようのない偶然が、前田家を北陸に閉じ込めていた。

その最中、四人の武士が金沢城を訪れた。

「御当家と和睦したい」

四人の中では最も年若な、気の抜けたような笑顔を浮かべた男の意外な口上に、前田利長は困惑した。武士は坂井与右衛門、大谷与兵衛、丹羽九兵衛、そして江口石見守であった。


枯れ落ちた木の葉が敷かれた参道を、利長は歩いていた。

山門や鐘楼《しょうろう》は朽ち果て、敷石は割れ、路傍《ろぼう》の石灯籠などは原形を留めないほど崩れている。寺というよりその残骸に近い境内を、利長は顔をしかめながら歩いた。

傍らには長九郎左衛門が付き従っている。仮にこれから行く先で変事が起ころうとも、この男ならば十分に利長を守りきるだろうという武勇を評価されての人選だった。

やがて彼らは参道を過ぎ、本殿に入った。傾きかけた戸を開くと、そこに色白の男が座っていた。男は童じみた、善良そのものの笑みを浮かべ、

「供をわずか一人のみ連れておいでとは、さすがに豪胆ですな。加賀中納言殿」

と言った。

「貴殿ほどではない」

利長は苦々しくこぼし、護衛の九郎左衛門と共に男の前に座った。

「筆頭家老を人質として差し出すなど、聞いたことがない。どういうつもりだ、小松宰相殿」

つい先日、丹羽家は和睦の使者として江口正吉を含む四名の重臣を金沢城に派遣した。しかし、前田家は以前に和睦の密約を結んで裏切られているだけに、家中では反対する声が多かった。それを見越したかのように、丹羽家の使者たちは、なんと人質として正吉を残して引き上げてしまったのである。

「わしが江口を殺し、攻め上ってくればどうする気だったのだ」

筆頭家老を失う弊害は、丹羽家が一番よく知っているはずである。ところが、長重はさあらぬ体《てい》で、

「あなたは、そのようなことはなさらぬでしょう」

と、相変わらず微笑を浮かべながら言った。

「いくら正吉が憎くとも、殺したりはできない。それこそ、いかにも丹羽家を恐れているようではないですか。同等な相手ならともかく、百万石と十二万石の争いでそのようなことはできないはずです。あなたのように聡明な方なら、なおさらでしょう」

利長は、あまりに外見と違う長重の抜け目なさに改めて感嘆する思いだった。

「わしは貴殿を見誤ったようだ」

「入れ知恵ですよ。ご存じの通り、私は過分なほど臣に恵まれておりますから」

「なるほどな」

利長はうなずく。

「確かに、わしらは丹羽家を見くびった。貴殿のことも、貴殿の臣のことも侮っていた。おかげでそちらの目的通り、前田家は足止めを食ったわけだ」

その言葉を聞いた途端、長重は弾《はじ》けるように笑い出した。

利長は一瞬、嘲られたと考えたが、そうではなかった。目の前にあるのは、そのようなひねくれた意図などまるでない、心からおかしがっている童そのものの笑いだった。

「いや、失敬」

長重は苦しげに笑いを堪え、何度か咳払いをして息を整えた。

「加賀中納言殿、あなたは思い違いをなさっておられます」

「なんのことだ？」

「丹羽家の目的は、あなた方を足止めすることではありません。それはあくまで手段です」

長重は口の端を軽く緩めた。しかし、目元は笑わず、真っ直ぐ利長を見つめている。

「ここにあなたを座らせることこそ、我らが命を懸けて成した戦いの目的です」

利長ははじめ、言葉の意味を測りかねた。だが、さすがにこの男は聡明である。しばしの思考の後、ある答えにいきついた。

――人質交換。

大名同士の和睦の慣習である。和睦を反故《ほご》にしないため、互いに子や親族を人質として差し出し合い、誓約の遵守《じゅんしゅ》を保証する。

「そのために、二万五千の兵を敵に回したというのか」

全てを理解した利長は愕然とした。

「そうでなくては丹羽家と人質交換などなさらぬでしょう？」

人質交換は相手と勢力が対等であるか、あるいは対等の条件を受けざるを得ない状況が発生しない限り成立しない。

前田家と丹羽家、まるで対等とは言いがたい両家が、開戦前に和睦を結ぼうとすればどうなるか。当然、丹羽家は一方的に人質を差し出し、事実上の降伏をすることになる。その後は先鋒として散々にすり減らされるうえ、北陸での戦果は全て前田家のものになる。開戦前の和睦は丹羽家にとってなんの旨みもないどころか、損害ばかりが大きい。

だから、条件が対等になるようにしなければならなかった。対等な要求条件でも前田家が和睦を呑むような状況に持ち込むにはどうするべきか。――足止めである。

前田家の進軍を徹底的に妨《さまた》げ、東西両軍の激突に間に合わないよう北陸に閉じ込める。この遅滞作戦によって兵力は西軍有利に傾き、前田軍は東軍助勢のために一刻も早く「丹羽家と和睦してでも南進しなければならない」状況が生まれていた。

小松城の防戦も、金沢襲撃の虚報も、浅井畷での激戦も、全てはこの状況を作り出すための手段でしかなかった。

軍略のようでもあり、政略のようでもあり、あるいはどちらにも当てはまらないようにも思える奇妙な策であった。結局、この策を考えた男自身が軍略家でも政略家でもなかった。構想家というのが最も近しい語のように思えるが、やはりその異名の通り空論屋と称するのが一番相応《ふさわ》しいだろう。

「では、約束していただきましょう。東軍勝利の暁《あかつき》には丹羽家存続のため、西軍が勝てば前田家存続のために互いに動くことを」

長重は微笑みながらも、凛《りん》とした態度で言った。

「我らはお互いを裏切れぬはずです。なにせ人質がおりますからな」

利長は言葉を失った。全ての大名が東西に分かれて争っているときに、まさかはじめから和睦が目的で戦う者がいるなど考えつくはずもない。利長は謀られ、見事に策に乗せられた。しかし不思議とそのことが不快ではなかった。

利長は了承しようとした。ところが、それを遮《さえぎ》るように、

「――というのが、本来ならあなたに求むべき条件なのですが」

と、長重はいきなり言った。

「なんと申せばよいのか、この策を考えた男は天下に二人といない知恵者なので

すが、どこか肝心なところが甘くできておるようでして、言わばこれは空論《うつろ》です」

長重は軍略や政略に疎い。それだけに正吉のように発想が飛躍せず、その観測は常に現実的だった。

この大戦で東西どちらが勝つにせよ、これほど明らかに敵対した大名を処分しないとは思えない。九州や東北などの遠国であれば捨て置く可能性も皆無ではないが、丹羽家も前田家も上方に近過ぎる。一大名が取り成したくらいで改易が防げるとは、長重にはどうしても考えづらい。

「ゆえに、私がこの和睦のために求めることは、ただ一つです」

そう言うと、長重はおもむろに、しかしはっきりとした口ぶりで、微笑だけはいつものように浮かべたまま「条件」を語り出した。

その言葉に利長は目を丸くし、次いでうつむいて深く思案した。

堂内に重苦しい沈黙が流れる。

「……承った」

顔を上げ、利長が言った。

「そのこと、この利長の一命に懸けても守ろう」

「重畳《ちょうじょう》」

長重は心から嬉しそうに目を細め、にんまりと両頬を吊《つ》り上げた。

九月十八日、丹羽家と前田家の間で人質が取り交わされ、無事に和睦は成立した。その後、前田軍はすぐに出陣し、四日後には無事に北陸を抜けた。——だが、遅かった。和睦のわずか三日前、美濃関ヶ原の地において東軍が西軍を破り、勝敗が決していた。


北陸の戦いに、どのような意味があったのか。

たとえば浅井畷の戦いが行われず、前田軍がそのまま上方への進出を成功させていれば——当然、大坂城の毛利輝元は総大将として軍事行動を起こすしかなかったであろう。石田三成ら諸将も、前田軍を討つべく上方に帰還するしかない。そうなれば東西激突の地は美濃関ヶ原ではなく、大坂か伏見だったに違いない。

豊臣家の膝元で、大坂城も豊臣秀頼も握られている状態で、徳川家康は果たして決戦に踏みきることができただろうか。彼の軍団の大半は豊臣家恩顧《おんこ》の大名である。慎重な家康ならば配下の離反を危ぶみ、西軍と講和する道を選んでも不思議ではない。

丹羽長重と江口正吉という、後世ではほとんど無名に近い主従がそれを食い止めていた。大袈裟に言うのなら、彼らは意図せぬところで歴史を少しだけ変えていたのかもしれない。

だが、可能性をどれほど論じたところで、結果が変わることはない。

関ヶ原での東軍勝利により、西軍の諸大名の多くが改易処分となり国を奪われた。無論、丹羽家も例外ではない。

慶長五年（一六〇〇）、丹羽家は滅亡した。

家の路

一

白と青。まるで絵描きが途中で絵の具を切らしたような、ほぼ二色だけで占められた風景が目の前に広がっていた。青は高く澄んだ冬の青天、そして白は辺り一面に積もった雪である。家も、田畑も、木々も、全て上から漆喰《しっくい》を塗り重ねたように真っ白だった。

「越前、北ノ庄《きたのしょう》か」

道というより雪の隙間《すきま》といった方が近しいような狭路を歩きながら、正吉はこの土地の名を呟《つぶや》いた。

かつて賤ヶ岳の戦いで争った柴田勝家の本拠であり、一時期は丹羽家の領地でもあった。丹羽長秀が末期の時を迎えた城でもあり、正吉もこの地を訪れるのは、はじめてではない。

しかし、懐かしさや感概を抱くことはなかった。それがすでに丹羽家の土地ではないことの違和感、さらにいえば丹羽家の土地などというものがこの世から消滅してしまったことへの消沈が、正吉の感情を鈍《にぶ》らせている。

丹羽家は滅んだ。関ヶ原での西軍敗北により、加賀小松十二万五千石は全て没収された。

（いや、違う。「滅んだ」のではない）

肺腑《はいふ》が重苦しい苛立《いらだ》ちで満ちる。正吉は足を止め、瞼《まぶた》を強く閉じた。

正吉は丹羽家を守るために戦った。徳山秀現から、豊臣秀吉から、前田利長から、その他ありとあらゆる困難から主家を守ろうと死力を振るってきた。しかし、丹羽家を滅ぼしたのは、そのいずれでもなかった。

（俺が、「滅ぼした」のだ。愚にもつかぬ空論《うつろ》で）

差恥と慙愧《ざんき》が濁流のように混ざり合い、閉じた瞼の裏側で氾濫《はんらん》する。許されるなら自害したいほどだった。だが、それもできない。

正吉が丹羽家臣として最後に下された命令が、それを阻《はば》み続けていた。

一年前。西軍敗北の報を受けた丹羽長重は近江の大津《おおつ》に赴《おもむ》き、徳川家康に謁見《えっけん》した。

——前田家との戦《いくさ》は、私戦にございます。決して徳川様に背《そむ》いたわけではありませぬ。

そのような見え透いた弁解が受け入れられるはずもなく、丹羽家は改易処分となった。

利長の取り成しによって死罪は免れたが、官位や領地は全て没収され、長重は京・大徳寺《だいとくじ》にて監視つきの謹慎を命じられた。

「皆、すまぬ」

小松に帰った長重は、家臣を一堂に集めて詫《わ》びた。

「お前たちの働きに、私は報《むく》いることができなくなった」

「殿」

与右衛門が身を乗り出す。その目には溢《あふ》れんばかりの涙が溜《た》まっている。

「このままでは終わらせませぬ。いつか丹羽家再興のために、我らはどこまでもお供します」

「与右衛門」

長重は微笑し、

「それはならぬ」

と、はっきりとした声で言った。

「お前たちの才能や志《こころざし》を、私のために世に埋もれさせるのは忍びない……お前たちが新たな主《あるじ》の許《もと》で創り上げる武士団の中に、丹羽家は生き続ける。それこそが、私の望みだ」

このあたりが、丹羽長重という男の奇妙さであろう。長重は自己の繁栄という野望や野心は驚くほど乏《とぼ》しいが、小大名としては過剰なほどの理想を持っていた。大名家としての丹羽家は滅んでも、丹羽家の志は消えない――この風変わりな発想も、その理想に根差したものであった。

「この愚かな主の最後の命、どうか聞き届けてはくれないか」

それは、命令というより願いだった。命令なら歯向かい、はねのけることもできただろうが、この主の最後の願いを踏みにじるなど、正吉や与右衛門にできるはずがない。

仕官先の斡旋《あっせん》は、前田利長が行った。

——もし西軍が敗北し丹羽家が滅びたときは、せめて我が家臣だけでも身が立つようにお取り計らい願います。

それが、長重が前田利長に求めた和睦の条件だった。利長はこの約定通り、前田家を挙げて全国の大名に周旋《しゅうせん》を行った。坂井与右衛門は伊予《いよ》藤堂《とうどう》家、安養寺猪之助は阿波《あわ》蜂須賀家、永原松雲は紀伊浅野《あさの》家、というようにほとんどの家臣が新たな主家に仕えることとなった。

そして、江口正吉の仕官先は、

——越前家。

と世間で通称される、結城《ゆうき》家である。当主は結城秀康《ひでやす》。徳川家康の次男であった。

（どのようなお方だろう）

北ノ庄城内を家臣に案内されながら、正吉は考えた。

新たな主の生い立ちは複雑である。多難というべきであった。結城秀康は父である家康に愛されず、長い間認知すらされず、ようやく我が子と認められたと思えば豊臣家への人質として放り出された。天下有数の実力者の子として生まれながら、その扱いは酷薄《こくはく》を極めた。

正吉はまだ見ぬ主の心情を、あれこれと想像してみる。

（鬱屈《うつくつ》しておられるだろう）

生い立ちもそうだが、秀康が最も哀れなのは関ヶ原の戦いにおいてだった。

徳川家康は政敵の会津上杉家を征伐に向かう途上、西軍挙兵の報《しら》せを聞き、すぐに全軍の反転を決意した。しかしその際、上杉家からの追撃を防ぐ抑えを残さなければならなかった。

——秀康。

家康は、この実子をはじめて軍団の一員として認め、命令を下した。

——上杉の抑え、その方に任《まか》す。

秀康は激昂《げきこう》し、必死に撤回を訴えたが、受け容《い》れられなかった。この男は、天下分け目の大戦《おおいくさ》から外された。結局、秀康は一戦もせずに関ヶ原を終え、越前北ノ庄六十七万石の大封《たいほう》を与えられた。

——馬鹿ばかしい。

と思うほかなかったであろう。彼は一発の銃弾も撃たず、一度の槍《やり》合わせもせず、言わば留守番の褒美に大封を得た。しかも、東軍の半分を率いて東山道を進軍した弟の徳川秀忠は信濃の真田《さなだ》家に足止めされ、関ヶ原の決戦に間に合わなかった。これほどの失態を犯しておきながら、徳川家の後継者として表明されているのは依然として秀忠だった。

——俺に軍を率《ひき》いさせておれば、そのような下手《へた》は打たぬ。さすれば今ごろ、次期天下人として目されていたのは、この秀康だった。

誰も直《じか》に言葉を聞いたわけではないが、秀康がそのような無念の思いでいる、というのが世間の共通した認識であったし、正吉の想像もあまり変わらない。

(さて、どのようなものかな)

無念に苛立《いらだ》ちを募《つの》らせているのか。それとも落ち込んで塞《ふさ》ぎ込んでいるのか。少し意地の悪い想像を巡らしながら、正吉は秀康の座す部屋に向かった。

秀康の居所は、北ノ庄城の本丸御殿にある。かつてこの城には長大な七重の天《てん》守閣《しゅかく》があったが、柴田勝家が自害の際に自ら火をかけて灰にした。その後、城主は何度か替わったが、未《いま》だに天守の再興は成されていない。

正吉は、下座でひれ伏したまま、まだ見ぬ新たな主を待っていた。

やがて、部屋の奥で畳を踏む音が聞こえ、

「面《おもて》を上げよ」

と、声をかけられた。よく通る声だな、と思いながら、正吉はゆっくりと顔を上げた。

危うく、驚嘆を漏《も》らしかけた。上座にいる結城秀康と思《おぼ》しき男は、正吉が想像したどんな主人とも違っていた。

厳密には上座にすらいない。秀康は窓の桟《さん》に腰をかけ、くつろいだ姿勢で長煙管《ギセル》を吹かしている。その服装も華美なもので、白絹の単衣《ひとえ》の上に辻が花染めの胴服《どうぶく》を羽織り、首からは鮮やかな珊瑚《さんご》の数珠《じゅず》を提《さ》げていた。

目を丸くする正吉を見て、秀康は腹を抱えて大笑《たいしょう》した。

「間違いではないぞ」

ひとしきり笑うと、秀康は正吉の真正面、膝が付くほど近くに腰を下ろした。

「わしが結城秀康じゃ。待ち侘《わ》びたぞ、石見《いわみ》」

その一言だけは顔つきを引き締めて言い、すぐまた笑み崩れた。

「いやいや、他家から来た侍は皆お前と同じ顔をする。もっとも、その顔が見たくてこんな恰好《かっこう》をするわしの方こそ意地が悪いがな」

秀康はすっくと立ち上がり、部屋の奥にある具足櫃《ぐそくびつ》を探りだした。そこから取り出したのは、なんと大徳利であった。この男は具足櫃に様々なものを入れておく癖があり、高名な踊り子を招いた際に数珠や簪《かんざし》を取り出して与えたこともある。

大徳利と朱塗りの盃《さかずき》を抱えた秀康は、再び正吉の前に座った。

「石見、正直に申してみよ。お主、わしがどんな様子でいると思った？」

「いえ、その……」

「天下も継げず、家も継げず、荒れるか塞ぎ込むかしかない男でも描いていたのだろう？」

正吉は狼狽《ろうばい》した。

「まさか、滅相《めっそう》もない」

と口では言ってみるのだが、どうも顔がこわばり、額に汗が滲《にじ》んだ。

「正直者よ」

秀康はからからと笑い、

「世間でどう思われているか知らんが、俺は天下などいらぬのだ」

と、少し遠い目をしながら言った。

「天下はお長《ちょう》（徳川秀忠）のものだからな。兄は弟のものなど取り上げたりしないし、父がほしいものをくれぬからといって駄々《だだ》をこねたりしないものだ。……代わりに、わしはこの越前家を天下一の軍団としたい。誰もが憧れ、目指し、天下万民が生き方の指針にしたがるような、そういう家を創りたいのだ」

――天下一の軍団。

その言葉に、正吉は内心どきりとした。それは、長重が目指した武士団と同じものではないか。

「この秀康に力を貸してくれ、石見」

秀康は手ずから盃に酒を注《つ》ぎ、正吉に差し出した。その表情にすでに笑みはなく、鋭い双眸《そうぼう》に強い意思が漲《みなぎ》っている。

（どうも……）

実父の徳川家康とは、およそ違う人物らしい、盃を受けながら、正吉はそんなことを思った。

性格や嗜好《しこう》もそうだが、顔つきもずいぶんと印象が違う。秀康は丸顔の家康と違って筋張った厳《いか》つい骨相をしており、その上に妙に大きく鋭い三白眼《さんぱくがん》が乗っている。凶相、とまでは言わないが、なにか尋常でないものを感じさせる面構《つら》えである。

しかし、秀康はこの威圧感をもって余りある顔つきを、どういう技巧によるものなのか、あっという間に愛嬌《あいきょう》の中に溶かしてしまう。かと思えば、場を一瞬で鎮めるような威厳を覗《のぞ》かせたりもする。

だが、そんなことは瑣事《さじ》である。正吉が驚かずにいられないのは、秀康とこうして対面しているだけで、この男に戦場で思うさま使われてみたいという、理由のない衝動がふつふつと湧き上がってきていることだった。生まれながらの大将とは、つまりこういう男なのだろう。

(世の武士にとって、理想の主君かもしれない)

そんなことを思ったとき、正吉はわざわざ「世の武士にとって」などと無意識に付け加えている自分に気づき、つい苦笑した。

秀康はその笑いを別な意味にとったらしい。いよいよ上機嫌になって、正吉に何度も盃を勧めた。

そうして四、五杯も盃を重ねたころ、

「失礼致す！」

突然の胴間声と共に襖《ふすま》が開き、慌《あわ》ただしい足音を立てながら一人の男が駆け込んできた。見るからに戦場上がりらしい、浅黒く日焼けした体格のよい武者である。合戦でもないのに朱塗りの具足を着込み、左頬《ほお》には大きな矢傷があった。

「な、なんだお主は」

不意に現れた闖入者《ちんにゅうしゃ》に、正吉は目を白黒させた。

「お初にお目にかかる。越前家家臣、高木勘兵衛《たかぎかんべえ》と申す」

そう言って、勘兵衛と名乗った武者はその場に腰を下ろした。正吉は助けを求めるように秀康に視線を向けたが、この若き当主はにやにやと笑うばかりで、なにも言わず盃を呷《あお》り続けている。

勘兵衛は身を乗り出すようにして、正吉の顔を覗き込んでくる。

「よくぞ越前家へ参られた、江口石見殿。それがしは東国の田舎《いなか》育ちなれど、貴殿の高名はかねてから聞き及んでおりました」

「はあ、それはどうも」

「しかし、なにぶん浅識なる田舎者ゆえ、恥ずかしながら貴殿がいかなる武功によって名を高められたのか、寡聞《かぶん》にして存じませぬ」

「うん？」

つい愛想笑いを忘れ、正吉は表情をこわばらせた。勘兵衛は言葉遣いこそ慇懃《いんぎん》だったがその内容はこれ以上ない暴言だった。「お前の名前は知っているが、その割に働きのほどはとんと知らぬ」、つまり正吉のことを売名家か虚喝漢《きよかつかん》だと言っているのである。

「本日は是非とも、新参で一万石を賜《たまわ》るほどの石見殿の武勇についてお聞かせ願いたい」

口調だけは相変わらず丁寧に、しかし鋭くこちらを睨《にら》みつけてくる勘兵衛の様子から、正吉はようやくこの男の意図を察した。

正吉は、丹羽家臣のころと同じ一万石で家老として秀康に召し出された。大名並みの高禄であり、未だ越前家になんの功もない男が受けるにはあまりに多過ぎる。しかも正吉は間接的ではあるが徳川家に公然と逆らった男であり、言わば天下の謀叛人《むほんにん》であった。

そういう正吉が秀康から評価されているのが、勘兵衛は気に入らないらしい。

「ちなみに、それがしはこれまで一番槍を八度、受けた感状は二十は下りませぬ」

「立派なものですな」

正吉は微笑し、

「私など、槍先の武勇では到底あなたには及ばない。いちいち挙げるほどの戦功もありませぬ」

と、いつもの気の抜けたような態度で言ったので、勘兵衛は拍子抜けしたらしい。張り合って武勇自慢をしてくると思っていたのだろう。

「それで一万石か」

と、呆《あき》れた様子で言った。

「おかしなものじゃ。なにゆえ貴殿は高禄なのか」

「無論、私の武勇ゆえ」

ふと、正吉は唇を歪《ゆが》めた。先ほどまでの気の抜けた微笑とは違う、勘兵衛より遥《はる》かに不敵な笑みを浮かべ、

「あなたのような高名な士を指揮し、戦果を挙げるのが私の武勇であり、高禄である理由《わけ》です」

と、傲然《ごうぜん》と言った。

一万石もの高禄となれば、戦場では二百から三百の手勢に加えて、多数の与力部隊を率いることになる。要するに兵と将の武勇は違うのだ、ということを正吉は言っている。狩人は猟犬とどちらが獲物を殺したか競い合ったりはしない。

――江口は武のみにあらず、才も勝《すぐ》れたる者にて能返答《よくへんとう》せり。

と、『老人雑話《ろうじんざつわ》』はこの会話について綴《つづ》っている。

意外な返答に勘兵衛は目を丸くし、口を開けて呆然《ぼうぜん》としていた。だが、やがて耐えきれなくなったように吹き出し、身体《からだ》を揺らして豪放に笑い出した。

「いや、お許しくだされ、石見殿」

笑いを苦しそうに堪《こら》えながら、勘兵衛は言った。

「それがしは十年ほど前より当家に仕えておりますが、はじめの禄は五百石に過ぎませんでした。今でこそ功を重ね、貴殿と同じ禄を食《は》んでいますが、どうもそのことが口惜《くちお》しくて……」

（同禄？）

正吉は首をひねった。

いかに越前家が大封とはいえ、一万石の重臣などそうそういるものではない。

頭の中で、高禄の重臣の名前を転《ころ》がしてみる。本多伊豆《ほんだいず》、今村掃部《いまむらかもん》、土屋左馬助《つちやさまのすけ》、久世但馬《くぜたじま》、吉田修理《よしだしゅり》……。

（あっ）

正吉の脳裏に一人の名前が浮かび、思わず勘兵衛の顔を見た。

「高木というのは、嘘《うそ》さ」

勘兵衛はにやりと笑い、腰元から抜いた扇子《せんす》を舞わせながら、節をつけて謡《うた》い出した。

西の勘兵衛　槍勘兵衛　鬼も恐れる槍さばき
東の勘兵衛　厄《やく》勘兵衛　仏も逃げ出す厄まとい

勘兵衛は舞い終わると、

「それがし、御宿《みしゅく》勘兵衛と申す」

と、改めて名乗った。

秀康幕下で最も高名な武将である。駿河の名族の出身で、若いころから戦場を駆け、抜群の働きを示してきた。だが、その武名に反して勘兵衛を召し抱えようとする大名は皆無だった。

理由はその経歴である。駿河の今川《いまがわ》家、甲斐の武田家、相模の北条家……勘兵衛の仕えた主家は、なぜかことごとく滅んだ。

武士は生命が元手の稼業だけに、縁起を極端に担《かつ》ぐ。そのため、いかに勘兵衛の武勇が優れていようとこの不吉な男を迎え入れようとする者はおらず、大名たちは「厄勘兵衛」「厄神《やくがみ》の勘兵衛」などと呼んで忌《い》み嫌った。ただ一人、結城秀康を除いて。

——斬れ過ぎる刀が未熟な使い手を傷つけるように、滅んだ大名はお主を使いこなす器量がなかっただけのことだ。

秀康は世間でしきりと噂《うわさ》されている勘兵衛の厄を笑い飛ばし、

——わしはお主を使いこなしてみせる。勘兵衛よ、この秀康を輔《たす》けてくれるな？

と言って、北条家滅亡後、浪々としていたこの男を招き入れた。勘兵衛ははじめ鉄砲大将として五百石で仕え、徐々に累進して現在は一万石を食んでいる。

「しかし、まさか石見殿と同じ主に仕えることになるとは、奇縁ですな」

「奇縁？」

「この傷に、見覚えは？」

そう言って、勘兵衛は左頰の矢傷を指した。正吉には覚えがない。そもそも、勘兵衛とは初対面ではないか。

「山中城でござるよ」

勘兵衛は仄《ほの》めかすように言った。

（山中城……北条征伐か）

もう十年も前のことである。

（そういえば、あのときは別の勘兵衛と共に戦ったな）

徐々に記憶が蘇《よみがえ》ってくる。槍の勘兵衛こと渡辺勘兵衛と共に出丸を急襲し、三の丸前で間宮豊前と戦い、その後は別れて敵の総大将を追撃した。だが、折しも突風によって矢が逸《そ》れ、追撃は失敗したのだった。

そこまで記憶を辿《たど》り、正吉ははっとした。……風で逸れた矢はどこにいったのか。敵大将の護衛をしていた、赤具足の武者の頰に刺さったはずである。

「まさか……」

正吉は目を瞠《みは》った。眼前の赤具足の武者はどこか得意げでいる。

「そう、あのときの武者が、それがしでござるよ」

勘兵衛は、間宮豊前の命令により、総大将脱出の際の嚮導《きようどう》と護衛を務めた。その際、正吉の追撃軍に見つかり、流れ矢を受けながら退却した。

「どうもそれがしの厄が、矢を吸い寄せてしまったようでござるな」

勘兵衛はまるで他人事《ひとごと》のように言って大笑した。正吉も釣り込まれて笑った。確かに、奇縁と言うほかない。

「頼もしきことだ」

それまで黙っていた秀康が盃を置き、口を開いた。

「あの江口石見守が軍略を立て、さらには御宿勘兵衛が先陣を率いる。当家の武勇の頼もしさ、天下人さえ羨《うらや》ましがろう。秀康は果報者よ」

秀康は心から嬉しそうに、顔をくしゃくしゃにして笑った。


越前家での日々は、実に慌ただしいものであった。新興の大名家というだけでも、家中の組織づくりや領地、領民、領内財政の調べと取り決め、治水や町割りの整備、居城の普請などやることはごまんとあり、それを六十七万石もの規模で行わなければならない。

しかしその一員として働く歳月は、正吉にとってこのうえなく充実したものであった。越前家という新興の家を天下一の軍団に変えていくという大仕事は、結城秀康の理想であると同時に、正吉にとってなにより大切な、生涯を懸けて果たすべき誓いでもあったからだ。

——お前たちが新たな主の許で創り上げる武士団の中に、丹羽家は生き続ける。

かつて自身の失策によって全てを失った正吉は、再び目指すべきものを見つけた。それを秀康のような優れた主と、勘兵衛をはじめとする諸国から集められた名臣たちと共に成し遂げていけることは、正吉にとって何ものにも代えがたい喜びだった。

だが、その日々は長くは続かなかった。

二

関ヶ原の戦いの後、徳川家康は征夷大将軍《せいいたいしょうぐん》に就任した。それは徳川幕府という新たな政府を誕生させたことと同義であり、徳川家は名実ともに天下人となった。

ところが豊臣家は滅んでいない。秀吉の嫡男・豊臣秀頼は大坂城に健在であり、大封と共に依然として存続している。この旧政権がある限り徳川に抗《あらが》う芽は消えず、家康はなんとしても豊臣家を滅ぼさなければならなかった。

ただ、関ヶ原では大谷、石田ら豊臣家に害をなす奸臣《かんしん》の征伐という名目で兵を挙げたが、豊臣家そのものを討つとなれば諸大名が従うかどうか。下手をすれば、全国の大名が徳川に反旗を翻《ひるがえ》しかねない。特に恩顧《おんこ》大名の筆頭である加藤《かとう》清正《きよまさ》、豊臣の縁者である浅野《あさの》長政《ながまさ》、一時期秀吉の養子であった結城秀康などは早くから親豊臣的な態度を表明しており、中でも秀康は、

「大坂城におわす右大臣（豊臣秀頼）殿は、血が繋《つな》がらぬとはいえ我が弟である。兄が弟を守ることは人として当然ではないか」

と言って憚《はばか》らなかった。この三人の強硬な豊臣派大名がいる限り、豊臣家に戦を仕掛けるのはよほど困難であるといえた。

ところが、徳川家にとって幸運が起こった。この三人の大名が、数年の内に次々と死んだのである。死因は三人とも病死であると伝わっているが、あまりに徳川家にとって都合が良過ぎることから暗殺や毒殺が噂された。

真相はわからない。ただ一つ確実なのは、これで豊臣を攻めるための障害がなくなったことである。

関ヶ原から数えて十四年、慶長十九年（一六一四）十一月、戦いの火蓋《ひぶた》は切られた。

世にいう「大坂冬の陣」である。

兵力こそ徳川軍が圧倒的であったが、豊臣軍の士気は高く、各方面で奮戦し

た。とりわけ真田幸村《ゆきむら》（信繁《のぶしげ》）の活躍は大きく、真田丸という出丸《でまる》を守り、徳川軍を散々に翻弄《ほんろう》した。

家康は方針を変えた。かつて自分を降《くだ》した先代の天下人に倣《なら》い、武力ではなく政略によって、豊臣家の防戦の根源を取り上げようとした。

家康は豊臣家を謀《たばか》り、偽りの和議を結んだ。その後は巧みに城方を騙《だま》して真田丸を壊し、堀を埋め、城壁を毀《こぼ》ち、大坂城を裸同然にしてしまった。東洋一の堅《けん》牢《ろう》たる要塞は単なる巨大な住居に成り下がり、豊臣家の防戦を支えた大坂城という根源は実質的に消滅した。

翌年、家康は和議を反故《ほご》にし、大軍勢を率いて再び大坂城に攻め上った。「大坂夏の陣」と呼ばれるこの再戦は終始徳川軍の有利に進み、豊臣家はいよいよ追いつめられていった。

慶長二十年（一六一五）、五月六日。すでに日は暮れ、徳川軍の諸大名は各々の陣所で決戦の朝を待っていた。

「あの陣は、どこの大名じゃ」

徳川軍の若い兵士が朋輩《ほうばい》に尋ねた。彼の視線の先に陣幕があり、そのすぐそばに焚《た》かれた大篝火《おおかがりび》の灯りが見慣れぬ紋を浮かび上がらせている。

「古渡《ふっと》の前宰 相《さきのさいしょう》様よ」

朋輩は吐き捨てるように言った。

「ああ、なるほど」

尋ねた兵士は気づいたらしい。声に侮蔑《ぶべつ》を含んでいる。

「言われてみれば、篝火もどことなく頼りなげじゃな」

「よせ。聞こえるぞ」

朋輩はそう言ったが、自身も嘲 笑《ちょうしょう》に口元を歪ませている。彼らが去った後も、その頼りない篝火は陣幕に染め抜かれた奇妙な紋——直違紋《すじかい》を照らしていた。


陣の主は前宰相、常陸《ひたち》古渡で一万石を領する丹羽五郎左衛門長重である。

関ヶ原の戦いで敗軍に与《くみ》し、戦後処理によって改易された丹羽長重は、驚くべきことに、わずか三年で大名への復帰を許された。

『丹羽長重は謹慎を命じられた間、一切の叛意《はんい》を見せず、微塵《みじん》の不満も漏らさず、ただ粛 々《しゅくしゅく》と蟄居《ちっきょ》し続けた。その殊勝《しゅしょう》なる姿勢が、復帰を許した理由である』

と、幕府は公《おおやけ》に発表したが、無論、建前に過ぎない。

実は、加賀前田家、伊予藤堂家、紀伊浅野家、阿波蜂須賀家、そして越前家……その他、数えきれぬほどの大名たちが、丹羽長重の大名復帰を、幕府に対して願い出たのである。

この不可思議な動きに、幕府は困惑した。この大名たちの中には前田利長のように丹羽家と矛《ほこ》を交えた者もいれば、結城秀康のように長重と直接面識がない者も含まれている。彼らがなんのために、丹羽家などを助けようとするのか。

理由は、わかってしまえば単純なことだった。この大名たちは全て、改易された丹羽家遺臣の仕官先であった。

諸国に散った丹羽家の遺臣たちは、それぞれの主の許で、長重と誓った通り、理想の武士団の創造に尽力した。彼らの新たな主は、自らの家中の変化を通して、丹羽家の目指したもの、その志を知った。やがて誰ともなく、

「丹羽殿をそろそろ許してもよろしいのでは」

などと幕閣に申し入れる大名が出てきた。運動や周旋というような大袈裟《おおげさ》なものではなく、丹羽家が目指したものへの好感が、江戸城に登った大名たちに、な

にげなくそんな言葉を口にさせた。それが一人増え、二人増え、三年経《た》ったときには、幕府も無視できないほどの数になっていた。

奇《く》しくも長重の言葉通り、丹羽家は諸国で生き続けていた。一度は滅んだこの家を再び浮かび上がらせたのは、いかなる奇策でも謀略でもなく、彼らが抱き続けた理想と志だった。

こうして、敗軍の将としては異例中の異例である、丹羽家の大名復帰が認められた。

とはいえ、かつて軍事を担当していた重臣の大半が他家に移ってしまっている。このため統制がろくにとれず、冬の陣では活躍できないどころか、ほかの大名の戦闘の邪魔をしないことで精いっぱいだった。

この戦での丹羽家の働きについては、『武功雑記《ぶこうざつき》』の中で細川興元《ほそかわおきもと》という大名が、

――散々《さんざん》不出来《ふでき》に候《そうろう》。

と、痛烈に批判している。

「かつての丹羽家の武功は全て、江口三郎右衛門があってこそのものじゃ。此度《こたび》は彼《か》の者がおらぬゆえ、あのように散々な体《てい》を晒《さら》しているのだ」

細川ほど露骨ではないにせよ、世間では丹羽家の働きを非難する声が多い。敵方である豊臣家も、直違の旗が上がるのを見れば「ありがたや、腰の抜けた丹羽勢が徳川の邪魔をしてくれるぞよ」と囃《はや》し立てるような始末だった。

そんな折、最後の決戦を控えた丹羽家の陣所に、一人の男が訪ねてきた。

すでに還暦《かんれき》を過ぎたであろう老武者で、髪の半分以上が白く、口元や目尻に深い皺《しわ》が刻まれている。

「当家で、陣借りをしたい」

老武者の言葉に、番士は怪訝《けげん》そうな顔をした。陣借りとは、牢人《ろうにん》が大名の軍に混じって槍働きをする習慣だが、老人の陣借りなど聞いたことがない。

「何者じゃ、お主は」

「名か。名はね……」

老武者はにやりと笑い、兜の眉庇《まびさし》を上げて顔を見せた。

「江口三郎右衛門」

その名を聞いた番士は、白昼に化け物を見たほどに仰天した。

長重は、陣所でこの老武者と謁見した。武者は老いていたが、その気の抜けたような特有の表情は確かに十数年前と同じものだった。

「正吉……」

長重は目を丸くし、呆然と呟いた。

「越前家は、どうしたのだ」

「さあ、存じませぬな。ここにいるのは、越前家で一万石を食む江口石見守とやらではなく、ただの三右《さんえ》ですので」

嘘ではなかった。正吉は一万石を捨て、家老の地位もなにもかも放り出し、越前家を出奔《しゅっぽん》していた。

「私は一度、己の空論《うつろ》で家を潰《つぶ》しました。今さらどの面を下げてと思われるやもしれませんが、このまま丹羽家が侮られるのは我慢ならない。そう思い、恥を忍んでここに参りました」

言い終わると正吉はひれ伏し、「今一度だけ、丹羽家で槍を取ることをお許しください」と震える声で言った。

「よく、戻った」

頭上にかけられた声は、拍子抜けするほど朗《ほが》らかで、軽々としたものだった。

「江口三郎右衛門正吉、お主を丹羽五郎左衛門長重が臣下たることを許す。これまで通りよく仕え、私を輔《たす》けよ」

（ああ……）

正吉は思わず返事をするのも忘れ、ひれ伏したまま涙ぐんだ。二十年以上前、正吉はこの主人からまったく同じ言葉を聞いた。丹羽家の再興を、理想の武士団を創ることを、この主従は誓い合った。

その誓いを、正吉は果たせなかった。それどころか、自身の読みの甘さによって踏みにじった。だが、長重の言葉も、声音も二十数年前となに一つ変わらなかった。そこに怒りはなく、失望もない。

正吉は再び、同じ志を抱くことを許された。

「では、命令だ。正吉、空論を聞かせろ。まさかなにも考えていないわけではあるまい？」

「殿、それは……」

正吉は戸惑った。かつて丹羽家を滅したのは、その空論ではないか。

「なにとぞご勘弁を……」

「いや、許さぬ」

長重はぴしゃりと言ったが、厳しい声音と裏腹に顔は苦笑を堪えてひきつっている。

「主君の命を聞くのが臣下なのだろう？　早く聞かせてみせろ」

その後も正吉は何度も断ったが、結局は折れた。間もなく丹羽軍の重臣たちが集められ、軍議が行われた。

「大坂方に旧知の者がおります」

正吉はまずそう切り出した。

「豪傑と呼ぶに相応《ふさわ》しい男ですが、どうも味方からは嫌われているらしい。任されている人数はわずかに二百、しかも配置は常に後詰《ごづめ》です。明日はいよいよ決戦というのに、これでは華々しい活躍など到底できません」

正吉の知る「あの男」が、そのような現状に甘んじていられるはずがない。

「あの男は必ず持ち場を捨てて、本陣に奇襲を仕掛けてきます」

徳川軍の本陣は二つある。西の天王寺《てんのうじ》口の徳川家康の陣と、東の岡山《おかやま》口にある徳川秀忠の陣である。狙われるのは、まず間違いなく岡山口の陣だと正吉は説明した。天王寺口は前後が諸大名に固められてほとんど隙がない。岡山口もやはり多くの大名に固められていたが、

「背が剝《む》き出しなのです」

と、正吉は即席でこしらえた地図を指して言った。岡山口は前衛の守りこそ堅いが、その後背にはただの一人の兵士もいない。

理由がある。岡山口の東側に、ちょうど進軍路に沿うようにして平野《ひらの》川が流れている。深さはさほどでもないが川幅が広く、流れも速い。人間が渡るのは至難の業であったし、騎馬武者にしても、この当時の国産馬というのは馬格が小さく、平野川程度の川でも渡河しようとすれば首まで水が浸《つ》かってしまいとても身動きはとれない。この川があるため、岡山口に陣を構える徳川秀忠は、側面や背後に回り込まれる事態を想定していないのだった。

「では、お主の申す男はどこから奇襲を仕掛けるのだ」

「無論、その平野川を渡って」

平野川は、ちょうど本陣のすぐ近くで分岐し、今川《いま》、鳴戸川《なると》、駒川《こま》などに分かれる。分流一つ一つの川幅は狭くなり、水深も浅くなっているため、その気になれば徒士《かち》であっても渡れないこともない。

奇襲が成功すれば、将軍の首が飛ぶ。その窮地を丹羽軍の手で救う。それが、正吉の語った軍略であった。

「それは妙ではないか」

重臣の一人、樽井重継《たるいしげつぐ》という新参者が言った。

「奇襲を防ぐのなら、本陣周りを固めるよう公儀《こうぎ》（幕府）に献策致せばよいではないか」

「それでは丹羽家の功になりませぬ」

正吉はかつて北陸の戦いで見せたような、不敵そのものの笑みを浮かべた。

策の狙いは将軍を守ることではない。将軍の命を的に奇襲を釣り出し、大戦果を挙げることである。奇襲を防いだ功は丹羽家で独占するつもりであり、そのためには本陣は無防備である方がいい。

ただ、博打《ばくち》であった。丹羽軍は天王寺口に布陣する榊原《さかきばら》家という大名の与力であり、岡山口とは正反対の配置である。奇襲を防ぐためには、自軍の一部を割《さ》き、その部署を捨てて抜け駆けするという軍規違反を犯さなければならない。正吉の当てが外れ、奇襲そのものが行われなければ、丹羽家は今度こそ滅ぶであろう。

「……これが私の最後の空論です。後は、長重様がお決めください」

正吉は地図を畳み、長重の前に跪《ひざまず》いた。

「仕損じれば、家を再び失うか」

長重は顔をややうつむかせ、真剣な面持ちで考え込んだ。そしてごく短い思案の後、

「……そう、失うのはたかだか一万石とこの首ぐらいだ」

と、独りごとのように言って顔を上げた。そこにはいつもの童じみた、善良な笑みが浮かんでいる。

「賭けるさ。武士と畜生を分かつものはただ一つだ。ならば、ここで逃げを打てるか」

興奮しているのか頬を少し紅潮させていたが、笑みは崩さない。長重の言葉には迫力や重みはないが、不思議な爽やかさがあった。

正吉の内側からなにかが湧きおこる。それはどうやら興奮や感動のようであったが、口の隙間から漏れ出るときにはなぜか苦笑になった。

(やはり俺の殿は、この人だ)

仮に結城秀康が生きていたとしても、正吉は越前家を出ただろう。そして、そのことに微塵《みじん》も後悔などしなかったに違いない。

秀康は世の武士にとって理想的な主人だろう。大名として必要な全ての能力と、人格的魅力を十分過ぎるほど備えていた。それでも正吉の主君は、目の前の

凡庸《ぼんよう》で、善良で、分不相応《ぶんふそうおう》で滑稽《こっけい》なほど大きな理想——つまりは正吉自身と同じ志を持った、童じみた笑みを浮かべる男でしかありえなかった。

正吉はそれを、自分で決めた。


五月七日、正午過ぎ。

最後の決戦の戦端が開かれたのとほぼ同時に、その軍勢は動き出していた。兵数はおよそ二百、全ての将士が燃えるような赤具足を着込んでいる。

軍勢の大将は、恐ろしく大きな葦毛《あしげ》の巨馬に跨《またが》っていた。真っ赤な胴丸には「大」の字に槍鞘《やりざや》の意匠を加えた「剣大《けんだい》」という合《あ》い印《じるし》が描かれ、背には褄黒《つまぐろ》の旗を指している。それらはいずれも、彼の以前の主家で用いられていたものだった。

かつて、彼は素晴らしい主家に仕えていた。家を束ねる主人がまず魅力的な人物であったし、なにより大きな理想があった。天下一の軍団——その夢のような理想の下、癖の強い重臣たちはまるで一つの生き物のように纏《まと》まり、協力し、その名に恥じぬ武士団を築き上げてきた。

その主家が、壊れた。

主人が若くして没すると、あれほど纏まっていた重臣たちがばらばらになり、勢力争いを始めた。対立は次第に深刻化し、ついには重臣同士が殺し合う大騒動に発展した。

まったく、彼の主家は壊れてしまった。天下一の軍団などは彼方《かなた》に消え去った。

だからこそ、彼はここにいる。天下一の軍団は確かに存在したのだと、その命懸けの働きを以て世に示すために戦場にいる。

「ほう」

大将は声を上げた。彼の軍の正面、四十間（約七二メートル）ほど先に一群が見える。二百人ばかりの人間が具足を着込み、槍を携え、旗を掲げている。武士団だった。

鏡映しのように彼らは相対した。

「珍しいところで会うものでござるな」

赤具足の大将は、大声をかけた。

敵軍に見覚えのある男がいる。大将と思しきその男は、無骨な鉄錆地《てつさびじ》の具足に身を包み、飾り気のない素槍を携えている。この距離では顔つきはわからない。

しかし、赤具足の大将にはどこか確信めいたものがあった。

「勘兵衛、降《くだ》ってくれ。決して悪いようにはせぬ」

鉄錆地の大将——江口正吉は金属のような、努めて感情を押し殺した声で言った。

半分は打算である。戦わずに敵部隊を降伏させれば、危険を冒さず戦功を得ることができる。しかし、もう半分は激情だった。体内で暴れ続けるそれをなんと呼べばいいのか、正吉自身にもわからない。だが、同情や哀れみのような生易《なまやさ》しいものでないことだけは確かだった。

目の前の赤具足の大将、御宿勘兵衛は正吉自身だった。

理想の主が死に、理想の主家は壊れ、その命を使い潰すこと以外で生き様を示すことができなくなってしまった。長重がいなければ、正吉も勘兵衛と同じ道を歩んでいただろう。

御宿勘兵衛を討つことは、まるでもう一人の自分を殺すようなものだった。

「勘兵衛、降れ！」

正吉は耐えきれず、悲痛さの滲む声で叫んだ。しかし、馬上の勘兵衛はゆっく

りとかぶりを振り、

「天下一の軍団なら、ここで逃げは打てぬ」

と言った。奇しくもそれは、長重が言ったことと同じだった。

「石見殿、言葉のときはとうに終わっているのだ。それがしの行き先を決めるのは、これだけよ」

勘兵衛は両鎌槍《もろかまやり》を高々と掲げ、

「御宿勘兵衛正友《まさとも》、これより本陣に押し通る！」

と、怒鳴った。

白刃を抜いたようなものだ。宣言した以上、勘兵衛はもはや後には退かない。奇襲部隊の行動は確定した。つまりは、正吉たちの行動も決まってしまった。

「通させぬ」

正吉は顔面を複雑に歪ませながらも、はっきりとした声で言った。

「そりゃあ残念だ、戦うしかないな」

勘兵衛は笑った。正吉が腹立たしくなるほど、心底嬉しそうな顔であった。

赤備《あかぞな》えの部隊が突撃を開始した。馬蹄《ばてい》と嘶《いなな》きを轟《とどろ》かせ、燃えるような赤具足を纏った人馬の群れが襲いかかる。両軍は砂塵《さじん》と血煙《ちけむ》りを巻き上げ、激しい乱戦が展開された。

暴風に晒《さら》された稲穂のように、丹羽軍は敵兵によって次々と薙《な》ぎ倒されていく。当然だった。今やその弱兵ぶりと練度の低さは天下の知るところであり、まともにぶつかれば、まず半刻ともたない。——つまり、勝機はただ一つしかない。

「勘兵衛！」

敵味方が入り乱れる中、正吉は褄黒の旗を指した騎馬武者を見つけ、死角となった馬首の陰から槍を繰り出した。勘兵衛はそれをすんでのところで躱《かわ》したが、体勢を崩して鞍《くら》から落ちた。しかし、倒れ込むようなことはなく、機敏に身を翻して着地し、即座に槍を構えた。両者は相対し、距離を測りながら睨み合う。

丹羽軍に勝機があるとすれば、勘兵衛を討ち取る以外にない。

「往《ゆ》くぞ」

言うが早いか、勘兵衛は踏み込んだ。膝、腹、胸。息をつく間も与えず、次々と両鎌槍を繰り出す。正吉は防ぐだけで精いっぱいの様子で、三度目の突きを弾《はじ》くと、ぱっと飛び退《の》いて距離をとった。

（……む？）

勘兵衛は違和感を覚えた。正吉が反撃に転じてこないことではない。年齢のことを考えれば防いだだけでもでき過ぎている。勘兵衛はほんの一瞬思考し、そして気づいた。

（ああ、そうか）

一の突きは、膝。これは難なく払った。腹を狙った二の突きも上手く逸《そ》らした。ただ三の突き、胸を狙った攻撃は反応が遅れ、苦しげな姿勢で弾くような恰好になった。

勘兵衛は知っている。正吉は左腕が利かないのだ。山中城の戦いで左肩に重傷を負って以来、腕を上げるのが困難になっていた。だから上部の攻撃への対応はどうしても遅れてしまう。

首筋を斬る、と勘兵衛は決めた。

己の得物《えもの》は両鎌槍である。「突けば槍、薙《な》げば薙刀《なぎなた》、引けば鎌」と評されるように、刺突《しとつ》だけでなく斬ることも視野に入れた武器であった。上から袈裟懸《けさが》けに斬りかかれば、正吉に防ぐ術《すべ》はない。

勘兵衛は、薙刀のように両鎌槍を振り上げた。

そのとき、内側から熱湯を流し込まれたような熱さを右手に感じた。それが熱さでなく痛みであることに気づくのには時間を要した。痛みの主は、勘兵衛の意識の外から襲いかかってきた。

右手に、鋼《はがね》の穂先が刺さっている。決して届くはずのない素槍の尖端《せんたん》が、浅黒い肌を深くえぐっている。その理由を考える間もなく、勘兵衛の手首は刎《は》ね飛ばされた。


一種の信頼の産物であった。

正吉の左肩の怪我《けが》に、勘兵衛は必ず気づく。気づけば、上からの攻撃を狙うだろう。最も有効なのは首筋への一太刀であり、両鎌槍なら袈裟斬りに近い形になる。そのことを即座に判断し、行動するに違いない。

槍を振り上げれば、右手が前に向く。正吉はその一瞬のみを狙い、右腕だけで倒れ込むように刺突を繰り出した。もし勘兵衛が一つでも見逃せば、正吉は勝てなかっただろう。

「終わりだ、勘兵衛」

すでに正吉は勘兵衛を組み敷いている。右手には槍ではなく鎧通《よろい》しを握り、勘兵衛の浅黒い首筋にぴたりと突きつけていた。あとは、首を刎《は》ねるだけであった。

だが、できない。

丹羽家再興という目的のために、敵はもちろんのこと、味方にすら容赦ない手段を用いてきた正吉でさえ躊躇《ちゅうちょ》した。目の前で首を刎ねられようとしているのは、まるで自分であった。

一瞬、視線を逸らした。

そのとき、下腹部に鈍痛が走った。正吉は思わずのけぞり、その場にうずくまって悶《もだ》えた。勘兵衛が睾丸《こうがん》を蹴り飛ばし、身体《からだ》をよじって脱《ぬ》け出したのである。

「さすがだな」

勘兵衛はふらつきながら言った。正吉の策や槍さばきのことではない。彼の傍らにすり寄ってきた葦毛の巨馬のことだった。

「さすがは越前家秘蔵の名馬、荒波《あらなみ》よ。誰が秀康様の衣鉢《いはつ》を継ぐ者か、よくわかっておる」

勘兵衛はかすれた笑いを漏らしながら、もたれかかるようにして馬に跨った。

「石見殿、見よ」

勘兵衛は平野川の対岸を指差した。その視線の先に、見慣れた旗が数えきれぬほどなびいている。褄黒の旗、越前家であった。天王寺口で真田幸村と対峙《たいじ》していたはずだが、どうやら勝利し、岡山口になだれ込んできたらしい。

勘兵衛の望みは完全に潰《つい》えた。だが、この男はいよいよ嬉しそうに笑みを浮かべ、

「今の越前家がどれほどのものか、確かめるのも面白い」

と言い捨て、駆け出した。

普通の騎馬なら平野川の本流は渡れない。しかし、荒浪と呼ばれる巨馬にかかればたやすいことだった。勘兵衛はあっという間に渡河し、越前家の軍勢に向かっていった。

「勘兵衛！」

正吉は叫んだが、勘兵衛は振り返らない。その背は溢れ返る人馬と、土埃《つちぼこり》と、血煙りの中に消えていき、二度と現れることはなかった。まるで勘兵衛はたった一人で、過ぎ去った戦乱の世に還《かえ》っていってしまったようだった。

その後、大坂城は陥落し、豊臣家は滅亡した。消え去ろうとする戦乱の、最後

の燭火《しょっか》にも似た黄金の巨城は、天を焦がしながら燃え落ち、跡には白い灰だけが残った。


大坂夏の陣から数年後。

東北のある高名な大名が、行列を率いて奥州《おうしゅう》街道を進んでいた。

ふと、家臣の一人が感嘆の声を上げた。

「これは、見事な……」

彼らの目の前には、漆喰《しっくい》で塗り固められた壮麗な城塞《じょうさい》が聳《そび》えている。ただ美しいだけではなく、この城郭は全域にわたって精巧な石垣が積み上げられた総石垣の城であった。東国の城に石垣は珍しく、彼らの居城にもほとんど使われていない。

「さすがは築城名人・丹羽五郎左衛門様の普請、噂に違《たが》わぬ名城でございますな」

「見事なものか」

大名は面白くなさそうに鼻を鳴らした。

「わしならこの程度の城、朝飯前には踏み潰してみせるわ」

「殿」

生真面目そうな顔をした重臣が、横合いからたしなめるように言った。

「いかに当家の軍勢が精強とは申せ、侮ってはなりませぬ。丹羽家には江口三郎右衛門という老巧の武者がおります」

江口は小松の陣（浅井畷《あさいなわて》の戦い）でも活躍した武功の者ゆえ、ゆめゆめ御油断なさいませぬよう、と重臣はくどくどと小言めかしく言った。彼は主より遥かに年下なのだが、家老であり傅役《もりやく》（養育係）でもあった父の影響で諫言癖《かんげんへき》が抜けない。

ただ、この重臣は父ほど堅苦しくはなく、多少の諧謔味《かいぎゃくみ》も持ち合わせている。

「さすがの殿でも、朝飯前とはいきますまい」

重臣は意味ありげに主の方を見て、

「まず、昼飯前まではかかりましょうな」

と抜けぬけと言った。後は知らん顔でいる。

「そうか」

主もまた、含むような微笑《びしょう》を浮かべた。

「朝飯が食えぬのは難儀だな。白河城は潰さずにおいてやるか、なあ小十郎《こじゅうろう》よ」

そう言ってげらげらと笑いながら、独眼の大名は城下を去っていった。

この話は同地で長く語り継がれ、『白河古事考《しらかわこじこう》』などに書き残されている。


大坂での丹羽家の活躍は、公《おおやけ》の戦功とは認められなかった。

ただ、将軍・徳川秀忠の耳には入った。

秀忠はこのことに恩義を感じ、長重を重用するようになった。特に築城に関する深い知識や、丹羽家が幾度となく窮地に追い込まれ、そのたびに這《は》い上がった数奇《すうき》な運命に興味を持ち、伊達政宗《まさむね》、蜂須賀家政《いえまさ》らと共に、自身の御伽衆《おとぎしゅう》の一人に加えた。

さらに、弱兵とそしられた丹羽軍が江口正吉の帰参により立て直しが行われていると知り、東国の重要拠点・陸奥《むつ》棚倉《たなくら》に五万石で封じた。丹羽家は、二代にわたって守り続けてきた普請技術の限りを駆使して棚倉城を築き、関東と奥州の境であるこの要所をしかと固めた。

その実績を見込まれ、間もなく陸奥白河に十万七百石で加増転封となり、奥州街道の抑えを任された。長重がこの地で築いた白河城（小峰《こみね》城）は、東北三名城に数えられる見事な城で、堅牢かつ実戦的な縄張りや、川の流れを大きく変えて城下町の用地を確保するという大胆な構想と、それを成しとげた技術は、普請名人の名に恥じぬものであった。

その後、長重の子の光重《みつしげ》の代には陸奥二本松《にほんまつ》へ転封となり、丹羽家はこの地に定着した。江口家は代々家老を務め、当主は「三郎右衛門」を称した。

空論《うつろ》は成したときから空論でなくなる。彼らが抱いた夢のような空論は形を成し、かつての織田五大将のうち、大名として生き残った唯一の家として、武士の時代の終わりまで続いた。

丹羽家と江口三郎右衛門という主従もまた、二百五十年先まで続いたことになる。

丹羽家が二本松に移った後も、長重の廟所《びょうしょ》は白河に残された。彼の愛した白河城のすぐそばで、今も静かに眠っている。

一方、正吉の墓はわからない。

奇妙なことに、二本松の江口家の墓所に葬られているのは二代目三郎右衛門こと江口正信《まさのぶ》以降の子孫であり、初代である正吉がいつ、どこで死んだのかは現在《いま》もわかっていない。

正吉は墓も辞世《じせい》も遺《のこ》さず、はじめから存在しなかったかのように、いつの間にか歴史から退場した。その有り様は、生涯そのものが壮大で鮮やかな空論《うつろ》であったかのようで、いかにも彼に似つかわしい。

主要参考文献

丹羽家譜（東京大学史料編纂所所蔵）
丹羽歴代年譜（東京大学史料編纂所所蔵）
丹羽歴代年譜　附録　家臣伝（東京大学史料編纂所所蔵）
寛政重修諸家譜（続群書類従完成会）
信長公記（新人物往来社／太田牛一著　桑田忠親校注）
太閤記（岩波文庫／小瀬甫庵著）
日本史（中央公論社／ルイス・フロイス著　松田毅一、川崎桃太訳）
武功雑記（青山清吉／松浦鎮信著　松浦詮編）
家康公伝　現代語訳徳川実紀（吉川弘文館／大石学、佐藤宏之、小宮山敏和、野口朋隆編）
越登賀三州志（石川県図書館協会／富田景周著　日置謙校）
長氏文献集（石川県図書館協会／太田敬太郎校）
玉縄北条氏関連文書（千葉大学文学部佐藤研究室／佐藤博信編）
小松市史（小松市史編集委員会編）

新修小松市史資料編（新修小松市史編集委員会編）
二本松市史（二本松市編）
小田原合戦（角川選書／下山治久著）
関ヶ原合戦と大坂の陣（吉川弘文館／笠谷和比古著）
前田利家・利長軍記（勉誠出版／青山克彌著）
小松軍記／群書類従　第二十一集（続群書類従完成会／塙保己一編纂）所収
渡辺水庵覚書／続群書類従　第二十集　下（続群書類従完成会／塙保己一編纂）所収
柴田退治記／続群書類従　第二十一集（続群書類従完成会／塙保己一編纂）所収
賤嶽合戦記／続群書類従　第二十集　下（続群書類従完成会／塙保己一編纂）所収
余吾庄合戦覚書／続群書類従　第二十集　下（続群書類従完成会／塙保己一編纂）所収
老人雑話／史籍集覧　第十冊（臨川書店／近藤瓶城編纂）所収
川角太閤記／改定史籍集覧　第十九冊（臨川書店／近藤瓶城編纂）所収

可観小説／加賀藩史料（清文堂出版／日置謙編）東京大学史料編纂所データベースより
袂草／加賀藩史料（清文堂出版／日置謙編）東京大学史料編纂所データベースより
山口軍記／加賀藩史料（清文堂出版／日置謙編）東京大学史料編纂所データベースより

二本松藩史（二本松藩史刊行会編）近代デジタルライブラリーより（※以下同じ）
武家事紀（山鹿素行先生全集刊行会／山鹿素行著）
名将言行録（牧野書房／岡谷繁実著）
常山紀談・武林名誉録（国民文庫刊行会／湯浅常山著）
日本戦史（元真社／参謀本部編）
関原軍記大成（国史研究会編）
白河古事考（堀川関楓堂／広瀬典著）
大阪陣（南北社出版部／福本日南著）

増補難波戦記（自由閣／西村富次郎編）

文庫版特別付録――丹羽《にわ》家家臣団 主要人名集

箕輪 諒編

丹羽長秀 にわ・ながひで

万千代、五郎左衛門、越前守《えちぜん》。尾張国《おわりのくに》児玉《こだま》村領主・丹羽長政《ながまさ》の子。小姓として織田信長《おだのぶなが》に仕え、戦場や行政、普請など多方面で頭角を現し、二番家老にまで上り詰めた。その地味ながら米のように欠かせぬ働きぶりから「米五郎左《こめごろうざ》」とあだ名された。本能寺《ほんのうじ》の変《へん》後は羽柴《はしば》（豊臣《とよとみ》）秀吉《ひでよし》を支援し、その功によって越前、若狭《わかさ》、加賀《かが》、近江《おうみ》にまたがる一二三万石もの大封の主となった。

丹羽長重 にわ・ながしげ

鍋丸、五郎左衛門、小松宰相。長秀の嫡男。母は織田信長の養女（庶兄・信広《のぶひろ》の娘）深光院《しんこういん》。父の病没により、わずか十五歳で一二三万石の大封を継承するも、度重なる減封によって力を削《そ》がれた。関ヶ原《せきがはら》の戦いにおいては、北陸の関ヶ原「浅井畷《あさいなわて》の戦い」で前田《まえだ》軍を相手に大戦果を挙げる。

戦後、西軍に与《くみ》した罪により改易。しかし、三年後に常陸古渡《ひたちふっと》一万石で大名復帰を果たし、同国江戸崎《えどさき》二万石、陸奥棚倉《むったなぐら》五万石と徐々に累進し、最終的に陸奥白河《しらかわ》に十万七百石で封じられた。

丹羽秀重　にわ・ひでしげ

九兵衛。長秀の弟。江口《えぐち》、坂井《さかい》、大谷《おおや》と並ぶ家老として五千石を食《は》む。改易後も長重に従い続け、七十過ぎの老体でありながら大坂《おおさか》の陣にも参戦し、夏の陣・天王寺《てんのうじ》の戦いで戦死した。

報恩院　ほうおんいん

長重正室。織田信長の五女。本能寺の変後、秀吉の肝煎《きもい》りによって長重に嫁ぐ。嫉妬深く、気性が荒かったと伝わる。

長重は正室・報恩院との跡継ぎに恵まれなかったため、側室との隠し子であった光重《みつしげ》を後継とすることに決め、報恩院の説得を重臣・樽井重継《たるいしげつぐ》に託す。報恩院は思うところあって懐刀を携えていたが、光重の利発そうな顔立ちを見てわだかまりが氷解し、後継を認め、養母となった。

丹羽光重　にわ・みつしげ

宮松丸、左京大夫。母は側室・竜光院《りゅうこういん》（山形《やまがた》氏）。長重の死により、白河十万七百石を継承。その後、同禄で陸奥二本松《にほんまつ》へ転封となり、以後、丹羽家は二本松藩としてこの地に定着した。光重は八十一歳まで長命を保ち、城下町の整備をはじめ藩政の礎を築いた。

◆長重の弟たち

丹羽長正　にわ・ながまさ

備中守《びっちゅうのかみ》。母は堤《つつみ》氏。秀吉に越前東郷《とうごう》五万石を与えられるが、関ヶ原で西軍に与して改易。豊臣秀頼《ひでより》に仕えるが、大坂の陣の前に退去し、越前福井《ふくい》に隠棲《いんせい》。寛永《かんえい》七年、同地で没する。享年五十五。子孫は丹羽家に仕える。

藤堂高吉　とうどう・たかよし

宮内少輔。母は杉若《すぎわか》氏。藤堂高虎《とうどうたかとら》の養子。伊予今治《いよいまばり》城主を経《へ》て、伊賀名張《いがなばり》藤堂家（二万石）の祖となる。大坂の陣では実父と義父の名に恥じぬ活躍を見せた。寛文《かんぶん》十年、九十二歳で没する。

蜂屋直政　はちや・なおまさ

越後《えちご》守。母姓未詳。長秀の妹婿・蜂屋頼隆《はちやよりたか》の養子になるも、早世し蜂屋氏は断絶。

丹羽長俊　にわ・ながとし

長門《ながと》守。高吉と同母。慶長《けいちょう》七年、徳川《とくがわ》家の旗本になるも後に病により退く。同十七年、病没。享年三十。子孫は丹羽家に仕え、秀重の家系（丹羽一学家）を継いでいる。

丹羽長紹　にわ・ながつぐ

左近将監。母姓未詳。浅井畷の戦い後、人質交換のため前田家へ送られる。その後、徳川家の旗本として千石を領するも、元和《げんな》五年伏見《ふしみ》で急死。享年三十七。子孫は旗本として続き、後年、丹羽宗家（二本松藩主）の当主を輩出している。

◆家臣団

〈あ行〉

青木一重　あおき・かずしげ

所右衛門、民部少輔。美濃《みの》出身。丹羽家臣・青木重直《しげなお》の子。若年の頃、父のもとを飛び出し、諸家を渡り歩く。姉川《あねがわ》の戦いでは徳川家に属して戦い、朝倉《あさくら》の猛将と名高い真柄直隆《まがらなおたか》（あるいは弟の直澄《なおずみ》、息子の直基《なおもと》とも）を討ち取る功を挙げた。このとき一重が用いた愛刀・孫六兼元《まごろくかねもと》は「真柄切《まがらきり》兼元」と称され、のちに丹羽家へ譲られた。姉川ののち、一重は丹羽家に仕えるが、減封後は一万石の大名となり、豊臣家の親衛隊「七手組」の組頭に加えられた。大坂の陣では、冬の陣では豊臣方だったが、休戦中、弟を徳川方に人質に取られ、大坂城へ戻ることを許されず、剃髪《ていはつ》して隠棲した。戦後は徳川家に出仕し、摂津麻《せっつあさ》田《だ》藩一万二千石の祖となった。

青山宗勝　あおやま・むねかつ

助兵衛、修理亮。長秀の娘婿。減封後は秀吉に召し出され、黄母衣《きほろ》衆に列する。越前丸岡《まるおか》四万六千石を与えられるが、関ヶ原で西軍についたため改易。阿《あ》波徳島《わとくしま》藩主・蜂須賀《はちすか》氏の保護を受ける。のち、宗勝の子・長勝《ながかつ》は白河の丹羽家へ帰参を許され、丹羽姓を賜り丹羽助兵衛を名乗った。

浅尾重常　あさお・しげつね

勘太郎、数馬介。佐竹家臣・高根重久《たかねしげひさ》の子。佐竹家が関ヶ原で西軍に与した廉《かど》で常陸から出羽《でわ》へ国替えになると、牢人《ろうにん》となった重常（当時は高根幸次《ゆきつぐ》）は古渡藩主・丹羽長重に小姓として召し出される。長重から才気を愛され、重の一字と浅尾の姓を与えられ、家老に取り立てられた。重常はよく主君の期待に応え、丹羽家再興を牽引《けんいん》した。

浅見（丹羽）忠政　あさみ・ただまさ

掃部介。近江浅井氏傘下の有力領主・浅見忠実《ただざね》の子。母は丹羽長秀の妹。小田原《おだわら》征伐、浅井畷の戦いなどに従軍し、長重が古渡一万石で復帰した際に、丹羽姓を許される。大坂夏の陣で、丹羽秀重と共に奮戦し、戦死。

安養寺高明　あんようじ・たかあき

猪之助。浅井家家臣・安養寺氏種《うじたね》と同族か。賤《しず》ケ岳《がたけ》では斥候役を務めた。減封後も長重に従い、小松時代の禄は五千石とも千五百石ともいう。改易後は阿波蜂須賀家へ仕えたともいわれるが、蜂須賀家側に消息は残っていない。

猪飼秀貞　いかい・ひでさだ

半左衛門。近江堅田《かたた》の国衆・猪飼昇貞《のぶさだ》の子。父と共に明智光秀《あけちみつひで》に属し、秀貞は明智姓を許された。光秀の敗死後は長秀に仕え、丹羽家が減封されると徳川家康《いえやす》に仕えた。

揖斐光正（政雄？）　いび・みつまさ

与右衛門。美濃出身。はじめ土岐《とき》氏に仕えたが、のちに丹羽家に転じ、減封後は徳川家に仕え、旗本になったと伝わる。ただし、『寛政譜《かんせいふ》』の旗本揖斐氏の家系伝承とは合致しない（揖斐与右衛門は織田信雄《のぶかつ》の家臣であったと伝える)。

上田重安　うえだ・しげやす

主水正、宗箇《そうこ》。父は丹羽家臣・上田重氏《しげうじ》。減封後は豊臣家に仕え、越前国内で一万石を与えられる。関ヶ原後では西軍に味方して改易されるが、蜂須賀家の客将を経て浅野《あさの》家に仕官し、大坂の陣で功績を挙げた。武辺のみならず茶人・作庭家としても高名で、宗箇流茶道を開いた。

江口正吉　えぐち・まさよし

三郎右衛門、石見《いわみ》守。近江出身と伝わる。若年の頃より長秀に近侍し、多くの武功を挙げ、若狭国吉《くによし》城代、京奉行なども務めた。長秀死後、丹羽家は没落し、多くの家臣が去る中で、正吉は坂井直政《なおまさ》らと共に後継の長重を支え、浅井畷では自ら大将として前田勢を相手に大戦果を挙げた。戦後、丹羽家を去って結城秀康《ゆうきひでやす》に一万石で召し出されるが、のちに退去したという。子の正信は白河時代に丹羽家に帰参し、以後、江口家は丹羽家の家老として幕末まで続いた。

大島(大嶋)光義　おおしま・みつよし

雲八。美濃出身。百発百中の弓の達人で、織田信長の弓大将として数々の功名を成し、本能寺後は長秀に仕えて八千石を領した。減封後は豊臣家に仕えて一万二千石の大名となる。関ヶ原では東軍に属し、戦後、加増されて一万八千石を領す。慶長《けいちょう》九年、九十七歳で没した。その生涯の中で合戦五十三度に臨み、感状四十一通を得たという。所領は子孫に分与され、大島家は旗本として続いた。

太田一吉（政之）　おおた・かずよし
小源吾、美作《みまさか》守、飛驒《ひだ》守。丹羽家臣（与力とも）太田源吾《げんご》の子。減封後、秀吉に仕え、豊後臼杵《ぶんごうすき》三万五千石の大名となる（のちに六万五千石に加増）。朝鮮《ちょうせん》出兵の際は軍監を務めた。関ヶ原では西軍に属し、臼杵城に拠って東軍と戦うも、戦後に改易。剃髪して宗善と号し、京で隠棲した。

太田牛一　おおた・ぎゅういち（うしかず）
尾張出身。「信長公記《しんちょうこうき》（信長記）」の著者として有名。織田家臣時代、丹羽長秀の与力として右筆を務めていた。本能寺の変後は、丹羽家から禄（隠居料か）を与えられて領内で隠棲していたが、のちに秀吉に請われて豊臣家へ出仕した。

大谷元秀　おおや・もとひで
与兵衛。父は丹羽家臣・大谷吉秀《よしひで》。若年より数々の武功を挙げ、江口、坂井、秀重に並ぶ家老として列した。元秀は丹羽家改易後も付き従い、その忠義に長重は感じ入り、「もし大名として復帰した際は、必ず禄の十分の一を与える」と約し、後年、一万石で返り咲いた際、元秀に千石を与えた。元秀はその後、大坂の陣でも武功を挙げ、子孫は代々重臣として続き、幕末には大谷鳴《なる》海《み》、二階堂衛守《にかいどうえもり》らを輩出した。

岡田善同　おかだ・よしあつ

庄五郎、将監、伊勢《いせ》守。織田家臣・岡田重善《しげよし》の次男。兄の重孝《しげたか》は織田信雄の家老だったが、小牧長久手《こまきながくて》の戦いの直前、主によって謀殺される。激怒した善同は兄の居城であった星崎《ほしざき》城に籠もって信雄に抵抗、戦後は丹羽長秀に仕え、減封後は加藤清正《かとうきよまさ》に仕えた。天正天草一揆《てんしょうあまくさいっき》鎮定などで活躍するが、徐々に主と対立するようになり退転、徳川家に五千石で仕える。善同は、名古屋《なごや》城普請の材木奉行、大坂の陣の陣道具奉行、伊勢神宮造営の山田奉行、美濃郡代など、能吏・内政家としての手腕を発揮し、子孫は旗本として続いた。

小川藤興　おがわ・ふじおき

平助。軍学者。山鹿素行《やまがそこう》に師事する。丹羽光重に出仕し、代々、兵学師範を務めた。

奥山正之（貞信）　おくのやま・まさゆき

雅楽頭。父は丹羽家臣・奥山重定《しげさだ》（盛昭《もりあき》）。名字は佐久間《さくま》だったが（佐久間信盛《のぶもり》、盛政《もりまさ》らと同族）、父の代に改姓したという。減封後は一万一千石の大名となる。関ヶ原では西軍に味方して改易され、京で隠棲。豊臣秀頼に仕えていた兄・重成《しげなり》は、のちに徳川家の旗本となり、家名を残した。

〈か行〉

桑原景次　くわばら・かげつぐ

六之丞、一有。日置《へき》流弓術の大家・吉田《よしだ》一水軒印西《いっすいけんいんさい》の高弟。はじめ蒲生《がもう》氏に仕えるが、主家断絶後は丹羽長重に仕え、代々、弓術指南役を務めた。

国領一吉　こくりょう・かずよし

半兵衛。近江出身。父・政吉《まさよし》は神崎《かんざき》郡国領村の領主で、佐々木氏（六角《ろっかく》氏か）に属したが、伊庭《いば》氏討伐の際に戦死した。跡を継いだ一吉は丹羽家に仕えるが、減封後は豊臣秀次《ひでつぐ》に召し出され、秀次失脚後は徳川家臣となって近江甲賀《こうか》郡で三百石を食んだ。子孫は旗本として続き、三代・重次《しげつぐ》は代官として功があり、九百八十石に加増された。

〈さ行〉

雑賀兵部　さいか・ひょうぶ

出自不明。浅井畷の戦いにおいて、前田軍・長連龍《ちょうつらたつ》の部隊と戦い、戦死した。

坂井直政（直勝）　さかい・なおまさ

与右衛門。出身は美濃とも越前ともいう。幕臣・和田惟政《わだこれまさ》に仕え、六条合《ろくじょう》戦（本圀《ほんこくじ》寺の変）で明智光秀らと共に活躍し、「六条表の花槍」の異名を取る。丹羽長秀、長重の二代に仕え、江口正吉と共に一万石を食み、柱石として主家を支えた。浅井畷の戦いでも一隊を率いて戦う。一般的には、突出した正吉を連れ戻したのは南部無右衛門《なんぶぶえもん》だと伝わるが、『桑華字苑《そうかじえん》』では直政だとしている。丹羽家改易後は隠棲し、子息は越前松平家、豊臣家、藤堂家などに仕えた。

〈た行〉

高根寿久　たかね・としひさ

三右衛門。佐竹家臣・国安清三郎《くにやすせいざぶろう》の子。高根重久《たかねしげひさ》の養子であり、浅尾重常《あさおしげつね》の義兄。義弟・重常と共に大坂の陣に従軍し、夏の陣・天王寺の戦いにおいて武功を挙げた。

高橋元種　たかはし・もとたね

日向縣《ひゅうがあがた》（延岡《のべおか》）藩主。罪人を匿《かくま》った廉《かど》で所領を没収され、棚倉（赤館《あかだて》）藩主・立花宗茂《たちばなむねしげ》に身柄を預けられる。宗茂が筑後柳川《ちくごやながわ》へ国替えとなると、元種の預かりは新たに棚倉へ入った丹羽長重に引き継がれ、元種の死後、子孫は正式に丹羽家臣となった。

高松良篤　たかまつ・よしあつ

加兵衛。高松氏は、陸奥一ノ宮《いちのみや》である近津《ちかつ》明神（都々古別《つつこわけ》神社）の神宮寺・不動院の別当であり、良篤はその隠居。棚倉に入った長重は、この神社を領内の馬場という地に遷宮《せんぐう》し、跡地に新たな城を築くことを考え、神社側と交渉してなんとか許しを得ると、良篤を還俗《げんぞく》させて家臣に取り立て、遷宮と築城の総指揮を任せた。しかし、この棚倉城の築城途中、丹羽家の白河転封が決まり、城下の整備等は次の藩主である内藤《ないとう》氏に引き継がれた。

種橋一章　たねはし・かずあき

宗兵衛。丹羽家臣・種橋成章《なりあき》の子。母は丹羽長秀の娘。父が一向一揆との戦いで戦死し、家督を継承。関ヶ原本戦での西軍敗北の報が届くと、徳川への恭順のため交渉に奔走した。改易後、一時、浅野家に仕えるが、長重が棚倉に封じられると帰参した。

樽井重継　たるい・しげつぐ

庄九郎、弥五左衛門。美濃垂井《たるい》出身。本姓は黒田《くろだ》。古渡時代の丹羽長重に小姓として出仕、やがて家老に取り立てられた。「知恵弥五左《ちえやござ》」の異名を取る才人で、浅尾重常らと共に丹羽家の再興を牽引した。

団七兵衛　だん・しちべえ

江口正吉の麾下《きか》に属して、浅井畷に参戦。先駆けて窮地に陥った松村孫三郎《まつむらまごさぶろう》を救援し、敵将の小林平左衛門《こばやしへいざえもん》を討ち取るも、疲れて休んでいる隙に、小林の首級を松村に奪われる。戦後、牢人となって貧窮するも、前田利長《としなが》に七百石で招かれ、利常《としつね》の代には千石に加増された。

堤教興　つつみ・のりおき
権右衛門。越前朝倉《あさくら》氏庶流。父・教利《のりとし》（教氏《のりうじ》）は長秀の家臣で山崎の戦いなどで活躍した武功の士。姉は長秀の側室として長正《ながまさ》を生む。丹羽家減封後は九州の加藤清正に仕える。子孫は丹羽家に復した。

寺西是成　てらにし・これしげ
下野《しもつけ》守。丹羽家臣・寺西正勝《まさかつ》の子。減封後、一万石の大名となり、豊臣姓を賜る。関ヶ原では西軍に与し、改易。流罪となって真田信之《さなだのぶゆき》の預かりとなるも、のちに許されて丹羽家に帰参する。丹羽家に伝わる是成の経歴については、父や子と混同されている節があり、不明瞭な部分が多い。

徳山則秀　とくのやま・のりひで
五兵衛、秀現。美濃出身。柴田勝家《しばたかついえ》の麾下に属し、松任《まっとう》城主となるが、賤ヶ岳で勝家が滅ぶと丹羽長秀に仕え、減封後は前田利家《としいえ》に召し出される。才智を伝える逸話が多く残る一方で、主君の前田利家は「五兵衛は隠れて他家の人間と昵懇《じっこん》になっているようだ。わしの存命中は叛《そむ》くことはあるまいが、わしが死ねば必ず叛く」と遺言で嫡子・利長に厳命しており、実際に利家が没すると、即座に徳川家へ退転した。子息は徳川家の旗本として続き、五代・五兵衛秀栄《ひでいえ》は火付盗賊改方として、盗賊・日本左衛門《にほんざえもん》一味の捕縛に功績があった。

戸田勝成（重政）　とだ・かつしげ

半右衛門、武蔵守《むさしのかみ》。減封後、秀吉に仕え、越前安居《あご》二万石の大名となる。関ヶ原では西軍・大谷吉継《おおたによしつぐ》の麾下に属し、寝返った小早川秀秋《こばやかわひであき》らとの激戦の中で戦死した。

〈な行〉

中井重家　なかい・しげいえ

仙兵衛。丹羽家臣・中井重俊《しげとし》の子。成田重政《なりたしげまさ》の娘婿。減封後、父は長谷川家（秀一《ひでかず》）を経て豊臣家に仕えるが、重家は丹羽家に残った。改易後は加藤嘉明《かとうよしあき》に仕えたが、のちに子息は丹羽家に帰参した。

中川本真　なかがわ・もとざね

文右衛門。周防《すおう》出身。馬廻《うままわり》として長重に仕えるが、父・正藤《まさふじ》の病のため、関ヶ原の前年に退去し、周防に戻る。その後、再び丹羽家に出仕し、大坂の陣にも従軍した。隠し子であった光重が幼少のころ、主命によりひそかに匿《かくま》い、養育した。

永原重高　ながはら・しげたか

十方院、松雲。六角家の重臣・永原太郎右衛門《たろうえもん》の弟。主家滅亡後、諸家を渡り歩いた末、丹羽長重に召し出される。儒学や兵書に通じた永原は、武辺者の南部無右衛門と折り合いが悪かったが、浅井畷の戦いにおいて、日ごろから「猪武者《いのしし》」と馬鹿にしていた南部が、窮地に陥った江口正吉を見事に救い出したことで、面目を失ったという。丹羽家改易後は浅野家に召し出され、儒者の藤原惺窩《ふじわらせいか》、堀杏庵《ほりきょうあん》らと親交を深めた。

長屋元吉　ながや・もとよし

茂左衛門。尾張出身。長秀、長重の二代に仕え、大坂の陣では負傷しつつも奮戦した。

長束正家　なつか・まさいえ

新三郎、大蔵大輔。近江出身。正家は算用の達人として知られ、弟の直吉《なおよし》と共に、若年の頃より丹羽長秀の側近として活躍した。長重の代に丹羽家が減封されると、豊臣家へ出仕。豊臣政権では五奉行に列し、兵糧や蔵入地（豊臣直轄領）の管理、検地の実施など、財政の根幹を担い、近江水口《みなくち》五万石を与えられた。関ヶ原では西軍に与したため、正家、直吉ともに切腹となった。

成田重政（道徳）　なりた・しげまさ

弥左衛門。尾張出身。越前勝山《かつやま》四万五千石を領して重んじられたが、長秀の死後、秀吉への謀叛《むほん》を企てたという疑惑から処刑される。長重は家中統制の不行き届きを問われ、一二三万石から一五万石への減封に処された。ただし、重政の処刑に至った経緯は異説も多く、重政以外の一族・縁者が全く処分されていないなど不自然な点も目立ち、本当に謀叛を企てていたのかは定かではない。少なくとも丹羽家ではこの処分が妥当なものであるとは思っていなかったのか、重政の子・重忠《しげただ》（正成《まさしげ》）はその後も排斥されることなく重臣として仕え、大坂の陣などでも活躍した。家系は幕末まで続き、二本松少年隊の成田才次郎らを輩出している。

南部光顕　なんぶ・みつあき

無右衛門、武右衛門。加藤清正、小早川秀秋を経て、丹羽長重に仕えた。武辺者だが非常に粗暴で、呼ばれてもいない宴にやってきて、勝手に飯を食うなど問題が絶えず、朋輩《ほうばい》たちは「南部をなんとかして下さい」と訴え出たが、長重は「あれは戦場では役に立つ男だから、少々のことは大目に見てやれ」となだめたという。のちの浅井畷の戦いで、南部は窮地に陥った江口正吉を救い出し、大いに面目を施した。丹羽家改易後は隠棲したという。

根来重明　ねごろ・しげあき

八九郎、独心斎。江戸出身。伊藤忠也《いとうただなり》に師事し、一刀流の印可を得る。二本松藩主・丹羽光重に剣術指南役として仕えるが、晩年、暇を請うて江戸へ戻り、「天心独明《てんしんどくみょう》流」を興した。その後、息子の重次《しげつぐ》が二本松へ出仕し、根来氏は代々、藩の剣術指南役を務めた。

〈は行〉

拝郷治太夫　はいごう・じだゆう

柴田勝家の重臣・拝郷家嘉《いえよし》（五左衛門《ござえもん》）の孫。浅井畷の戦いで戦死。

尾藤勝鋭　びとう・かつとし

彦兵衛。減封後は豊臣の直臣となり、讃岐《さぬき》に領地を得たという。

日野正家　ひの・まさいえ

喜右衛門。安房里見《あわさとみ》氏の旧臣であったという。古渡時代に丹羽家に仕え、大坂夏の陣では国許の留守を任された。後継の重尚《しげひさ》は家老に列した。

〈ま行〉

松原直元　まつばら・なおもと

五郎兵衛。越前国衆・松原伊賀守《いがのかみ》の子。丹羽家で五千石を領するが、減封後、佐々成政《さっさなりまさ》に仕え、肥後《ひご》国人一揆の討伐で「鬼松原」と恐れられる。成政の死後は秀吉に仕え、黄母衣衆に名を連ねた。

松村孫三郎　まつむら・まごさぶろう

七百石の足軽大将。浅井畷の戦いで真っ先に長連龍隊に打ち掛かるも、反撃に遭って深手を負い、長家の小林平左衛門に討たれかけたが、団七兵衛《だんしちべえ》（あるいは小池新兵衛《こいけしんべえ》）の助太刀によって辛うじて助かる。団は小林の首級を挙げたが、松村は自分が先駆ければこそ得られたのだと考え、団が疲れて休んでいる隙に首級を奪い取り、自分の手柄とした。この戦の功名によって、松村は富田《とみた》信高《のぶたか》に三千石で召し出されたが、のちに富田家は改易される。松村は江戸で病没し、嫡男は寺沢堅高《てらざわかたたか》に仕えるも寺沢家改易後の消息は不明。次男は丹羽光重に仕えるがのちに断絶し、松村氏は滅んだ。

溝口秀勝（定勝） みぞぐち・ひでかつ

金右衛門、伯耆守《ほうき》。尾張出身。はじめ丹羽長秀の家臣として仕え、武功によって若狭の旧・逸見昌経《へんみまさつね》領を与えられる。『寛政譜』はこのとき、織田の直臣身分（丹羽家与力）に取り立てられたとする。賤ヶ岳後は加賀大聖寺《だいしょうじ》で四万四千石を領し、減封後は秀吉に仕えて越後新発田《しばた》五万石の大名となる。関ヶ原では東軍に属して本領安堵。新発田藩溝口家は幕末まで存続し、秀勝は名君として地元で慕われている。

村上頼勝（義明） むらかみ・よりかつ

次郎右衛門、周防守。村上義清《よしきよ》の子とも言われるが定かではない。長秀在世時は加賀小松《こまつ》城主を務めて六万五千石を領し、減封後は秀吉に仕えて越後村上《むらかみ》城（本庄城《ほんじょう》を改修）九万石の大名となる。関ヶ原では東軍に属して本領を安堵《あんど》されるが、息子の忠勝《ただかつ》の代に改易。

〈や行〉

山形武兵衛　やまがた・ぶへえ

父は相模《さがみ》出身とも伝わるが、出自は詳らかではない。寛永年間に近習として長重に仕え、七百石を食んだ。姉の竜光院が長重の側室となり、光重を生む。また丹羽秀重の娘を娶《めと》り、一女をもうけた。しかし、主家の外戚であることに驕《おご》り、たびたび法令に背いたため、正保《しょうほう》二年、江戸藩邸において切腹に処された。

山田（丹羽）正次　やまだ・まさつぐ

五郎介、伊豆《いず》守、石見守。丹羽家の重臣・山田高定《たかさだ》の子。母は長秀の娘。丹羽姓を賜る。丹羽家改易後は一時、長重のもとを離れるが、古渡時代に復帰し、家老として主家を支えた。その人柄は「仁愛にして陰徳あり」と評され、長重からの信頼も厚かった。

◆若狭衆

若狭国は、代々、守護職の若狭武田《たけだ》氏が治めてきたが、傘下の領主たちは戦乱の中で独立性を強め、守護の力は衰微し、国内では内乱が絶えなかった。やがて織田信長が若狭、越前を平定すると、若狭一国の支配は丹羽長秀に任せられ、国衆たち（若狭衆）は与力として長秀の指揮下に配され、守護・武田元明《もとあき》は国主としての実権をほぼ失った。元明はこれに不満を抱き、本能寺の変で信長が横死すると、明智光秀に与して、長秀が留守にしていた佐和山《さわやま》城を攻め落とし、復権を試みる。しかし山崎の戦いで光秀は敗死し、後ろ盾を失った元明は長秀に討たれた。

以降、丹羽家に属した主な若狭衆を記す。

栗屋勝久　あわや・かつひさ

越中守《えっちゅう》。国吉城主。長秀の娘婿。勝久の死後、子の消息は不明だが、二人いた孫のうち助大夫《すけだゆう》は豊臣家を経て藤堂家に仕え、勝長《かつなが》は臼杵藩稲葉《いなば》家の家老を務めた。

熊谷直之（直澄）　くまがい・なおゆき

大膳亮。大倉見《おぐらみ》城主。減封後は豊臣家に仕え、豊臣秀次の家老となるも、秀次の失脚に伴い、自害した。子孫は丹羽家に仕える。

白井政胤　しらい・まさたね

民部少輔。加茂《かも》城主。減封後は豊臣家に仕え、豊臣秀次の家老となるも、秀次の失脚に連座し、没落。一族は藤堂家に仕えた。

内藤重政　ないとう・しげまさ

筑前《ちくぜん》守。天《てん》ヶ《が》城主。本能寺の変で明智光秀に味方し、没落。子孫は徳川家の旗本に。

逸見昌経　へんみ・まさつね

駿河《するが》守。高浜《たかはま》城主。逸見家は信長から所領を安堵されたが、昌経の死後、かくたる理由もなく没収された。子孫は細川《ほそかわ》家に仕えた。

主要参考資料

『丹羽家譜』『丹羽歴代年譜』『寛政重修諸家譜』『二本松藩史』『小松軍記』『二本松市史』『白河市史』『棚倉町史』『福井市史』『石川県史』『三百藩家臣人名事典』『織田信長家臣人名事典』『藤堂高虎家臣事典』

《直違紋》

筋交いとも書き、交差を意味する。また、家の崩落を防ぐ補強材を差す語でもある。

解説――デビュー作にしてメチャクチャ面白い戦国小説の新たなる収穫

文芸評論家　細谷正充《ほそやまさみつ》

毎年恒例の原稿がある。年末になると「毎日新聞」で、歴史・時代小説の年間回顧を書いているのだ。今年（二〇一七年）も、順不同でベスト十冊を選び、これを中心にして一年間の歴史・時代小説界の特徴や動向を記した。そのベストの中に、一冊だけ文庫書き下ろし作品を入れた。祥伝社《しょうでんしゃ》から刊行された、簑輪諒《みのわりょう》の『最低《さいてい》の軍師《ぐんし》』だ。上杉謙信《うえすぎけんしん》が下総国《しもうさのくに》の臼井《うすい》城を攻めたとき、城方の軍師として活躍した白井浄三《しらいじょうさん》を主人公にした戦国小説である。

文庫書き下ろし時代小説というと、江戸の市井《しせい》を舞台にしたものが多い。だが近年、歴史小説や、従来よりも歴史寄りの作品が微増している。そうした流れの象徴という意味もあるが、これだけでベストに選んだわけではない。メチャクチャに面白いのだ。歴史の空白の多さを利用した、主人公の独創的な経歴。圧倒的な敵を相手にした、痛快な戦い。キャラクターの立った登場人物たち。『最低の軍師』は広く読者に知られてほしいと思った秀作だったのである。――ということを考えると同時に、この作者はマイナーな人物が好きだなという感想も抱いた。なぜならデビュー作も、かなりマイナーな人物が主人公なのである。

　簑輪諒は、一九八七年、栃木《とちぎ》県に生まれる。二〇一三年、第十九回歴史群像大賞の佳作に本書『うつろ屋軍師』が入選した。単行本は、翌一四年八月、学研パブリッシング（現学研プラス）より刊行。二十代での作家デビューであった。以後、蜂須賀家政《はちすかいえまさ》（蜂須賀小六《ころく》の嫡男《ちゃくなん》）を主人公にした『殿《との》さま狸《たぬき》』、戦国を駆《か》ける男たちを活写した短篇集『くせものの譜《ふ》』、息子に実権を譲《ゆず》った佐竹義重《さたけよししげ》を描いた『でれすけ』、そして前述の『最低の軍師』と、戦国小説を書き続けている。先にも触れたが、あまり取り上げられることのない、戦国の実在人物を好んで主役に据《す》えており、そこが簑輪作品のひとつの特色になっているのだ。二〇一七年十一月に文春文庫から出た戦国小説アンソロジー『戦国《せんごく》 番狂《ばんくる》わせ七番勝負《ななばんしょうぶ》』に収録された「川中島《かわなかじま》を、もう一度《いちど》」が、武田信玄《たけだしんげん》を題材にしていると知ったときなど、なぜこんな有名人を書いたのかと、妙な気持ちになったほどである。

　では、こうした人物セレクトは、何に由来《ゆらい》しているのであろう。「小説現代」二〇一七年九月号に掲載された座談会「『決戦《けっせん》！賤ヶ岳《しずがたけ》』七本槍《しちほんやり》ドラフト軍議」

が、ヒントになりそうだ。ちなみにこの座談会は、賤ヶ岳の戦いで目覚ましい働きをしたことから、賤ヶ岳七本槍と呼ばれるようになった戦国武将たちを主人公にしたアンソロジー『決戦！賤ヶ岳』で、どの作家が誰を担当するかを話し合ったものである。結果、作者が糟《かす》屋《や》助《すけ》右衛《え》門《もん》という、七本槍の中でもマイナーな人物の担当になったのは、いかにも〝らしい〟というべきであろう。

その座談会の中で作者は、司会に「簑輪さんは今回、いちばんの若手になるわけですが、七本槍と同じヤング代表として、どうですか」と聞かれ、

「いや、そんなヤングってわけではないんですけど……。えーと、世代差だと思うのですが、僕らの世代というのは生まれたときからずっと不景気で、あんまりこうガツガツしたところで出世できないっていうのは分かってるんですよね」

と語っている。なるほど、生まれた年を考えれば、物心ついた頃からバブル崩壊後の不景気な時代を生きてきたわけだ。〝ガツガツしたところで出世できないっていうのは分かってるんですよね〟というのは、まごうことなき実感なのだろう。作者の思想の根底に、これがある。だからマイナーな人物を好むのだ。歴史

に名を残すだけの才能や力はあるが、時代の波には乗れない（もしくは乗らない）。閉塞《へいそく》した社会で子供から大人になった作者は、このような人間にこそ、共感を寄せるのだ。そんな作者が最初に選んだ人物が、うつろ屋（空論家《うつろや》）と呼ばれる、江口三郎右衛門正吉《えぐちさぶろうえもんまさよし》である。

物語は、織田信長《おだのぶなが》の雑賀《さいか》攻めから始まる。紀州《きしゅう》の雑賀衆を攻撃する十万人の中に、江口正吉がいた。織田家幕下の丹羽《にわ》家の家臣である。城攻めで一騎駆けをするなど、戦《いくさ》となれば武勇を示す正吉。しかし彼の思考は独特であり、周囲からは〝うつろ屋〟として、軽く見られることが多い。このことについて正吉の良き理解者で、「六条 表《ろくじようおもて》の花槍《はなやり》」の異名《いみよう》で知られる丹羽家の猛将・坂井与右衛門《さかいよえもん》は、彼が優《すぐ》れた戦略眼を持っていると思いながらも、

「思考と視点の俯瞰《ふかん》というのは武人にとって宝のような才能に違いない。しかし、俯瞰ができ過ぎるとき、その発想は否応《いやおう》なしに飛躍し、ついには空論に成り下がる。彼の頭の中で描かれるどんなに壮大な戦略も、口から出たときは妄想家の戯言《ざれごと》に過ぎなかった」

と、嘆息するのである。それでも敬愛する主君の丹羽長秀《ながひで》に才能と気性を愛され、正吉は戦国の世を生きていく。

やがて本能寺《ほんのうじ》の変《へん》が起こると、天下の行方を左右する清州《きよす》会議の裏にあった、長秀と羽柴秀吉《はしばひでよし》の謀《はかりごと》を知らされる。そして正吉は、秀吉にもその才能を認められた。天下人の眼を持ち、天下人を目指す秀吉。天下人の眼を持ち、天下を望まぬ長秀。ふたりの傑物《けつぶつ》の薫陶《くんとう》を受けながら、正吉は成長していくのだった。秀吉を巧《たく》みに使い、賤ヶ岳の戦いや小牧《こまき》・長久手《ながくて》の戦いの戦略に正吉を絡《から》ませたストーリーは、新人離れしたものといっていい。

だが、長秀が病没すると、丹羽家は百二十三万石の大大名から、十五万石を経《へ》て、加賀松任《かがまっとう》の地で四万石の小大名にされてしまう。長秀の息子で、新たな当主となった城マニアの長重《ながしげ》（このキャラクターも魅力的だ）を筆頭家老として支える正吉。北条《ほうじょう》攻めでは、秀吉さえ驚くほどの、したたかな立ち回りを見せた。そして秀吉が死に、関ヶ原《せきがはら》の戦いが迫ると、彼は出兵する加賀百万石前田《まえだ》家を相手に、うつろ屋の本領を発揮した戦いを始めるのだった。

軍師として政治家として、巨大な器《うつわ》を持つ正吉だが、物語に登場した時点で、それを理解している人は少ない。しかたがないだろう。器の中に入れるべき体験や経験が、まだ乏《とぼ》しかったのだ。それなのに思考ばかりが先走る。だから、うつろ屋などと呼ばれていたのだ。

しかし彼は変わる。いや、変わらざるを得ない。主君から、餓鬼畜生《がきちくしょう》の徒輩《とはい》と武士を分かつものを聞かれ〝生き様の爽《さわ》やかさ、かと存じます〟と答えた日は、すでに遠い。長秀や秀吉から薫陶を受けた、幸せな時代は過ぎ去り、四万石となった領地と、若き藩主を支えて、奮闘しなければならなかったのだから。この過程を作者は、興趣たっぷりに綴《つづ》っていく。

たとえば北条攻め。戦場で正吉が利用しようとするのが、渡辺勘兵衛《わたなべかんべえ》なのだ。戦国武将の中では、ややマイナーだが、池波正太郎《いけなみしょうたろう》や司馬遼太郎《しばりょうたろう》の作品で主役を務めたこともあるので、ご存じの読者もいるだろう。その勘兵衛と正吉が共闘し、強敵と死闘を繰り広げる。戦国小説好きなら、ワクワクせずにはいられない展開だ。本書には、そんな場面がたくさんある。ページを繰《く》る手が止まらないのも、当然なのだ。

また、正吉のライバル的な立ち位置の策謀家・徳山五兵衛《とくのやまごへえ》（秀現《しゅうげん》）の扱いもいい。もちろん実在人物である。正吉を出し抜くほどの才能を持っており、丹羽家を引っ掻《か》き回した五兵衛の人生行路が、ストーリーに厚みを与えているのだ。

そして、北陸の関ヶ原といわれた、クライマックスの浅井畷《あさいなわて》の戦い。丹羽家が生き残る。ただそれだけを目的にして、関ヶ原に向かおうとする前田軍を足止めしようとするのだ。正吉たちの働きにより十二万五千石にまで復したが、相手は百万石。二万五千人対三千人という、絶望的な戦いである。でも、長き苦渋の歳月により、器は満たされた。うつろ屋と呼ばれた男の智謀が、縦横無尽《じゆうおうむじん》に発揮される。激しい戦いに血が滾《たぎ》り、正吉の軍師ぶりに胸が躍る。ああ、なんて面白いんだろう。本書は簑輪諒のデビュー作であると同時に、戦国小説の新たなる収穫なのだ。

江口正吉にどれだけの才能があったのか、本当のところは分からない。でも、その才を信じた人がいた。信じて、創り上げた物語で、作家になった。うつろ屋軍師、もって瞑《めい》すべしである。

なお本書には、文庫版のボーナス・トラックとして、作者が新たに書き下ろした「丹羽家家臣団　主要人名集」が付いている。丹羽家の人々と、その家臣たちを、より深く理解することができるだろう。ここまでやってくれる、作者のサービス精神も、大いに称揚《しょうよう》したい。

注・本作品は、平成二十六年八月、学研パブリッシング（現・学研プラス）より刊行された、『うつろ屋軍師』を著者が大幅に加筆・修正したものです。

切・り・取・り・線

一〇〇字書評

うつろ屋軍師

購買動機（新聞、雑誌名を記入するか、あるいは○をつけてください）

- □（　　　　　　　　　　）の広告を見て
- □（　　　　　　　　　　）の書評を見て
- □ 知人のすすめで
- □ タイトルに惹かれて
- □ カバーが良かったから
- □ 内容が面白そうだから
- □ 好きな作家だから
- □ 好きな分野の本だから

・最近、最も感銘を受けた作品名をお書き下さい

・あなたのお好きな作家名をお書き下さい

・その他、ご要望がありましたらお書き下さい

住所	〒				
氏名		職業		年齢	
Eメール	※携帯には配信できません		新刊情報等のメール配信を 希望する・しない		

この本の感想を、編集部までお寄せいただけたらありがたく存じます。今後の企画の参考にさせていただきます。Eメールでも結構です。

いただいた「一〇〇字書評」は、新聞・雑誌等に紹介させていただくことがあります。その場合はお礼として特製図書カードを差し上げます。

前ページの原稿用紙に書評をお書きの上、切り取り、左記までお送り下さい。宛先の住所は不要です。

なお、ご記入いただいたお名前、ご住所等は、書評紹介の事前了解、謝礼のお届けのためだけに利用し、そのほかの目的のために利用することはありません。

〒一〇一‐八七〇一
祥伝社文庫編集長　坂口芳和
電話　〇三（三二六五）二〇八〇

祥伝社ホームページの「ブックレビュー」からも、書き込めます。
http://www.shodensha.co.jp/bookreview/

祥伝社文庫

うつろ屋軍師《やぐんし》

平成30年 1月20日　初版第1刷発行

著　者　蓑輪《みのわ》　諒《りょう》
発行者　辻　浩明
発行所　祥伝社《しょうでんしゃ》
東京都千代田区神田神保町 3-3
〒101-8701
電話　03（3265）2081（販売部）
電話　03（3265）2080（編集部）
電話　03（3265）3622（業務部）
http://www.shodensha.co.jp/

印刷所　堀内印刷
製本所　ナショナル製本
カバーフォーマットデザイン　中原達治

Printed in Japan ©2018, Ryo Minowa ISBN978-4-396-34387-3 C0193

祥伝社文庫の好評既刊

箕輪 諒

最低の軍師

押し寄せる上杉謙信軍一万五千に、全滅の危機迫る二千の城兵。幻の軍師・白井浄三の想像を絶する奇策が奔る！

宮本昌孝

陣借り平助《へいすけ》

将軍義輝《よしてる》をして「百万石に値する」と言わしめた――魔羅賀《まらが》平助の戦《いくさ》ぶりを清冽に描く、一大戦国ロマン。

宮本昌孝

天空の陣風《はやて》 陣借り平助

陣を借り、戦に加勢する巨軀の若武者平助。上杉謙信の軍師の陣を借りることになって……。痛快武人伝。

宮本昌孝

陣星《いくさぼし》、翔《か》ける 陣借り平助

織田信長に最も頼りにされ、かつ最も恐れられた漢《おとこ》――だが女に優しい平助は、女忍びに捕らえられ……。

宮本昌孝

風魔〈上〉

箱根山塊に「風神の子」ありと恐れられた英傑がいた――。稀代《きたい》の忍びの生涯を描く歴史巨編！

宮本昌孝

風魔〈中〉

秀吉麾下《きか》の忍び、曾呂利新左衛門《そろりしんざえもん》が助力を請うたのは、古河公方氏姫《こがくぼううじひめ》と静かに暮らす小太郎だった。

祥伝社文庫の好評既刊

宮本昌孝　**風魔（下）**

天下を取った家康から下された風魔狩りの命――。乱世を締め括《くく》る影の英雄たちが、箱根山塊で激突する！

宮本昌孝　**風魔外伝**

化け物か、異形の神か――戦国の猛将たちに恐れられた伝説の忍び――風魔の小太郎、ふたたび参上！

宮本昌孝　**紅蓮《ぐれん》の狼**

風雅で堅牢な水城、武州忍《おし》城を守るは絶世の美姫。秀吉と強く美しき女たちの戦を描く表題作他。

風野真知雄　**奇策**　北の関ヶ原・福島城松川の合戦

伊達《だて》政宗《まさむね》軍二万。対するは老将率いる四千の兵。圧倒的不利の中、伊達軍を翻弄した「北の関ヶ原」とは⁉

風野真知雄　**水の城**　新装版　いまだ落城せず

「なぜ、こんな城が！」名将も参謀もいない忍《おし》城、石田《いしだ》三成《みつなり》軍と堂々渡り合う！　戦国史上類を見ない大攻防戦。

風野真知雄　**幻の城**　新装版　大坂夏の陣異聞

密命を受け、根津《ねづ》甚八《じんぱち》らは流人《るにん》の島・八丈島へと向かった！　狂気の総大将を描く、もう一つの「大坂の陣」。